ライム・シトラール
ぼんやりと灯りに照らされた空間は本当に、何の変哲もない壁と床しかなかったのだけれど、突き当りにそれらはあった。
「四角くて大きい鞄？」

ベルガ・ビーバム・ハーティー
こうなった以上は、もう腹をくくって、
三人で上手くやれればと微かな希望を抱いたのは束の間。
あっさり上流貴族の第一声で打ち破られた。
「教授。組み分けの不服申し立てはできませんの？」

良くないです、と言葉に出す前に学年首席が
眼鏡をカチャリと掛け直して口を開いた。
リアン・ウォード
「わかりました。それと資金源についてですが……
初期費用として工房経費が
金貨百五十枚という認識であっていますか？」

「もうできたのか?」
「いい匂い……本当に料理ができてる」
「はい、座って座って。明日の朝に出す具入りオムレツは地下にあるから、明日適当に食べてよ。パンとスープもセットで置いてあるからわかりやすいと思う。皆起きる時間バラバラでしょ?」
「確かに起床時間の事を考えてなかったな。明日以降、食事の時間についても話し合うか」

# アルケミスト・アカデミー①

ちゅるぎ　著
イラスト　みや大輔

IZUMI
いずみノベルズ

装丁/デザイン　浅子いずみ

# キャラクター紹介

**ライム・シトラール**

ド辺境からやってきた
野生の錬金術師のたまご

**リアン・ウォード**

成績優秀・博覧強記な眼鏡の
辛辣優等生

**ベルガ・ビーバム・ハーティー**

実力行使（物理）が得意な
上流階級出身のお嬢様

ライム・シトラール
ド辺境からやってきた野生の錬金術師のたまご
この作品の主人公。将来の食い扶持確保と楽しい錬金ライフのために、都会へ乗り込んだ。家事能力と錬金術への意欲、体力は一級品。
有名な錬金術師の祖母を目標に、常識を学びながら一流の錬金術師を目指している。新しく作られた『工房実習制度』の第一期工房生として三人一組の共同生活をスタートさせた。

リアン・ウォード
成績優秀・博覧強記な眼鏡の辛辣優等生
入試試験で満点合格通過した首席合格者。幼い頃から錬金術師になるために努力を続けていた。圧倒的な知識、商売関係の実力を兼ね備えているが、口が悪い。笑顔は交渉手段。特別な眼鏡をフル活用し、隙なく無駄なく手堅く儲けるつもり。実家は大商家で長男。ライムと同じ工房に組み分けられ、頭を悩ませることが増える。

ベルガ・ビーバム・ハーティー
実力行使（物理）が得意な上流階級出身のお嬢様
騎士系貴族で名家生まれの三女。才能の関係で錬金術師の資格取得を目指すことに。望んだ道ではないため、錬金術には消極的気味だが戦闘は別。強い敵と戦うことが生き甲斐。自由の少ない貴族生活から抜け出せて内心喜んでいるが顔には出さないようにしている。ライムと同じ工房に組み分けられ、工房生活を満喫《まんきつ》する気しかないお嬢様。

クレソン・ワート
草臥れた中堅学校職員
ライムをスカウトするために、必死に山を登った学院教諭。貴族籍を有している。庶民寄りの感覚を持ち、砕けた口調と草臥《くたび》れた雰囲気でライムからは「胡散臭《うさんくさ》い」と称される。

エルダー・ボア
理想の兄貴分な見習い騎士
見習い騎士として騎士団で修業した後、騎士科に合格した。気さくだが貴族嫌い。宿屋の三男。兄二人は家を出て、双子の弟と妹がいる。イオとは幼馴染。

イオラ・リーク
常識もフォローもお手の物な見習い騎士
見習い騎士として騎士団で修業後、騎士科に合格した。人見知り気味ではあるが、状況判断に優れる。妹が一人いる。エルとは幼馴染。

フォリア・エキセア
将来有望な男装の麗人（騎士科三年）
騎士科の三年生で学年首席の女性騎士。自分を慕ってくれるライムをかわいい妹分のように思っている。

ミント

お友達ではなく親友です、と言い切るシスター

首都モルダスのシスター。教会で話をしてライムと友達になった。

面倒見がよい性格で、いろいろな話をしてくれる。ライムの手伝いができる日を心待ちにしている。

ウォルナット・ピレスラム・ゲート

酸いも甘いも飲み下してきた教育者

トライグル国立レジルラヴィナー学院の学院長。

学院全体を束ねる地位にいるが、錬金術師としての実力も確か。

ルージュ

頼れる美しき女主人

首都のにある『ルージュの宝箱』という宿屋を経営する女主人。

昔、ライムの母親であるカリンと同じパーティーにいて、オランジェとも交流があった。

# アルケミスト・アカデミー 1

ちゅるぎ　著
イラスト　みや大輔

IZUMI
いずみノベルズ

# 一話　進む場所、戻る場所

「お金ないので帰ってください」

しっかりはっきり発音して、相手が正気に返る前に玄関のドアを閉める。確実に鍵をかけ、背を向けて寄りかかったところで激しくドアが叩かれる衝撃を感じた。情けない声が聞こえてくるけれど、無言で腕を組む。

こういうのは開けてはいけないはずなので。

「待った待った待った！　せめて手紙受け取って俺に水をカップ一杯飲ませるついでに休憩させてっ」

「初対面の相手に要望多すぎませんか」

呆れながらもドア越しに「用件は」とたずねる。ドアの向こうで長々となぜここに来たのか、という説明を始めたので、テーブルの上に広がった処理途中の薬草を眺めた。ここで終わりの見えないやり取りし続けるのも時間の無駄か、と決心がつくまで数秒。

「話したらすぐ帰ってくださいね。あと、武器はその辺にポイッと放置で。どうせ誰も来ないので」

それもそうか、と納得したような声とゴソゴソと動く気配がわかったのでジッと耳を澄ませていると、再びノック音。わずかにドアを開け、隙間から外の様子を窺《うかが》えば、荷物が地面に置かれていた。他にも、体を隠していたマントや上着が荷物の上に。ここまでしてくれたならいいだろう、と家に入ることを許可し、大きくドアを開く。この時、家の前にある坂から追加で人が来ないか確認しておくことも忘れない。

自衛は大事だよね、と数年ぶりに家までたずねてきた人を観察してみる。無精ひげと目の下にクッキリ隈《くま》のある三十代らしき男性は『学院に君をスカウトしに来た』とわけのわからないことを再度口にした。最初に聞いた時、怪しさしかなかったので家には上げなかったのだけれど、用事を済ませないと帰れないのだろう。いろいろと必死だったし。

「ひとまず、この椅子に座ってください。飲み物くらいは出しますけど、水でいいんですよね」

警戒しつつ、台所の蛇口から水をカップに注いでいると背中に刺さる視線。

「そ、それ……調合用じゃないのか？」

「蛇口……ですか？　調合用は調合釜の横にあるし、何ならお風呂にも普通にありますよ」

不審なことを言うな、と警戒しつつお水を出して正面の椅子に浅く座る。警戒していることがわかっているのか、苦笑しながら懐《ふところ》へ手を入れる許可を求めてきた。うなずけば、二枚の羊皮紙を取り出して私の前に広げる。

「まず自己紹介させてくれ。俺はクレソン・ワート。トライグル国立レジルラヴィナー学院錬金科の教授をしている。これは教員免許証、こっちはレジルラヴィナー学院教員証明書。確認してほしい。後は、コレが冒険者カード。どれも偽造はできないから、信用してくれると助かる」

「先生だっていうのは、信じてもいいですけど……どうして私のところに来たんですか」

そうたずねると腕を組んで、言葉をまとめる時間がほしいと返ってきた。うなずけば感謝とともに「どこまで話したものか」と小声でブツブツ呟いている。

「んー……俺たちが暮らすトライグル王国の花形三職って知ってる？」

「確か『錬金術師・召喚師・騎士』ですよね。給料も待遇もいいから志願者が多いって聞いたような」

「そ。給料や待遇がいいのは国益に大きく貢献しているからだな。騎士は国防に大きな影響を与える重要職だ。花形三職は軍事国家では戦闘に有利な職、貿易国家であれば国益優先の職業が選ばれる。

我が国は、戦闘面で召喚師と騎士、国益を生む職業として錬金術師を掲げている。錬金術という仕事が広まりつつある頃に国を担う職業としたのは、我がトライグル王国だけってことは知ってたか？」

「はじめて聞きました。本当にクレソンさんって先生だったんですね」

「本当にってまだ信じてなかったのか。ワート先生とかでいい、クレソンって言いにくいだろ」

「だって、ドアを開けるとくたびれたおじさんがいて『スカウトしに来たから今すぐモルダスに行こう』って叫んでたら、どう考えても不審者だと思うじゃないですか。フライパンとか投げて気絶させて、手ごろな崖から落っことして処分しようかと」

「物騒ッ！命の危機だったのか。あと、せめて疲れ果てたお兄さんにして」

ガクッと項垂《うなだ》れた先生に話の続きを促す。

いわく、国の発展に役立つ人員を育成するため、才能がある生徒に声をかけているのだという。トライグル王国に学校は数多くあるが、各地に散らばっているそうで首都にある学校は一つだけ。各地に教育施設を設けているのは一か所が魔物などによって被害を受けた際、少しでも戦力補充や人員補給をスムーズにするためだという。他にもいろいろ理由はあるらしいけれど、覚えておくようにと言われたのでうなずく。

「で、だ。才能は基本的に七歳で行われる『開示の儀』で示された内容がそのまま国へ報告されるのは知っているな？　と言っても、報告する才能は決まっていて『召喚師』『錬金術師』は例外なく、その年の内に報告されるんだ。違反すると即犯罪奴隷として処される。問答無用でな」

「だから私のところに来たんですか？」

「通常であれば手紙を郵送して終わりだ。手間がかかるしな。教員である俺が直々に足を運んだのは、君、ライム・シトラールが『錬金薬の母』と呼ばれるオランジェ・シトラール様の孫だからだ」

オランジェ・シトラールというのは私の祖母にあたる人物で間違いない。

私が産まれて、おばーちゃんが死んじゃうまでの間はいろいろな人が険《けわ》しい山道を苦労して登り、いろいろな表情で山を下りていった。大なり小なりそれぞれの事情を抱えた貴族も庶民も、お金がある人も、ない人も。大人も、子供も、老人も。

「おばーちゃんが優秀だったから、私にも可能性があるかもしれないって目を付けた？」

「そういうことだ。教員が直接足を運んで対象者を説得することを『スカウト』という。これによって入学することが決定した場合は、スカウト生として学院で一般受験する生徒とは違う特例措置がいくつか適用される。スカウトする生徒を決めるのは国王と学院長だな。今年は君の他に、もう一人いるがそっちは学院長の推薦だ。一年でスカウト生が二人いるのはなかなか珍しい」

なお、王命ではないので入学するかどうかは当人が決めていいのだという。

「これが入学案内の手紙だな。まずは受け取って、中身を確認してほしい。質問があれば何でも答えるし、疑問や心配事があるなら相談してくれ。そのためにわざわざ山を登ってきたんだからな」

差し出された封筒は厚みがあった。封蝋《ふうろう》のスタンプ部分は見たことのない複雑な刻印が刻まれていて思わず眉をひそめる。開けたくないな、なんて浮かんだ気持ちのまま手紙を取り出す。

「ちょ、先生！入学金だけで金貨十枚ってどう考えても入学させないつもりじゃないですか」

「貴族でも下流貴族にはきつい価格だ。ただ、経費やら人件費を考えるとどうしてもこの値段になるんだよ。そもそも設備に金がかかるし、素材だってタダではない。進級時にも金はかかるが、それには留学費用や受験に関する費用も含まれる。金貨十枚は入学費用で学費はまた別だな」

説明を聞いても納得できず、じと〜っと眺めていると先生は慌てて入学案内の一文を指さした。

私が持っているのは、入学時に持参するもの一覧だったのでそちらへ視線を向ける。

「スカウト生は入学金と在学中の学費が免除だ。実質、王と学院長の指名だからな。断るのも自由だが、入学しやすいよう居住地から学院までの移動費、入学試験までの宿代も無料だ。まぁ、こちらで指定した宿を利用してもらうし、出発時間は決められないが」

「……本当に、お金とらないんですね？」

「取らない取らない。ただ、あー……教科書なんかは用意しなくちゃいけないから、ある程度金はかかる。聞いてなかったが、今の資産はどのくらいあるんだ？　金がないと君は口にしているが、オランジェ様の孫だし、遺産はあるだろう。あれほど偉大で有名な上に、多くの人に慕われていた偉人が自分の孫に何も残していないなんて」

「おばーちゃん、調合素材とかに全部使っちゃったみたいです」

「全部って、え、全部？」

「全部です。お金はおばーちゃんが稼いだものだから好きに使うのは当たり前だし、家があるだけラッキーかなぁって。えっと、今いくらあったかな……」

向かったのは、食器棚。その引き出しの奥にある仕切りを外し革袋を取り出す。

視線を感じながら、テーブルの上に革袋の中身をひっくり返す。

ジャララと広がった硬貨の山から鉄製の穴が開いた硬貨を一枚つまみ上げ、同じ種類の硬貨に乗せる。同じ価値を持つ硬貨を十枚ずつ重ねながらチラリと正面に座る先生へ視線を向けた。

「おばーちゃんが死んじゃう前に、その辺で採取したものを処理して売ってたんです。必要な小麦粉とかそういったものを買うとどうしてもあまり残らなくて――手元にあるのは総額で銀貨五十枚と銅貨三十五枚、鉄貨が二十八枚ですね」

音もなく口を開閉させる先生に返答がわかりきっている質問をぶつけた。

「やっぱり足りないですよね？」

自分の眉尻《まゆじり》がへにゃりと下がって困ったような表情を浮かべている自覚はある。

けれど現実問題として私には足りないものが多すぎるのだ。

「お金だけじゃなくて保護者っていうのもいません。麓《ふもと》に住んでる人たちが都会へ子どもを出稼ぎさせる時に話してるのを聞いたんですけど、頼めそうな親も親戚もいないし。あっちで稼げるならチャンスはあるかなって……あ！　調合するには材料が必要ですよね！　その辺で採取できますか？」

採取場所は安全な方が……と続ければ、引きつった表情で視線を泳がせていた先生がパッと顔を上げた。

「そ、そうだ！　オランジェ様の遺《のこ》した私物を俺が買い取ろう。それで多少は補填《ほてん》できるだろ？　他にも学院では掲示板で納品依頼なんかも張り出されるし、冒険者ギルドに作ったアイテムを卸《おろ》すこともできるぞ」

そういうことならと家の中を案内すべく立ち上がった私に先生も続く。

カップに注いだ水はすでにない。一応、食事くらいは出すべきだろうか……なんて考えながら、広げたお金を革袋へ戻す。先生は使ったカップを手に取って台所まで運んで、蛇口を興味深そうに眺めながら、洗ってくれた。

「個人の家としては異例の設備だ。首都の上流貴族ならわかるが……さすがオランジェ様だな」

「え、意外。貴族ってそういうのにお金かけてるのかと」

「城なんかでは基本的に蛇口をひねれば水が出るが、洗濯は井戸から水をくみ上げている。さて、家の中にオランジェ様の薬が残っていればありがたいんだが……ああ、知ってはいると思うが原則、国家試験を受けるまでは調合アイテムを売買することは禁止されているからな」

「え」

案内をしようとしていた私の思考が、一瞬で固まった。

ゆっくりとワート先生の目を見ると顔色を悪くして一歩足を踏み出した姿勢で動きを止めている。その口元は盛大に引きつっていた。

「……売ったのか？」

「か…風邪薬を何度か、麓の人に」

まさか錬金アイテムの売買が禁じられているとは考えもしなくて、じわっと冷や汗が滲《にじ》む。先生は複雑そうな表情で何かを呟いていたけれど、最終的に自分の髪をぐしゃぐしゃとかき混ぜて盛大なため息一つ。椅子の背もたれに体重を預け、だらんと両手を垂らして天を仰いでいた。

「販売した薬が、免許を持たない君が作ったアイテムでないのなら問題はない。それと知らないようだから教えておくが『錬金術師の資格を所持しない者が調合したアイテムの販売』は原則禁止だ。例外として、自身や身内での消費もしくは通常売価の半値以下での販売、国が指定した緊急事態下での販売のみ認められている。この場合はセーフ。もし君が作ったアイテムを販売していたら売値によっては即お縄だな」

静かな声から感情は伝わってこなかったけれど、その分、重みがあった。違反者に該当した場合はどうなるのだろう、という不安がジワジワと心臓からゆっくり全身へ広がり、恐怖に変換され、震えそうになる声で返事を返す。

「セーフです！　私が販売したのは全部おばーちゃんの薬だし、売るって言っても麓の人たちには風邪薬とか頭痛薬のたぐいなら基本的に食べ物と物々交換だったので。ま、まぁ……食べ物が出せない時はお金貰ってましたけど、銅貨一枚って決めてたから同じだけ貰っ……ちなみに、適正価格は？」

「銅貨一枚って嘘だろ……オランジェ様の薬なら、風邪薬でも銀貨一枚と銅貨二十枚はするぞ」

「それなんて詐欺ですか。ただの風邪薬なのに」

「彼女が作成した薬には有用な副効果が多く付いている。だからこぞって買いたがるんだ」

先生もほしい、と胸を張る姿を何とも言えない気持ちで見つめていると我慢できない、といったふうにソワソワと室内を見回し始める。忙しい人だな、と半目で眺めていると先生は口を開いた。

「で、オランジェ様の部屋はどこだ？　いやぁ、実は俺、学生の頃からオランジェ様にずっと憧れていてな。是非、生前の話を聞かせてもらいながら……って、どうした」

「調合すること自体は……資格がなくても大丈夫ですか？」

「ああ。それは問題ない。錬金術師だと名乗って販売をしなければ罪にはならん。冒険者にも錬金術の才能がある者がいるが、そいつらも薬を作って仲間内で使っている。ただ、依頼品として納品することは禁じられているから、錬金術の才能持ちは緊急用として自分で作ったものを持っていることが多い。ちなみにこの法律は他国でも同様だ。試験会場はこの国にしかないから、受験シーズンはかなりの人数がトライグルへ訪れる」

才能には、さまざまな種類がある。

仕事に関する才能は多くの人間が一つは所有していて、才能を利用した職に就くかどうかは当人に委《ゆだ》ねられているそうだ。というのも、才能はあくまで才能で、好きかどうか向いているかどうかは別の話だからだと先生は教えてくれた。

才能至上主義者とかいう人もいるらしいのだけれど、こういう人はトライグルには少ないとか。

「じゃ、ひとまず案内してくれ。いまさらだが、宿泊させてほしい。金は払う」

「お金払ってくれるなら、いいですけど。ご飯も食べますか」

もちろん、とうなずいたので出せるものをいくつか挙げると手の平に大銀貨一枚が置かれた。大銀貨は銀貨五枚分ということは知っていたので驚く。宿屋ではないので銅貨がもらえればいいか、と思っていたから。それを伝えると呆れたような、困ったような顔で先生がクシャリと笑った。

「首都じゃ飯込みの一晩で普通に銀貨だぞ。それに金を出し渋って追い出されたら確実に俺は死ぬ自信がある。ここ、魔物は？」

「魔物除けの結界がかなりの範囲にかかってるから、危ないのはモンスターですね。ボアとか突っ込んでくるので。家のまわりにはあまり出てこないですけど……まずは二階から案内します。部屋も二階なので荷物持ってください。玄関は開いてるんで」

荷物を取りに行った先生の後姿を眺めながら、小さく息を吐く。家の中に自分以外の人がいることが久しぶりすぎて「どうやって話したらいいいんだっけ」なんてずっと考えているのはここだけの話だ。なんせ、人と話すのはだいたい一か月ぶりで、家に自分以外がいるのは五年ぶりくらい。

見慣れた部屋の一つに先生を案内し、外に置きっぱなしになっていた荷物を置いて階段を下りた。二階は基本的に客室だし、調合物どころかものがほぼないのだ。次は一階、ということでお風呂場などの洗い場もついでに案内しておくかと、一階の廊下を進むべく階段に背を向ける。

次は、なんて考えで頭がいっぱいだったところで呼び止められた。

「ライム、隠し部屋は見たのか？」

「……隠し部屋？　そんなの家にはないんですけど」

何を言っているんだろうと振り返れば、先生は階段裏の壁を注視したまま足を止めていた。

現在地は二階へ続く階段の下。狭く陽も当たらない階段しかない空間だ。階段下は使わないので空き瓶などを入れた木箱を置いている。

先生があまりにじっと一点を凝視しているので隣に並んでみるけれど、いたって普通の壁だ。色が変わっているとか、そういうのもないし切れ込みのようなものも見当たらない。

「どこからどうみても普通の壁ですけど」

「いや、かすかに魔力が込められているな。俺たち教員はある程度魔力の痕跡《こんせき》が見えるんだが、うっすらと……あー、このあたりか？　ほぼ消えかけているが、確かに魔力痕が認められる。ちょいと悪いが、木箱をずらすぞ」

二人がかりで木箱をどけていき、人ひとりが通れる道を作った。どう見ても何の変哲もない壁だ。

「これはおそらく血縁者じゃないと駄目なパターンだな。ライム、このあたりに手を置いて魔力を流してくれ。魔力の流し方は？」

「わかります、けど……壁、吹っ飛んだりしませんよね？」

しないしない、と笑う先生を少しだけ疑いつつ手のひらをペタリとくっつけて、指先から魔力を流す。魔力の使い方は、イメージだ。どのくらい流したらいいのかは感覚と流し込むイメージによって変わってくる。魔力を受けて壁が破損しては怖いので少しずつ流し込むのだけれど、抵抗なく魔力が流れていくのを不思議に思った。

木や土は魔力を通さないことが多い。魔力を通す場合は、そういった性質を持っていたか、人の手が入っているかの二択で、もし何も手を加えなければ魔力を流す際の抵抗や反動がかならずある。

ダイレクトに魔力を吸い込む壁はかなり奇妙に感じた。

普通の反応が出ないことに動揺しつつ「もしかして」と渇いた口の中を潤《うるお》そうと無理やり生唾《なまつば》を飲み込む。背後からも熱心に視線が注がれているのが伝わり、未知への期待が高まっていく。

「わッ……!!　扉が浮かんできた」

「魔力で認識を阻害してたのか。魔術陣と塗布系の錬金アイテムを組み合わせて作ったものらしい。血縁者に限定されているのも興味深いな。取っ手がないところを見ると左右どちらかにスライドさせるタイプの扉ってところか」

開けてみたらどうだ、と言われたのでうなずいてそっと扉を右へずらしてみると音もなく、四角く真っ暗に切り取られたような空間があらわれた。しぃんと冷えた空気とうっすらと見える隠し部屋は、横に広い長方形型で大人二人が寝ころべる程度の広さしかない。

「魔石ランプをとってくる。少し待っていてくれ」

パッと踵《きびす》を返し、階段を駆け上がるワート先生の足音を聞きながらその空間に上半身をそっと入れてみる。この部屋の存在を私はずっと知らなかった。

「埃《ほこり》っぽくないってことは、完全に封鎖されてたんだろうな。窓もないし」

右側に伸びた奥行き。突き当りをじっとにらむようにして目を細めると、先生が魔石ランプを持って戻ってきてくれた。

「ライム、先に入ってくれ。もしかすると血縁者以外は入れない仕組みかもしれない」

そういうのもあるのか、とうなずいて魔石ランプを受け取りまずは腕から。

ぼんやりと灯りに照らされた空間は本当に、何の変哲もない壁と床しかなかったのだけれど、突き当りにそれらはあった。

「四角くて大きい鞄？」

「旅行用の大型鞄か。他に何かあるか」

「んー……ない、ですね。大きい鞄一つだけです。ちょっと取ってきます」

隠し部屋に踏み込んで、大きなカバンを持ち上げる。ある程度の重量を期待していたのだけれど、驚くほどに軽い。辞典一冊分くらいの重さしかなかったので、中身は空だろうと思いながら部屋から出て魔石ランプを先生に渡した。

「どう見てもトランク、だな」

「トランクっていうんですね、この四角い鞄」

「ああ。大型の旅行鞄で四角いものはそう呼ばれている。作成者の名前をとってつけたらしい。金具は……あるにはあるが、留め金がないとなると魔力認証式か。ライム、これで指を軽く切って、血液をこの金属部分に押し付けながら魔力を流せ。認証が終わると金具横にある魔石が淡く光るはずだ」

借りたナイフで言われた通り魔力認証を済ませる。狭いので開けるのは、居間でやることになった。

二人で木箱を戻し、ワクワクしている先生を先頭に居間のテーブルへ。テーブルの上にトランクを乗せた。かなり軽かったので何も入ってないと思う、と一言告げてからパカッと取っ手の上部を開く。

「……真っ暗で何もない」

ポカン、と口を開ける私の前にあるトランクの中身は、真っ暗闇。

トランクの中にあるはずの布地やなんかもまったく見えないほど、清々《すがすが》しいほどの暗闇がパカッと口を開いて存在していた。

「これはすごい！　ライム、この中に手を入れてみろ。何か入っていれば『頭に浮かぶ』はずだ」

「腕ごとなくなったりしません？　これ」

「ないない。魔道具と呼ばれる部類のアイテムだ。おそらくだが、これは作成されたものだな。こんな素晴らしいものを作れるとは、さすがオランジェ様。通常、こういった容量を気にせず使用できる収納アイテムはダンジョン産が基本だ。一応、小さいものであれば職人が作り出したものもあるようだが、こういう高度なアイテムを作れるものは世界に一人いるかどうか」

感心したようにトランクをさまざまな角度から見つめる先生をよそに、おそるおそる腕を入れる。

パッと頭に浮かんだというか、指先に触れたものをずるりと引き出せば丸められた羊皮紙が出てきた。書かれているのはおばーちゃんの文字。

『ライムへ
　あなたが、どうか大切なことを見失いませんように。

オランジェ・シトラール』

たった一行のメッセージとその下に『有効活用してね』と一言。

疑問を抱きつつ二枚目の羊皮紙を見ると、目録として入学に必要な物品の名前がずらり。

「オランジェ様は、ライムが学院にスカウトされるのがわかっていたんだな。このトランクを作るのには希少な素材がいくつも必要だったはずだ。錬金服も同様に、最高品質の素材が惜しげもなく使われている。これだと確かに遺産が残っていないのも理解できる」

用意されたものを一通りテーブルに並べてみたけれど、本当にすごかった。

古いとはいえ同じタイトルの教科書に錬金服は夏用と冬用に種類、靴、用途別手袋が三種類、見慣れない飾りが一つ。

「これ、なんだろ？」

「俺も女性の使う装飾品には詳しくないが、カチューシャとかいう髪が乱れないようにするための髪留めの一種だ。学用品の中では錬金服、靴、教科書と高いもの揃っているから、今ライムが持っている金でもどうにかなりそうだな。多少稼ぐ必要はあるだろうが……他には何かあるか？」

「ええと、あとはいっているのはベルト付き腰バッグとレシピ帳、武器代として金貨一枚。あ、追伸ってことで何か書いてあります……腰バッグは腰に巻いて使う。トランクと空間共有式で時間停止・収納量無効が付いてるって。あ、生き物は入らないって注意書きもあった」

「規格外を極めたような入学セットだな……このトランクなら錬金釜こそ入らないが、他の道具は入りそうだな。ライム、学院に行くなら俺も手伝うから、錬金術関連の道具はすべて収納。収納量が無効ということだから、いくらでも入る」

試してみよう、と言われたのでいくつか大きなものを入れてみたけれど、問題なく使うことができた。取り出すのもできたし、いくら入れても重さが変わらないのがまた不思議だ。

また、使用できるのは私だけということも判明。先生いわく、魔力認証式だから当たり前、らしい。

資金もだけれど、ある程度の目途《めど》がついたので先生が改めて書類を私に提示した。

「ライム。これで心配していた金銭問題はほぼ解決したといっていい。この入学承諾書に名前を書けば、試験に間に合うように馬車やなんかの手配にとりかかる。どうする。無理にとは言わないが、錬金術を学びたいなら入学した方がいいぞ」

「錬金術師の資格がないとアイテムを売って生計を立てるのは難しい、んですよね。確か」

「ああ、そうだ。錬金術は金がかかる。嫌な言い方をするが、資格を取らないと生活がままならなくなるのはわかっているだろう？　錬金術師になる気がないというなら、断れ。少しでも学びたいなら、サインをした方が俺はいいと思う。学院は、まぁ、教師が言うことじゃないが自分の都合でいつでも辞められるしな」

差し出されたのは、錬金術で作られた錬金紙に特殊な魔術陣が書かれた【魔法紙】と呼ばれるアイテム。少し迷ったけれど、大きな心配事が解決したので差し出されたペンを受け取った。

自分の名前を書いたら、担当教諭の欄に先生も署名。二人同時に魔力を流し、手続きが終了。

なんだか、目まぐるしく進んだなとぼんやりしていると先生が窓の外へ視線を向ける。

広がるのは豊かな森だ。

「首都モルダスに俺が帰る時間を含めても、三か月はかかる。それを見越して説明に来たから、その間にここを離れる準備をしてくれ。俺がいるうちに大型のものは必要最低限を残して収納するか」

「わかりました！　持って行けるものは根こそぎ持って行きます」

むんっと拳を握りしめ気合を入れる私の横で「肉体労働は久しぶりだ」と笑う先生。

つられて笑い返した私は、この日、久々に人と一緒にご飯を食べた。

◇◆◇

緑の大国トライグルは、豊穣《ほうじょう》の国と呼ばれている。

その名に相応《ふさわ》しく「世界の食料庫」とも称され、多種多様な食材が集まることで有名なのだそう。食材が集まれば料理人が集まり、料理人が腕を磨くことで世界中の美食家や観光客が料理を楽しむためにやってくる。

と、御者のタイナーさんに教えてもらったので知っていたけれど、まさかこれほどまでとは、なんて考えながら目の前に聳《そび》えたつ大きな門を見上げた。

「今回はモンスターや魔物に出くわさなかったからよかったよ」

「馬車ともすれ違わなかったですもんね。どこまで行っても道と草」

「あの道は道幅が狭いから通る人間は少ないが、ちょっとした近道でね。この時期、大きな街道だとスピードが出せないから、トラブル時や急ぐ時はこっちを選ぶんだ」

朗《ほが》らかに笑いながらタイナーさんは、温かみを感じる薄茶色の瞳を細めた。

予定通り夕方、徐々に日が暮れ始める時間に大門前に到着した私たちは、ひたすら待機していた。

私たちの前にはまだ数台の馬車がずらり。

「国の大型馬車があるから、手続きに少し時間がかかりそうだね。試験日は明日で間違いないかい？」

荷台にいるのも飽きたので、馬車が停止したタイミングで御者席へ。馬の尻尾が左右にゆるく動くのを眺めながら、うなずいた。私たちの前にある馬車には家族が乗っているようで、子どもがチラチラと荷台の布を上げてこちらを見ている。気づいてからは、時々手を振ったりしているのだけれど、それだけで子どもは大興奮して野生動物みたいにピョコピョコ顔を出しては、はしゃいでいた。

「検問所を通ったら馬車で宿まで行くんですか？」

「そのつもりだよ。夜の街は冒険者が多いからね。屋台なんかも出るから一度見せてあげたいけれど、明日は早いのだろう？」

「受け取った手紙には、午前七時半からって書いてありました。宿は『ルージュの宝箱』です。ご飯は出るって書いてあるけど、ここを通り抜けたらけっこう遅いですよね、時間」

「そうだねぇ。もし、売り切れたとか準備が難しいということなら、屋台で調達するしかないか。さすがにお腹すくしね。朝ごはんは出ると思うけれど」

のんびり話をしながら、順番を待ち、やっと入門検査を受けられることに。

馬車のまま大きな門の中へ入る。

検問所内は、馬車ごと入れるというだけあって広かった。中央を鉄柵で区切り右側が外から中へ入るための、反対側は中から外へ出る馬車や人が並んでいる。それぞれカウンターは二つ、騎士は三名。

「次の方、こちらへ」

若い騎士の声に従って馬車が進む。まず、御者席からタイナーさんが降りて御者証明書や身分証、通行許可証を提示。その間に青年騎士が馬車の荷台の中をチェックし、御者席でポカンと口をあけている私に話しかけてきた。

「お嬢さん、こちらへどうぞ。馬車や荷物はそのままでかまいません」

はい、と返事をして御者席から受付カウンターへ行くとテーブルの上に直径十五センチほどの丸く加工された水晶石が置かれる。

「まず、身分を証明するものや目的証明になるものを提示してください。身分証は冒険者カードでもかまいませんし、冒険者ギルド以外のギルドカードでも問題ありません」

「まだ冒険者登録していないので、これでお願いします」

タイナーさんから受け取った学院からの証明書二枚を提出。

書面には『トライグル国立レジルラヴィナー学院錬金科受験資格認定証』『トライグル王国首都モルダス通行許可証（片道）』と書かれている。名前を聞かれたのでフルネームで回答し、本人確認終了。

続いて、水晶石に素手で触れ、魔力を流すように言われた。

不思議に思いつつ、手袋を外して指示に従うと淡い水色に水晶が光る。

「犯罪歴なし。御者のタイナーさんが手続きを終えたら通ってかまいません。個人的な質問で申し訳ないのですが、今年錬金科を受験されるのでしょうか？　名前を拝見する限り、貴族籍を有していないようなので気になってしまって」

「明日、試験を受けるんです。貴族じゃないと試験って受けられないんですか？」

「紛《まぎ》らわしい質問をしてしまいましたね。今まで、貴族籍を持たない方でスカウトされたのはおそらくあなたがはじめてなので。スカウト生の受験は一般受験より一日早いため、見分けがつくのです。私もスカウト生は今まで何名か見てきましたが、みなさん貴族籍を所有されていました」

「そうなんですか？　え、ってことは貴族以外の錬金術師って数がすごく少ない、とか」

「数が少ないというより『ほぼいない』という表現の方が正しいです。オランジェ様くらいじゃないでしょうか、貴族籍を持たない錬金術師は」

驚く私に騎士の人は書類を書きながら、錬金科に入れた庶民出の子どもはほぼ全員が貴族の養子になるのだと話してくれた。才能は遺伝しないので、国に貢献できる錬金術師を輩出するには、養子をとることが一番手っ取り早いのだとか。

「子どもは親や兄弟を思って、多額の金銭と引き換えに養子になります。学費がかからなければ家族が助かりますし、家族を奴隷にするより……ああ、手続きが終わりましたね。お待たせしました。首都モルダスへようこそ。よい時間をお過ごしください、試験応援しています」

ニコニコ笑う青年に見送られて私は馬車の御者席へ戻る。

タイナーさんにいろいろ聞きたくなったものの、人が多い場所で手綱を握る姿を見ていると気安く話しかけることができず、のどまで出かかった言葉を無理やり飲み込んだ。

門を通り抜け、パッと目の前に広がったのは、今まで目にしたことのない景色。

完全に陽が落ち、本来であれば自宅で食事や寝る準備をしている時間なのに、大勢の人が行き交っていた。それだけではなく独特の活気と光で満ちているのだ。

「私の知ってる夜じゃないみたい。明るい」

「一定の間隔で魔石灯で道を照らしているからね。観光客が多いところは基本的にこうやって明るくしているのさ。防犯のために魔石灯を設置する決まりがあるんだ。居住区はほどほどに暗いけれど、ライムちゃんからすると明るいと感じるかもしれないな」

「店の前に並んだ小屋は何ですか？　台所を移動してきたみたいですけど」

「あれは屋台っていう移動式の店だよ。売っている食べ物は食べ歩きに適したものがほとんどだけれど、店の前に小さな椅子やテーブルが置いてある場合はあの場所で食べられる。これから門の横にある停馬場へいくよ。この子を休ませてあげなくては」

暗闇を照らすように暖かな光の列がずらりと奥まで続き、広い道を行き交う人、飛び交う声とお金、商品、熱気。はじめて感じる太陽が出ている時間にはない特有の熱気を横目に、右折し進む。

停馬場は、門の横に確かに存在していた。

移動中にタイナーさんから街の生活について改めて話を聞くことができた。

「この街では、子どもがいたり人数が多い家庭以外は、屋台や酒場なんかで食事を済ませる人も多いんだよ。時間帯によって安い定食があったりもするしね。飲み水は、青色魔石を使って水を出すか井戸で汲んだ水を沸かして飲んだり、がほとんどだね。二、三日に一度、国の人が水質検査をするから安全度が高いんだ。水道は、店をかまえている飲食店、高級宿や学院、王城、治癒院くらいかなぁ。一般家庭にはほぼないよ」

ガタゴト揺れる御者席で話を聞いているうちに、馬車の停留所である停馬場に到着。

タイナーさんは馬を預ける手続きをするとのことだったので、世話になった馬のブラッシングをさせてもらうことに。旅の期間が長かったことと、暇を持て余していたから馬ともある程度信頼関係が結べた。途中で何度か乗馬もさせてもらったしね。

よしよし、とブラッシングを終えて撫《な》でていると背後から「おーい、そこの、双色《ふたいろ》の髪の…」と呼びかけられたので振り向くと少し遠くから早足でこちらに向かってくる同じ歳くらいの男の子。

短くさっぱりとしたこげ茶色の髪に青色の瞳。身にまとう服は、冒険者というより検問所の騎士に近い。誰だろう、と振り返ったまま戸惑っていると顔がしっかり認識できる距離で彼は足を止めた。肩で息をしつつ、目を輝かせている。

「はぁ、よかった。さっき検問所で見かけて……上がりの時間だったから追いかけてきたんだ。オレは、エルダー・ボア。首都モルダスの騎士団で騎士見習いとして働いてる。今年、騎士科の試験を受けるんだ」

そっか、と相槌《あいづち》は打ったものの話しかけてきた理由がさっぱりわからない。

私の表情をみて疑問に思っていることがわかったのか、気まずそうに視線を足元へ落とす。数秒の沈黙ののちに考えがまとまったのか口を開く。

「オレ、騎士科の試験を受けるって言っただろ。おま……じゃない、君がスカウト生で、しかも貴族じゃないって言ってたのが聞こえてさ。錬金術師ってほぼ貴族だから、オレみたいな庶民には縁がないんだ。でも、騎士は戦闘職で最前線で戦うことが多い。いざって時のために、顔見知りになっておけばって思ってさ」

「将来私から錬金アイテムを買いたいから声をかけたってこと？」

「まぁ、そうだな。オレさ、貴族が嫌いなんだよ。実家が宿屋でいろんな客がくるんだ。で、トラブル持ち込むのはだいたい貴族で……知り合いが貴族にイチャモンつけられて店を畳むことになったり、借金奴隷になったりとかそういうのも見聞きしてて……全員が全員、悪い貴族ってわけじゃないことはわかってる。でも、金を払うなら貴族じゃなくて、同じ庶民から買いたいんだ」

初対面の相手に話しかけられて何事かと思ったけれど、事情を聞けば私も納得ができたので右手を差し出した。ギョッと目を見開いて一歩後退《あとずさ》ったので思わず吹き出す。

「喜んでって言いたいけど、アイテムを作れるようになるかわからないよ？　それでもいいなら」

「お、オレは嬉しいけど……いいのか？　下心しかないのに」

「素直に話してくれたから信用できるなって思ったし、私も貴族は嫌いだからさ。嫌いな相手からアイテムを買いたくないって気持ちはすごくわかるんだ。それにド辺境から一か月半かけてモルダスに来て、いろいろわからないことだらけ。顔見知りもいないし、話しかけるにしてもどうやって話しかけたらいいのかわからなかったんだよ。髪が目立つから視線だけはたくさん集まるけど、実際に声をかけてくる人はいないしさ」

唇を尖らせて拗《す》ねたような表情を浮かべてチラッと様子を窺えば、緊張のゆるんだ表情に変わっていた。そして、しっかりと私が差し出した手を握り返してくれる。

「下心あったたって言ったけど、『双色の髪』なんて御伽噺でしか知らなかったから、単純に話してみたいって気持ちはあったんだ。この時間は陽が落ちて暗いけどさ、月明かりの下でもすごく綺麗で驚いた。けど、どうせなら太陽の下でしっかり見ておきたい。絶対、すげぇ綺麗だろうし――オレのことはエルって呼んでくれ。友達になったたってことで、これからライムって呼んでもいいか？」

うん、と返事をすると「あー、緊張した」とその場にしゃがみ込んだので笑ってしまった。

エルは、生まれた頃からモルダスで暮らしているから知り合いが多いのだという。旅行客や冒険者と話す機会はあるけれど、自分から仲良くなりたいと明確な意思を持って話しかけたのははじめてだったそうだ。

「そういえば昔、おじーちゃんが『騎士の友達を作る時、騎士と友達になる時は納得できる相手にしなさい』って言ってたんだよね。その時は、騎士どころか友達なんてできるとは思ってなかったから聞き流したけど」

「ライムの爺ちゃん、騎士だったのか。オレらも騎士見習いになってから先輩に『納得してもらえる騎士になれ』って言われた。命を預けることに納得できるか、話す内容に納得できるか、対価に納得できるか、そういう多くの納得を勝ち取った騎士が、慕われるって」

そういう意味だったのか、と思わずこぼした私にエルも「わかりにくいよな」と声を潜めた。

昔からの言い伝えってわかりにくいことが多い。

「それはそうと、試験っていつなんだ？　先輩と話してるの所々しか聞こえなくてさ。もし時間があるならモルダスを案内するぜ！　地元だし、騎士団の雑用してたから、うまい飯屋とかいろいろ知ってるし、オレの試験って明々後日なんだ」

「試験時間は確か明日の朝七時半からなんだけど……落とされたらどうしよう」

「落とされるって……スカウト生は基本的に合格するぜ。文字は書けるんだよな？」

「共通語と古代語だけだけど」

「文字さえかければ問題なく受かるって言われてる。後はよほど性格に難がある場合くらいじゃないか？　けど、そういうのってスカウトしに来た教師が判断するって聞いたことあるな。オレが知ってるのは騎士科の情報だけだけど、制度自体は同じだと思う。同じ教育機関だし。迎えに来た教師は何か言ってなかったか？」

エルの言葉に「安心して首都に来てほしい」と言われたことを伝えると、ニッと歯を見せてエルが笑う。頭の後ろで腕を組んで、それなら楽勝だ、と明るいトーンで別の話題に。

馬が水を飲む姿を並んで眺めていると、御者のタイナーさんが戻ってきた。

「いやぁ、すまないねぇ。手続きに時間が……ん？　エル坊じゃないか。ライムちゃんと仲良くなったのかい？」

「友達になってくれたんです。タイナーさん、ブラッシングとお水は飲ませたんですけど、ご飯が」

「ああ、それはありがたい。長い間頑張ってくれていた分、労《いた》わってあげなくてはと思っていたんだ。こいつもよく懐いているし、時間がある時に時々でいいから会いに来てやってくれ。餌《えさ》はさっき食べさせてほしいと頼んでおいたから、まずは『ルージュの宝石箱』へ行こうか」

荷台から荷物を下ろしてくれたタイナーさんにお礼を言って受け取ると、エルがトランクを指さした。

「なぁ『ルージュの宝石箱』に行くなら、オレもついて行っていい？　荷物くらいは運べるし、一応騎士見習いの制服だから面倒ごとに巻き込まれる確率は減るぜ」

「エルがいいなら、お願い。ちらっとしか見てないけど、こんなに大勢の人がいるとは思わなかったよ。想像以上っていうか」

肩をすくめてみせるとエルはハハッと笑ってトランクを持ってくれた。軽さに驚いていたけれど、これは便利そうだなとそれだけ言って、歩き出す。エルがタイナーさんに帰っていいと伝えると少し迷って、私を頼むよと一言。体があまり丈夫ではない奥さんがいるから、早く会いたいのだそう。

いろいろと注意事項を聞き終えたエルは、改めてと仕切り直し、目的の宿屋へ歩みを進める。

「へー。さっきから騎士の人がチラチラ見えるのって巡回してるからだったんだね」

「いろんな人間でごった返すからなー……夜は酒が入るのもあって、揉め事が多いんだ。だから、巡回はかならず二人一組でって決まってる。騎士団にもいろいろ部隊があるけど、オレは今いる隊に振り分けられたいんだよな。隊長も副隊長もすごいけど、隊員もすげぇんだ！」

身振り手振りを交えて隊長や副隊長といった所属している騎士団のことを話すエルの話は聞いていて面白い。歩きながら話しているのに、人にぶつかりそうになっていたら私の手をひいたり、あらかじめ声をかけて注意をしてくれたりとかなり助かった。どこかに目でもついてるのかと聞けば思いっきり笑われたけど。

「慣れてるだけだって。護衛騎士の補佐とかもしてたから、視野は広い方だぜ」

二人で歩いていて、面白かったのは道行く騎士が親しげに声をかけてくれること。

はじめはみんな、驚いた顔をするのだけれど、エルが私の紹介を軽く済ませると、私の髪を誉めるのだ。その流れで全員がエルにどうやって知り合ったのか聞くのだから、最後の方はエルがウンザリしていた。他にも錬金科を受験することを伝えると羨《うらや》ましがって、私に「錬金術師になってくれるとオレたちも助かるから、応援しているよ」とか「困ったことがあったら遠慮なく、その辺の騎士に声をかけてくれ」と親切な言葉をかけてくれる。

「私、騎士の人ってもっとこう、怖い感じなのかと思ってた」

「他国じゃそういう騎士が多いらしいけど、トライグルじゃ犯罪者以外には基本的に優しくって教わるんだよ。観光を産業にしてる以上、できるだけ楽しんでほしいしさ」

そう言って笑うエルは、検問所からまっすぐに伸びた石畳を見て「いい街だろ」と誇らしげに胸を張る。今私が歩いている道は『一番街』と呼ばれる王城付近まで伸びた大きな買い物街。馬車が二台ずつ並んで走れるほどの広い道路の左右には、さまざまな建物が並んでいる。

「ずいぶんいろんなお店が並んでるね」

「検問所から入ってすぐの場所に冒険者ギルドとか役所の関係があるからなー。この通りは人が多いこともあって賑《にぎ》わうけど、奥に行くともっといろんな有名店が並んでるんだ」

陽が落ちて薄闇に染まり始めた街には多くの明かりが灯っている。日の下でも賑《にぎ》やかなんだろうと思うけれど、夜のさまざまな強さの明かりと人が行き交う様は、私が暮らしていた環境とは正反対で、気づけば足が止まっていた。

「地元民がよく使う二番街って場所もあるんだ。そこは、一番街とは違って気安い雰囲気だな。時間帯によって露店《ろてん》の種類や数が変わるし、いいものを確実に買うなら一番街、目利きに自信があるなら二番街ってことで知られてる。昔は三番街ってのがあったみたいだけど、俺の親が子どもの頃に最後の一店舗が閉店してから倉庫になってる。あ、けど最近、荷物が運び出されたって聞いたなー……新しく安くてうまい飯屋ができたら嬉しいんだけど、場所がな」

「一番街、二番街っていうのがある時点で広くて、人がいっぱいなんだね……宿ってこっち？」

足を止めて、通り過ぎた看板を指させば、エルは私に手招きをして歩き出す。

「あっちは『観光客向け』の宿屋なんだ。冒険者やなんかは住宅街の中にある宿屋を使う。観光客向けの客室より、住宅街の宿屋の方が安くて使い勝手がいいから覚えておくといいぜ。少なくともトライグルは大きな街ほどそんな感じの作りが多いし。店って基本的に信頼関係ができれば融通《ゆうずう》が利くんだよ。オレの家にも固定客っつーか贔屓《ひいき》にしてくれてる冒険者がけっこういるしさ」

これから薄暗くなると言われて家にあった小型の魔石ランプを取り出す。光量を足元がぼんやり見える程度に調整して腰からぶら下げた。

「こっからは商店街から外れて住宅街と宿屋が乱立してるんだ。元々宿屋やら寄宿舎だったりした土地を壊して、世帯向けに立て直したのがこのあたりだからさ。この時間なら飯が終わってのんびりしてるところだなー……これから行く『ルージュの宝石箱』は高級よりの冒険者宿だな」

そんな高級宿に宿泊させてくれるなんて、親切かも？ と足を動かしているうちに目的の宿へ到着。

上品な白壁と煉瓦の組み合わせ。宿の前には、テーブルと椅子が置かれていて、数人のお客さんが会話をしながらお酒を飲んでいるようだった。入口が二つあるのを眺めているとエルがそっと「小さいほうの扉は従業員が酒や飯を運ぶのに使う専用のドアなんだ」と教えてくれた。

「夜にはちょっとした酒場にもなるから、近所の人や冒険者がここで話をしたりするぜ。一階の食堂も同じだな。宿泊は二階。とりあえず入ろうぜ」

木製の手すり付き階段を五段ほど上がる。石畳を積み重ねた上に宿があるようだ。

階段の隙間から土台部分に注意を向けていることに気づいたのか、エルがちょいちょいと手招きしてその場にしゃがみ込んで、階段の隙間から土台になっている石壁を指さした。

「モルダスの宿屋は基本的に地下室があって、ふだん、ワインや長期保存ができる食材を置いてる。一応理由があって、宿屋は避難所を兼ねているんだ。壁もドアも国の指示で一定の基準を満たした丈夫なものじゃなきゃ駄目だし、万が一、街中で戦闘が起こっても地下で籠城できるような造りになってる。それと立ち上がって屋根を見てみるとわかりやすいんだけどさ、宿屋は他のところより屋根が高いんだ。これ、見張りの関係でこうなってるんだよ」

見張りって、なんの？と思わず返すと、エルは目を細めて町の外へ視線を向けた。

つられてそちらを見てみるけれど、特に何も変わったものはない。

「魔物だったり他国からの侵攻だったり、かな。今は社会情勢ってやつが落ち着いているらしくて、警戒するべきは魔物が九割って言われる。首都にある家は、貴族のものであっても二階建てって決まってるんだ。あと、貴族の住んでる屋敷は、宿屋よりさらに屋根が高いだろ。これ、理由があって『狙い』を民家から逸《そ》らす役割も担ってるらしい。ま、警備の数で言えば王城が一番なのは王様がいるってのと、敵が集中しやすいからってのと複数の意味やら狙いがあるらしい」

だいたいこんなところか、と説明をし終えたエルは私を誘導するように先に階段を登り切った。

そしてどこか楽し気に「どうぞ」と、貴族みたいに一礼してドアを開けたので戸惑う。

突然の謎すぎる行動に、どうしたらいいのか聞けば噴き出して「先に入ればいいんだよ」と一言。

「エル、変なことしないでよ。びっくりした」

「変なことって、エスコートしただけだろ。一応騎士見習いとして先輩には一通り叩き込まれたからな」

ははは、と楽しそうに笑ったエルに誘導されて宿に入ると、上品な白い壁色とワイン色の絨毯《じゅうたん》。高級感あるコルクのような色の木材を使って作られた階段やドア、カウンター。高い天井を見上げると小ぶりではあるけれど、綺麗な水晶を贅沢《ぜいたく》に使った照明器具がぶら下がり、温かく室内を照らしていた。

カウンターや階段のあるロビーから奥には食堂兼酒場。そこからは賑やかな声と楽器らしき音と歌声が聞こえてくる。

「……たかそう」

「まぁ、言いたいことはわかるけど、女の子って普通『すてき！』とか『こういうところに住みたい』とかいうんじゃないのか？」

「掃除大変そうだから住むのは嫌だな、としか……えーと、カウンターに行けばいいのかな」

そういうもんか、と呟いたエルの隣でキョロキョロあたりを見回していると、どこからかコツコツと独特の靴音が聞こえてきた。音が聞こえる場所を特定する前にカウンター奥のドアが開かれる。

「あら、いらっしゃい。こんな時間に女の子を連れてくるなんてなかなかやるわね」

からかうような声色と表情を浮かべた綺麗な女性は、優雅にカウンターから私たちの方へ足を進める。

その足は見たことのない靴を履いていて、歩くたびに独特の音がした。

「なぁんて、ね。いらっしゃい、本当に綺麗な双色の髪なのね。あら、瞳も髪と同じ双色」

濃紫の豊かな髪は動くたびにゆるやかに波打ち、ローゼルの香りがかすかに広がる。唇にのせられているのは、ルージェと呼ばれる唇に塗るための塗料のようなもの。主に女性がよく用いる化粧品とかいうものだったはず。何度かおばーちゃんが調合しているところを見たことがある。

「その【ルージェ】って……おばーちゃんの」

「わかるのね！　ふふ、嬉しいわ。オランジェ様の孫で、カリンの娘であるあなたがモルダスに来るって聞いて、どうしてもこの【ルージェ】をつけて迎えようと思っていたから。私は宿屋『ルージュの宝石箱』のルージュよ。昔、あなたのお母さんとパーティーを組んでいたの。大変だったでしょう、ここまで。食事は部屋に運ぶから一緒に食べましょう。まずはゆっくりお風呂に入って汚れを落とさなくちゃね。せっかくかわいいのだから、もう少し気を遣わなきゃだめよ。カリンみたいに見た目にかまわないなんてもったいないもの――エル坊もここまで無事に送り届けてくれてありがとう。これ、内緒のお小遣いねふふ」

ひらひらと手を振る彼女にエルは苦笑してうなずき、銀貨一枚を受け取る。後で聞いたら、こういうことはたまにあるのだとか。特に、今年エルが受験をすると聞いているからこその激励なのだと。

「オレは明日非番だから九時半に校門前で待ってる。試験は二時間もあれば終わるだろ。おやすみ」

片手をひょいと上げるとエルは背を向け小さくなっていく。

背中が見えなくなって間を置かず、ルージュさんは荷物を私の部屋へ運ぶよう従業員へ伝え、そのままカウンター奥へ。部屋に案内されると思っていたので戸惑っているとお風呂に入りなさいと彼女の生活スペースへ。

汗や汚れを流してようやく、割り当てられた部屋へ。室内のテーブルにはすでに食事が二人分用意されていて、私は彼女と二人で食事をとることになった。

「お風呂場でお母さんと同じパーティーだったたって……」

「ええ。カリンやオランジェ様とはなかなか顔を合わせて話せなかったのだけれど、手紙のやり取りだけはずっと続けていたの。手紙にはあなたのこともたくさん書いてあったわ。だから、一方的に親しみを感じていたのよ。あなたに手紙の一つも出さずにこんなこと言って、狡《ずる》いわよね……本当に」

口の中がいっぱいだったので慌てて首を横に振ると笑いながら、私の口元を優しく撫でる。ソースが付いていたらしい。

「私ね、オランジェ様からいただいた【ルージェ】は大事な勝負の時、美しくありたい時、祝いたい時なんかにつけることにしているの。市場にはもう、出回らないから。大事に使っているわ……ライムちゃん、本当にごめんなさいね。あなたを引き取ることも考えたのだけれど」

「いいんです！　私、麓の人たちに教会で暮らすよう言われていたんですけど、家の周囲にはおばーちゃんのお気に入りがあったし、もしかしたら誰かが時間をかけて訪ねてくるかもしれない……そう考えたら離れる気にはなれなくて」

「大変だったでしょう。十歳にもなっていない女の子が一人で」

「そうでもないですよ。やらなくちゃいけないことはわかっていたし、ご飯も洗濯も掃除も採取もできるようになってました。パンも自分で作れたし。野菜は収穫するまで少しかかったけど」

一人だからこそできたこともある。

そうなの、と涙ぐむルージュさんに気にしないでほしいと改めて伝え、ご飯をタダにしてくれてありがとうと頭を下げた。彼女はゆるく首を横に振って「親友の子どもに会えたのだから、この程度じゃ足りなさ過ぎる」と涙ぐみながら朝食も豪華にするわね、とウインク。お酒が入って少し肌が赤く染まったルージュさんに気になっていたことをたずねてみる。

「ルージュさんはふだん、やっぱりスピネル王国の【ルージェ】を？」

「ええ。オランジェ様の作ったものほど素晴らしくはないけれど、それでも品質はいいのよ」

今現在【ルージェ】は、青の大国と呼ばれるスピネル王国で多く作成されている。

鮮やかな色を出せる素材は鉱石がほとんど。実は植物から作り出すレシピもあるのだけれど、本当にごく限られた場所にしか咲かない花と薬草、そして〝特殊な溶液〟を組み合わせる必要があるから量産には向かないはずだ。

個人的には、石を素材にしたものを唇に塗るのは抵抗がある。

それにレシピを知っているのはたぶん、私だけ。知ってることと、できることは違うけれど。

「私、いつか必ず【ルージェ】を作ります。作ったら使ってもらえますか」

「もちろん！ 困ったことがあったら、このルージュ姉さんになんでも相談するのよ。大事な親友の娘で、恩人のおば様の孫だもの」

口元に手を当てて、少女のように笑う姿は本来の姿なのかもしれない。

この日は一緒に寝ることになり、知らなかったお母さんの話をたくさん聞くことができた。

二話　入学試験

学院の案内によると、受付時間は七時から。

ルージュさんに見送られて通り道を歩く。

住宅街ということもあって住人や子どもが私の髪を見て動きを止めていることが何度もあった。手を振れば子どもは喜んで、住人は興味深そうにしつつも笑顔や会釈《えしゃく》を返してくれる。都会の人は冷たいとか怖いと麓で聞いていたけれど、そうでもなさそうだ。

石畳の坂道を登っていけば、大きな鉄の門と左右へ伸びた錬金煉瓦の塀があらわれる。

「首都の建物ってなんでどれもこれも大きくて広いのか……麓の集会場、何個分だろ」

学院は他の建物よりも高い場所に建てられているから、商店街や住宅の屋根が見渡せてなかなか綺麗だ。景色を堪能《たんのう》し、鉄門の脇にある小窓へ近づく。中には簡易的な机とテーブルしか見当たらない。

「すいません、受付ってここでいいですか？」

「ああ。まず手紙に同封された『受験資格証』と『受付時間』が書かれたものを。名前は」

「ライム・シトラールです」

ポーチから必要書類を取り出して、小窓へ手紙を差し出す。いくつかの質問の後、大きな鉄門越しにのそりと中年男性があらわれた。ぼさぼさの髭と眠たそうな表情で「少しだけ開けるから入って来い」とだけ口にする。重たそうな音とともに開かれた隙間は四十センチ程度。

「中に行って正面の受付に渡してくれ。面接官が来るまでそこで待っておけ」

雑に突き付けられた受験者証と受付時間がかかれた紙をどうにか受け取って学院へ足を運ぶ。

門の奥に聳え立つ学院は三階建てで、横にも奥にも広い。

学院に騎士科・錬金科・召喚科という三つの科があるということは、スカウトに来たワート先生やエルからも聞いている。

「貴族と同室だったら嫌だなぁ、私」

学院内にあるあらゆる建築材は、すべて調合で作られた高価な素材ばかり。品質はバラバラ。品質の低いものは目につきにくい場所に使われているのを見て、生徒が作ったのだろうと判断した。

「錬金術の学校なら、花壇に薬草植えればいいのに」

何の変哲もない芝生と薬効がない花が植えられた花壇を通り過ぎ、立派な扉の前へ。

無駄に大きな鉄製の扉を見上げて、少人数用のドアノックを鳴らす。

「お、早いな。よければ試験に移るがどうする？ 俺としては、一般入試の準備も山のようにあるから前倒しの方が助かるんだが」

「このまま受けます。えーっと、何をするんですか？」

「最初に魔力検査の後、面接だ。魔力検査を受けたことは？」

「ないですねー」

「こういう特殊な状況でなきゃ受けないか。この時間帯は生徒がいないから早く終わらせるぞ」

暗に『貴族に鉢合わせたくないだろう』と言われていると気づいて、素直にうなずく。

学院に入ってすぐにある広いロビーを横切り、警備騎士が控えるいくつかの扉の前を通り過ぎる。

先生は迷いなく、建物の奥へ歩みを進め、二枚扉の片方を開いた。

「これから行くのは資材などがおいてある教員棟だ。通常試験は大講堂や教室を使うがスカウト生は不在の年も多い。本来はちゃんと部屋を用意するが、今回は保管室で済ませるか」

「……ワート先生って本当に先生？」

「ええー……俺はちゃんと先生してるだろ」

静かで人の気配がない廊下の突き当りで先生は足を止めた。ずらりと並ぶドアは、教授に割り当てられた二つの研究室のうちの一つだという。

「あー……埃っぽいと思うが、長居はしないから我慢してくれ」

壁と同系色のドアに年代を感じさせる古いドアノブ。先生がじゃらりと腰に下げていた鍵束から中くらいの魔石が付いた鍵を取り出しゆっくりドアを開いた。

先生は、真っ暗な部屋に足を踏み入れて魔石灯に明かりを灯す。

「おじゃましまーす」

先に入室した先生に続いて、足を踏み入れると、ぶわっと埃が舞い上がった。

室内はとてもシンプル。机が一つ、本棚が一つ、椅子が二脚。壁側にある備え付けの棚には箱や布に包まれたものが置かれている。

先生がカーテンと窓を開けると風が吹き込んで埃が舞う。

「立ったままでいいか。その机の前で待機してくれ」

先生は棚から深紅の錬金布に包まれたものを運んで机に置く。縦三十センチ、横二十センチの長方形型で厚みが五センチほど。置いた時の音から硬くて、重量のある物体であることは間違いない。

包みを開くと、水晶を本のような形に整え、表面に複雑な魔術陣や呪文を彫った板が姿をあらわした。

「これは【魔力晶】と呼ばれる純度の高い水晶石と魔石を錬金術で加工し、魔術師や細工師の加工をへて完成するものだ。魔力晶には種類があるが、これは魔力の色と量を測るために用いる」

うなずくと先ほど取り出した棚の当たりを指さして、同じものを一般入試でも使うのだと補足。ある程度の数はあるけれど、ふだん使うものではないため、ここに保管しているそうだ。

「じゃ、この上に両手を乗せ、魔力を流してくれ。魔力の流し方はわかるな？」

「調合する時の感覚でいいんですよね」

「そうだ。と言っても、その感覚を知っているのは珍しいんだがな。師弟《してい》制度や教師などから学んでいないと感覚がつかめないことも多い」

ラッキーでした、といえば、何とも言えない表情で先生も同意した。

「魔力の量はありったけ。といっても、魔力を流すとなくなるまで勝手に魔力が吸われる。終わったら魔力回復薬を渡す。魔力量に応じて、だけどな」

「無料ですか」

「ま、まぁ……金はとらないが」

気になるのはそこなのか、と項垂れる先生を見なかったことにして、魔力を流す。

魔力が抜かれていくことを感じながら観察していると、流した魔力が増えるにつれ輝き始める。

「おぉ～……なんかキラキラしてきた」

コップに水が溜まるように光るのが楽しかったけれど、あっという間に終わって、キラキラが増すだけになってしまった。けっこうな明るさになったのを見下ろして、ロウソクやランプの替りにしたら油代が浮きそうだな、なんて考えている間に魔力が切れた。

「先生、回復薬下さい。魔力空っぽになりました」

「中級魔力回復薬だ。足りなければ言ってくれ……というか、魔力切れの状態でよく立ってられるな。普通は多少ふらついたりするものだぞ」

貰った回復薬を飲み干して、毎回今までずっと聞けなかった疑問をぶつけてみることに。

自分なりに考えたけれど結論が出なかったのだ。

「回復薬をポーションって呼ぶことありますよね？　あれって何か違いあるんですか？　ほら、魔力回復薬を魔力回復ポーションって言ったりとか」

家に来るお客さんによって、回復薬の呼び方が二種類に分かれることが気になっていたのだ。

先生は一瞬目を見開いたけれど、すぐに表情を緩める。

「授業でよく聞かれる質問だな。この場合『回復薬』が正式なアイテム名だ。ポーションという表現は量を指す。商売ギルドの定義で百ミリリットル以下を『ポーション』の基準としている。今ライムが飲んだものは『魔力回復薬』であり『魔力回復ポーション』でもあるといっていい」

「品質の高いものほど量が減ることを考えると……上級になるにつれてポーションって呼ばれることが多いってことか。飲むアイテムだけですよね、ポーションって呼べるの」

「そうだな。塗り薬なんかは基本的にポーションという呼称を用いない。ただ、国家試験のためにも『回復薬』で呼び方を統一しておけよ。試験での表現はすべて正式なアイテム名だ。緊張した結果、ポカをやらかして大事な問題を取りこぼすことも多い。日頃から気を付けて覚えるように」

納得してうなずけば先生は満足して、視線を落とす。魔力を注いだ魔力晶は光り輝いていたけれど、いいのか悪いのかさっぱりわからない。

「ワート先生、結果はどうですか？　失格とか」

「これは、そうだな……悪いが俺じゃ判断ができないから、詳しい人を呼んでくる。できるだけ急ぐが、戻って来るまで部屋を出ないように」

止める前に、鬼気迫る表情で教室を飛び出していったので、仕方なく周囲を見回す。

気になったのは本棚だ。

青緑色の背表紙に金色の刺繍《ししゅう》で綴られた著者の名前を確認して、思わず手が伸びた。

『魔力の色と可能性』著：オランジェ・シトラールと書かれたそれをそっと開く。

「おばーちゃんの本だ。家にも何冊かあったけど……これは見たことないや」

手に取った本の目次に目を通したところで廊下から鈍い衝撃音。手に持っていた本を勢いよく閉じ、本棚へ押し込む。本棚に背を向けて、入り口へ向き直ると肩で息をするワート先生の姿が。

「ッ……ま、待たせ、てわる、い」

ぜひゅーぜひゅーという不可解な音を言葉の合間に挟みながら、膝が完全に笑って震えていた。

まるで生まれたてのヴァルケロスみたいだな、と興味深く観察しながら椅子を持って行けば、崩れるように座りこんだ。必死に呼吸を整える姿はちょっと情けない。

「先生、呼吸が大変なことになってるけど、息、吸えてます？」

よれよれな状態で親指を立てた先生に呆れているとドアの方から声が。反射的に顔を向けるとそこには、もう一人、誰かが立っていた。

「相変わらずだな。ワート教授。私の研究室までそう遠くないだろうに」

「フィールドワークが、得意な……フラックス教授と比べ、ない、でください……」

「錬金術師はフィールドワークも基本のうちだと私は聞いているが？」

やれやれ、とゆるく首を振りながら室内に入ってきた人物へ顔を向けると、パチッと目が合った。

「ああ、魔力の精密判定をしてほしいというのはこの生徒だな？　すまないが、一緒にこちらへ。ワート教授は息が整うまでそっとしておいてあげよう。まともに返事もできないだろうしね」

フラックス教授と呼ばれた長身の女性は、ニコリと微笑んで私を手招いた。そこにはいまだ発光する魔石晶があり、じっと真剣な面持ちで何かを読み取っているように見える。

独特の静寂と緊張感にギュッと両掌を握っていると数秒後、視線がテーブルの上からゆっくりと上がって、ぴたりと止まった。

切れ長の瞳は一瞬、確かめるように私の髪色を映し、グッと顔が近づく。

じぃっと瞳を覗き込まれてちょっとだけ仰け反る。

「ど、うですか？ フラックス教授」

「今年は色彩豊かな年だ。ちらっと受験生一覧を見せてもらったが準三色がここ五年で一番多い。中には特殊色もいた。以前社交界で見かけたので間違いない。で、ワート教授が見つけてきたこの生徒だが……」

ごくりと生唾を飲む。再び音が消え、緊張感と静寂が教室内に満ちていく。

容姿が容姿だけに、まるで絵本に出てくる王子様か何かみたいにも見える彼女を村の女の子たちが見たら面白いことになりそうだな、なんて現実逃避。身じろぎすらできない緊張感の中で、ゆっくりと口の端が持ち上がっていくのが見て取れた。

細められた瞳に射抜かれながらも意識を耳へ集中させたところで一言。

「私もはじめて見る〝源色〟だ」

厳かに告げられた、検査結果。

問題は、それが合格を意味しているのか……合否を私自身が判断できないということ。

「合格ってことですか？ それと魔力量じゃなくて……魔力色って」

「オランジェ様から教えてもらってないのか。せっかくの機会だ、専門資格持ちもいることだし解説してもらえ。ライムはそこの椅子に。フラックス教授、解説をお願いします」

その言葉で、判断を口にした先生が肩をすくめ、私の正面へ。

「私はアンゼリカ・フラックス。ミドルネームは伏せさせてもらう。所属は召喚科だ。今回呼ばれたのは私が『王宮魔力判定師』の資格を有しているからだ」

「魔力判定師って確か、資格を取るのがすごく難しいって……人生に一度しか受けられないんですよね？」

錬金術師とは関係のないことを覚えていたのは、この資格があれば生涯食べるのに困らないと書かれていたから。いくつか「これさえ取得できれば、将来も安泰《あんたい》」と書かれていた職業を覚えている。

「よく知っているね。魔力探知の能力に長《た》け、分析能力や判断力、魔力の色や量を見極める力が求められる。誰でも試験自体は受けられるが、召喚師は強制受験だ。この資格を召喚師が有しているだけで優遇措置を受けられるし、合格するだけで一流と呼ばれる。私も召喚師の端くれではあるが、この資格のおかげでいろいろと楽ができたよ」

すごい人だったのかとフラックス先生に尊敬のまなざしを向けると、ポンポンと肩を叩かれた。

「補足だが、魔力を判定する機会はそう多くない。入学試験と卒業時の最終魔力認定くらいだな。後は要請があってコチラの都合がつけば判定することもある――今回のように」

ここでチラッとワート先生へ視線を向ける。

「簡単な魔力判定なら俺ら錬金科の教師にもできる。基礎三色や準基礎三色もだいたいわかる。だが、漠然と色がわかるだけだから、魔力晶による魔力判定と状況に合わせて魔力判定師の力を借りることになっている、というわけだな」

先生いわく、魔力晶は魔力に応じて輝きが、魔力色によって色がわかるようになるのだとか。

驚きつつ、耳を傾けているとフラックス教授は本棚から一冊の本を抜き出した。

その本は大事に扱われてきたことがわかる、かなりの年代物。

「魔力の色はこの一覧の通り。才能があるものや調合技術の高レベル化によっては色が混ざり合って変化することもある。まず、『基礎三色』は赤・青・黄。『準基礎三色』は、緑・紫・橙。比率で言えば七割が『基礎三色』で残りの二割が『準基礎三色』といったところだな」

「残りの一割はこの『特殊色』ってやつですか？」

トンッと指さされたのは『魔力色一覧』という箇所。図で描かれていて理解しやすい。

「そうだ。特殊色は『黒』と『白』の二色。この魔力色を生まれ持つ割合は全体の一割と言われ、錬金術師に絞ると非常に少なく、後天的に混ざったり変化することは稀だよ」

色の分類を見ていて気になるのはやはり自分の魔力色。

魔力晶にあらわれる魔力には、どんなに魔力量が少なくても色があると補足されたので、探してみるのだけれど記述がない。

「基本的に、魔力の質や量は能力によって研ぎ澄まされる。違法薬剤などを使用した場合は、魔力が濁るというのはオマケ知識だが覚えておいた方がいい。君の祖母であるオランジェ様は見事な深青色だったそうだ。澄んだ青色へ手が届く錬金術師は非常に少ない」

フラックス教授の説明に激しく首を縦に振るワート先生を見なかったことにして、説明は続く。

「さて、そこで君だ。君の魔力色は先ほど説明した中には当てはまらない」

「本にも載ってないことを考えると新色ですか？」

「ふふ、君が言うと緊張感が吹っ飛ぶね。なかなか面白い表現だが、考え方は悪くない。残念ながら新色ではなく、教科書に〝載せる必要がない〟と判断されただけのこと。君の持つ色は『源色』と呼ばれるが、色はない。つまり〝透明〟なんだ」

語るフラックス教授の切れ長の瞳が細められ、赤みが強い橙色の瞳には意志があった。

彼女は〝透明〟という色についての考え方を口にする。

「色という区分で分けるのは非常に難しいが、錬金術師になる上で不利になることはないだろう。濁ってもいない、純粋すぎるほどに澄んだ魔力だと褒《ほ》められるからね」

そうだろう、とワート先生へ話しかけたフレックス教授はどこか楽しそうだ。

「ま、結局のところ〝源色〟にも他と同じメリットデメリットがあるはずだ。大して変わらんさ」

ワート先生は本棚から本を一冊抜き出し、テーブルに広げた。先ほどの本の半分程の厚みしかなく、作りは比較的新しく見えた。

「魔力の色によって得意・不得意な調合というものがでてくる。最初の低レベルアイテムであれば気にかけることはないが、ある程度難しいものになると魔力の相性を考慮して、素材をより自分の魔力の性質に近いものへ置き換える、なんて工夫も必要になるんだが」

「待った。先生、待って。魔力色すっごく大事じゃないですか！　透明属性の素材なんて聞いたことも見たこともないし、図鑑にも載ってないんですけどっ」

「透明属性ってのは存在してないとされているんだから、仕方ないだろ。現時点で考えられるのは『色の特徴を持たない』からこそ、普通であればできないことができるっつー可能性だな。少なくとも、調和薬や低レベルアイテムの調合は無理なくできる」

「……本当にぃ？」

「これでも教師歴はそこそこあるんだ、信用してくれ。低レベルアイテムは『才能』と適切な量の『魔力』と『手順』を守れば、誰にでも作れる。失敗が続く場合は、魔力量の調整がヘタ、もしくは手順を間違っている……ってトコだな。調和薬の場合は魔力量の調整に問題がある、といったところか」

過去に〝源色〟を持つ人間はほとんど残っていない。ただ、「いなかった」わけでないことは確かだ。そうでなければ名称が残っているはずがない、とワート先生はつづけた。

「で、逆に俺からの質問だ。オランジェ様から昔、調合を教わった時に何か言われなかったか？」

「おばーちゃんに言われたこと、ですか？　うーん」

そもそも、おばーちゃんの作るアイテムはどれも高位調合と呼ばれるくらい難しい上に手順も複雑だったからほとんど覚えてない。

「心得みたいに『不純物が混じらないようにね』とか『調合前に下処理はしっかり抜かりなく』『分量通り計って、手順通り入れて混ぜること』『調合釜から目を離さない』って感じのことばかりでしたよ」

幼少期をどうにかこうにか思い出して言葉に変換していると、一つ、ぽんっと頭に浮かんだ。

「あ、でも【結晶石の首飾り】を作った時、おばーちゃんがものすごく驚いた顔をして、滅多に使わない機械みたいなものに乗っけてました」

思わずピッと人差し指を立てて話してしまったのだけれど、次の瞬間両肩をむんずっと掴まれ、鬼気迫る表情のワート先生が私を血走った眼で見下ろしていた。

「ひぇ……ッ」

「待ってくれそれは今どこにあるんだ！」

「待て落ち着け離れろ、クレソン・ワート。すまないな、こいつ、若いころはオランジェ様に傾倒して妙な集会を作っていたくらいのファンなんだ。あのまま君を置いて帰らなくてよかった……あー、ライム嬢、そのアイテムは手元にあるのかな？」

「い、いえ……友達に渡しました」

「なら、受け取ったお友達はさぞ嬉しかっただろうな。オランジェ様は歴史に残るほどの観察眼をお持ちだった。私も昔は何度か世話になったものだが、そのような方が驚いていたということはよほど素晴らしかったのだろう」

思い出を穏やかな顔で話してくれたフラックス先生に感謝しつつ、腕を組む。

【結晶石の首飾り】は、才能を持たない子どもでも作れる簡単なアイテムの一つだ。

麓の村でもオシャレといえば、ケタケの木から皮を剥《は》ぎ、編むことで作れる【ケタケの指輪】か【結晶石の首飾り】の二種類。女の子に人気があるのは、綺麗で色のついた結晶石だった。

記憶をたどりながら言葉を続ける。

「アイテムとしては、品質もよかったし、うまくできていたと思います。あまり褒めないおばーちゃんから褒めてもらえたくらいだから……でもそれは、私の腕じゃなくて的確な指導と高品質の道具、下処理に使う薬品なんかを使ったからです」

「オランジェ様に褒められた一品……ッぜひ、誰に渡したのか教えてく……痛ッ」

頭を軽く叩かれたらしいワート先生を横目に私は首を振る。

渡した友達にはおばーちゃんが亡くなる前から連絡を取っていない。

「小さい頃に別れたっきりで、今どこにいるのかもわからないです」

首飾りを渡した相手は、数少ない友達で家族だと私は思っている。

「使った結晶石は色はなかったけど、透き通っていて綺麗で……完成すると同時に体から力が抜けてその場に倒れたんです。おばーちゃんは、極度の緊張と魔力を短時間で大量に使ったことで起こる疲労だって言ってました。すぐに回復したけど、おばーちゃんは呆れて、友達は心配して……」

思い出してきた、とウンウンうなずきながら振り返る。

数分、意識を飛ばしていた私の横で心配してくれていたその子は、目が合った瞬間にボロボロと大粒の涙をこぼしたのだ。それからしばらくどこに行くにでも私の後をついて歩くようになった。移動の時はかならず手をつなげ、とうっかり走り出したりすると怒られたっけ。

「いろいろあったから、機械の判定結果も覚えてます。確か、表示された効果は三つあって、そのうちの二つは【基礎魔力上昇（大）】と【魔力回復（大）】です。これはおばーちゃんが作った調合素材を使ったから付いたんだろうって」

一通り落ち着いた後に鑑定用紙を三人で覗き込んだことまで思いだして、口元がゆるむ。

指を折りながら数えていく私に、ワート先生が食い気味に問う。

「で、最後のひとつは？」

「【青の導き】って言ってました」

口にした瞬間に先生は何とも難しい表情を浮かべた。

「……確認したいんだが、調合した結晶石の色は？」

「無色透明ですってば。色付きじゃなかったんですけど、大きくて綺麗でした」

「…俺の憶測だが、おそらくオランジェ様の魔力が込められた素材の力を引き出したんだろう。【青の導き】は、青属性の魔術を一つアイテムに記憶させることができる。オランジェ様は何かしていたか？」

「数日後に治癒師だって人が来て、【結晶石の首飾り】を見せてたと思います。私はいつも通り友達と遊びに出かけていたんですが、食後に友達が首飾りをつけていたので……」

魔術を込めたかどうかはわからない。でも、大事にするんだよと言って渡していたし、ほんのり青色に輝いていたようにも見えた。あの時は気のせいかと思ったのだけれど、ここまで聞くと魔術を込めたから色が少し変わって見えたのだろう。

「オランジェ様と親しい治癒師というと『青の大国』出身者か。ああ……さぞご高名な治癒師様とお知り合いだったんだろうなぁ」

うっとりした表情で溜息を吐きつつニヤニヤするワート先生。正直、気持ち悪い。

思わず顔を背《そむ》けた私とフラックス先生の視線が交わり、同じ気持ちであることを確認した。

「そろそろ私は失礼させてもらうよ。彼女が〝源色〟であることは、このアンゼリカ・フラックスが証明と認定をしよう。手続きもしておくから入学試験を進めたまえ。彼女にも予定があるだろう」

「そうだな。フラックス教授、有難うございました。また何かありましたらよろしくお願いします」

頭を下げたワート先生に優雅な一礼を返し、フラックス先生が部屋を後にする。

「えーと、結局結果は？」

「魔力検査は合格だ。ちょっと待ってろ、これ片付けたら学院長に会いに行くから」

ゆるいなぁ、いろいろ……そんなことを考えつつ学院長室へ。

二階へ続く階段を上がり、一番豪奢《ごうしゃ》な扉の前へ。

ノックをして用件を告げたワート先生に入室許可を出す声は、威厳に満ちた壮年男性のものだった。

学院長室は、思っていたよりも使用感に溢れていた。執務机に大量の書類が積み上がっている。

「散らかっていて申し訳ない。そこのソファへ腰かけてくれ。長々と話しても疲れるだろうし、ワート先生は授業もある。手短に済ませよう」

ふっと表情をゆるめた学院長は、私たちがソファに腰かけたのを確認し、正面へ腰を下ろした。

「まず、ワート教授。これまでの結果を」

「はい。魔力検査の結果ですが、証人はフラックス教授になります。魔力量は召喚師並み、純度は優判定。魔力色は『源色』だそうです」

魔力色を聞いて一瞬目を見開いたがすぐに表情がほころぶ。何度かうなずいて私の名前を呼んだ。

大きなステンドグラスや、その左右に設けられた大きな窓ガラスから差し込む光に包まれた学院長は、面接をする意図について話を始めた。

「スカウト生に面接を義務付けたのは、しっかりと確認をする必要があるからだ。いいかい、目的や目標がないと金や名誉に惑わされ、本来の道を進めなくなることが多い。確認したいのは、この学院に入る目的だ」

そう聞かれ、自分の中にある答えを口にすべく深呼吸。

自信をもって背筋を伸ばし、胸を張るよう顎を引いた。

「私、おばーちゃんみたいに一流の錬金術師になります」

一瞬しんっと静かになったけれど、気にせずに考えていることを目の前の人に伝える。

コレで駄目なら、別の方法を探せばいい。

「おばーちゃんが調合している姿をずっと見てました。調合はまだ、成功したことが二回とか、本当に片手で数えられるくらいしかないけど、自分が作ったもので誰かが助かったり、喜んだり、何かいい方向に影響を与えたり……少しでいいから、誰かに嬉しい影響を与えられたらって思うので」

「影響、というのはどういう意味かね」

表現が難しくて、少しだけ考える。

「私の住んでいたところは、すごく遠くて……普通に暮らしていたら会いに来る人はいないと思います。でも、おばーちゃんに会いに来る人がたくさんいました。いろんな理由があって、大変な道を登って、おばーちゃんに会ったら、また辛い道を通って帰るんです。私、そういう人になりたい」

伝わっただろうか、という不安から言葉を続ける。

一呼吸おいて、思い出すのはおばーちゃんがこの世にいなくなってからのこと。

景色も家も変わらないのに、たった一人いなくなっただけでこんなにも変わってしまうのかと思った。考えもしなかったことが起こって、怒られたり泣かれたり、呆然としながら抜け殻のようになった人もいた。

「全員がおばーちゃんに会いに来ていました。私に会いに来る人は誰もいなくて、私と話してくれた人も『おばーちゃんの孫』だから相手をしてくれていたんだって思い知ったんです。私だって、ちゃんと生活してるのに。ご飯作って、採取して、できることしてるのに、なんか……悔しくって」

できることをしてきたつもりだし、できないことは考えて工夫もした。死んでしまうから。

足りないものを数えるより、あるものを大事にして、知らないことは知ろうと思った。

「おばーちゃんと同じ才能があるってわかって、やりたいって思いました。おばーちゃんみたいに、あの場所に帰っても『私』に会うために頑張ってくれるような人を一人でも作ってやろうって。錬金術は失敗しても楽しいです。だから、私は錬金術師になりたい」

どう伝えていいのか、気持ちが伝わったのかはわからなかった。

だから、質問があったら聞いてほしいと最後につけ足した。よし、と息を吐くと隣で先生が額を押さえているのが見えて「あれ、何か駄目だったのだろうか」と一抹《いちまつ》の不安がよぎる。

横目でワート先生を眺めていると難しい顔で宙を見つめていた学院長が「では」と口を開く。

その眼はただ、ひたすらに真っすぐだ。

「お言葉に甘えて、質問させてもらおう。君の元へ『作ってはいけないもの』を作ってほしいという客が来たらどうするのかね？」

「作ってはいけないもの？　よくわかりませんけど、何に使うのかとどうして必要なのかを聞きます。どうしてもそれじゃなくちゃダメで、私も納得できるのなら責任を持って使うところまでしっかりこの目で確かめます。ただ、作ってはいけないものが、誰かを傷つけるものなら作りません。だって、そういうものは私じゃなくてもいいから」

「ん……？　私じゃなくてもいい、とは」

「えーっと……たとえば、ひどいことをされたり、ほしいものを手に入れるために毒を作ってくれって言われたとするじゃないですか。たまーにあったんですけど」

おばーちゃんのところに来た人の中には毒薬を作ってほしいといってきた人もいた。使い道は嫌いな人や邪魔な人を始末するため、とか言っていた気がする。部屋から私はすぐに追い出されたけれど、ドアにピッタリ張り付いて聞き耳をたてていたから知っているのだ。

「毒を作れるのは、私以外にたくさんいるでしょう？　それは私じゃなきゃいけない仕事ではないし、やりたいとも思わないから受けません。お客さんがお客さん自身のために人を傷つけ害するのはどうしようもないけど……巻き込まれるかどうかを決めるのは、私です。納得できなきゃ作らないし、なんならお客さんが傷付けたい人に私はまったく関係ないですもん。あと、自分が一生懸命作ったものをいい形で広まらない使い方されるのはすごく嫌だから」

断ります、と断言。

命は錬金術で作れない。だからこそ、傷つけたり奪ったりすることは、重たいのだ。自分が同じような理由で傷つけられるのも嫌だし、と考えてよく聞いていた言葉を思い出す。

「自分がされて嫌なことを人にしない、ってやつです。嫌なことをすると返ってくるんだって、おばーちゃんいつも言っていたので」

だからしませんよ、と返事をすると険しい顔をしていた学院長が目と口を見開いて動かなくなった。変なことを言っただろうか、と発言を思い出そうとしたところで、学院長が突然笑い始めた。何事かと身構える私に、彼は少し涙ぐみながらうなずいて、立ち上がる。

「なるほど、なるほど。とてもわかりやすく、そして納得できる美しい理由だった。思い切りがよくていいな。単純であればあるほど、強い。そうか、そういうふうに育ったのか——これに、サインを」

大きな机の上から何かを持ってきた学院長が私の前に、とても綺麗な魔法紙を置いた。

コトン、続けてインク瓶とペン。

「——ようこそ我が学院へ。歓迎しよう、ライム・シトラール嬢」

ここに名前を、と言われた用紙には『入学決定同意書』の文字。保護者と書かれた欄もあったのでどうしたものかと思っていると、スカウト生なので不要だとのこと。必要になった場合は、代わりに学院長がサインしてくれるそうだ。

「よしよし。では、これらにもサインをしておくれ。ワート教授、後で話がしたい。授業後に手数をかけて申し訳ないが、学院長室に足を運んでほしい」

「……承知いたしました」

応接用ソファに座ったまま深く腰を折る礼をしたワート先生の横で私は必死にペンを動かし名前を書いていく。一応、借金申し込み用紙とかではなかったから大丈夫だろう。

「うむ、確かに。ライム嬢、入学式は三日後だ。時間は午前九時ちょうどだから遅れないように。なに、人の波に身を任せればきちんと会場にたどり着ける。わからなければ係の生徒や教員がいるから聞きなさい……これを」

差し出された四角い布張りされた箱。

学院の校章が大きく金で書かれたそれをおそるおそる受け取って開くと、出てきたのは光り輝く腕輪。色は金と銀の中間、というかどちらにも見える金属。間違いなく調合金属だ。

「この金属は【ルヘンメリル】という。『偉大な輝き』と名付けられた調合金属で作られた腕輪だ。我が国では歴代のレジルラヴィナー学院学院長のみが作成できる金属だ。これは、魔力を覚える金属でな……一度魔力認証をすると作成者が消さない限り、消えん。学院生になるとこれをかならず身につけてもらうことになっていて、卒業と同時に返却してもらう仕組みになっておる。加工はできんし、傷つくこともない。重さも感じない。これを身につけていればどこにいても『レジルラヴィナー学院の錬金科』であることがわかる。腕輪は錬金科、ペンダントトップは騎士科、召喚科は耳飾りとなっていて身分証にもなる」

合格者にしか渡さない、と言われこの場で付けるように指示された。

腕にはめて言われた通り魔力を流す。腕輪には小さな石が二つ。一つは透明、もう一つは緑色をしている。緑の宝石は『トライグル王国』を示す魔石らしい。

珍しい素材に感心していると、ワート先生が真剣な声色で話し始めた。

「源色は珍しい魔力色だ。バレることで厄介なこともあるかもしれないが、何かあれば俺たち教師に相談してほしい。いいな？」

「はい。目立つのは慣れてるし大丈夫だと思いますけど、何かあったら相談しに行きます。相談料とかもかからないんですよね？　それなら利用しないと」

冗談めかして一言付け加えると先生は安心したようだ。

実際、相談するとして調合のことくらいだと思う。不本意だけど、髪の色のおかげで注目されるのには慣れてるし。お金的な意味での苦労もしてるから多少の貧乏生活なら余裕で耐えられる。

「これにて試験はすべて終了。腕輪は、入学式までのものだ。入学式の後、金色の腕輪に交換するのでなくさないように。仮の入学決定証で、売り払うことはできん」

ニッコリ笑う学院長にうなずいて、先生とともに学院長室を後にした。

どうやら学院では一講目が始まった時間のようだ。先生は二講目に授業が入っているものの、時間に余裕があるらしく宿屋まで送ってくれることに。

「講義が二講目でよかった……はー。帰ったらワイン一杯ひっかけるか。疲れた」

「授業前にお酒飲んでいいんですか?」

「よくはないが心臓に悪すぎるんだよ。ま、何はともあれ……合格おめでとさん。俺もあの辺境まで足を運んでよかったわ。これで落ちてたら労力が無駄になるところだったしな」

冗談めかしつつも笑う先生に、確かになぁと同意していると大きな門の前に見知った顔を見つけた。

あちらも私に気づいたのか大きく手を振っている。

「エルだ! 先生、迎えに来てくれたからココでいいです」

「あれは騎士見習いの服だな。ってことは、受験予定者ってところか。錬金科の生徒は、騎士科と合同演習を行う。相手をよく見て信頼できる相手ならしっかりツバつけとけ。明日の朝には速達で宿に入学式の日時を書いた手紙を送るから忘れずにくるように」

じゃあな、と手を挙げて背を向けた先生は数歩進んでから思い出したように振り返った。

「ライム、一つ助言をしておく。お前が調合を成功させられなかったのは『ただの木の棒』を使っていたからだ。なんでそんなもんを使っていたのかはわからんが、ちゃんとした魔石入りの道具を用意しろ。できればオランジェ様のものではなく、安くてもいいから、必ず新品を買え」

そういい捨てた先生は、今度こそ振り返らずに学院へ帰って行った。

# 三話　リンカの森

広い店内に並んだ多くの丸テーブルには、食事を楽しむさまざまな人がいた。

賑やかな声とさまざまな料理の匂いが混じっているものの、十分食欲がそそられる匂いだ。パンと肉か魚を焼いたもの、ソーセージを焼いたもの、卵を焼いたものなんかもちらりと見えた。

「私、都会のご飯屋さんにはじめて来たよ。すごいね、お店の中にもたくさん人がいる」

「ご飯屋さん……食堂じゃなくてここは酒場だからな。日中は軽食だしてるけど夕方から夜中までは酒場。酒を飲みたいなら酒場してる時に来ないといけないんだ。あ、いたいた。あの窓の近くの席に一人で座ってるやついるだろ？　あそこで食おうぜ。今回はオレたちの奢りな」

パッと笑って私の手をひき、店内を縫うように進むエルの後ろにくっついて足を動かす。

待っていたのは、エルと同じくらいの見習い騎士。ソワソワと落ち着きなく周囲を見回していたけれど、エルに気づいてますます体の節々に力が入ったのがはたから見てもよくわかった。

「よぉ、間に合ってよかったぜ。とりあえず座ろう。すいませーん、肉定食三つで！」

大声でカウンターに向かって声を上げたエルに驚いたものの、席に腰を下ろした。

チラチラと視線を感じるので、先に挨拶をしてしまうことにした。

「はじめまして。私、ライムです。ライム・シトラール。君はエルの友達？」

軽く頭を下げて相手の顔をしっかり見る。濃い灰色の髪に金茶の瞳。前髪は少し長いけれど、見えている耳には左に一つ、右に三つのカフスがついている。

「は、はいっ。僕はイオラ・リークと言います。い、イオと呼んでください。ライムさんは本当に貴族ではないんですか？」

「本当に貴族じゃないよ。おばーちゃんも錬金術師だったけど貴族じゃないし、両親は冒険者だったもん。迎えに来てくれたのは嬉しかったけど、何かあった？」

一人増えてるし、とエルに聞くと視線を泳がせ、一枚の羊皮紙をテーブルへ置いた。

「試験の費用はどうにかなったんだけどさ、革ベルトとホルスターが壊れたんだ。んで、購入資金を稼ぐために、討伐《とうばつ》に行こうと思って。もしよかったらライムも来ないか？金ないって言ってたし、きっと冒険者登録もしてないだろ？登録さえしてしまえば薬草とか採取したものを売ることもできるし、足りない時に依頼を出して買い取ることもできるんだ」

「まさかの儲け話。でも、いいの？正直、誘ってくれるのはありがたいけど邪魔にならない？自慢じゃないけど、よくわからない虫とか作物狙いに来る小動物とかしかやっつけたことないんだ」

こういう感じで、と身振りでどう戦っているのかを再現するとエルとイオの顔がちょっと引きつった。エルは「その動き、もしかすると大きめの石とか使ったのか？」と質問してきた。

なぜわかったんだと素直にうなずけば、少しずつエルとイオの表情が何とも言えないものに変化する。

「武器は？え、打撃とかそういう……あ、言いたくないなら言わなくてもいいからな。才能の開示は本人の意思で強要することじゃねぇし」

「へー……あ、私の適正武器は杖だったと思う。けど、家に杖がなくて身の回りにあるものを使って対処してたんだ。強い魔物やモンスターは出なかったし、簡単な罠を仕掛けて捕まえたりはしてたけど」

近くの森にいたのは、ボア系、ヴォルフ系、ごくまれにベア系といった具合。捕まえられて嬉しいのはボア系で、ベア系は麓の村付近の森で時々目撃されていた程度。

「武器がないのはまずいし、リンカの森に行く前に武器屋に行くか。手早く食って冒険者登録後に武器屋だな。配達があるか聞きたいから騎士団に寄って行こうぜ」

「行く場所いっぱいだね。ちなみに移動時間とかってどのくらい？」

「半日ってところだけど走れば短縮できるぜ。オレたちの試験が明後日の午後だからさ、余裕はあるんだ。明日の夕方くらいに戻ってきて、たっぷり寝れば十分間に合うんだ」

「入学式前日なんだね、試験。あ、私、ルージュさんに伝えてからでないとマズいかもしれない。こっちの方は試験終わったし、入学式まで時間あるから」

一度話が落ち着いたタイミングで、食事が運ばれてきた。

雑穀パン、温野菜、お肉の香草焼きにスープというシンプルなもの。量が少し多かったのでパンは二人に一つずつ分けた。こぶし大のパンが三つ付くのがいいんだよ、とエルたちは話していた。

「わぁ、このスープおいしい。量もすごいね。これでいくら？ 高いなら私、普通に出すよ」

「これで銅貨四枚。オレらは銅貨三枚にしてくれてるんだ。非番の時は、荷物の整理とか運び出しとか手伝ってるしな」

「このお店は『緑の酒瓶』っていうんですけど、食事がおいしいことでも人気があるんです。夜は冒険者や騎士、観光客でも賑わいますよ」

穏やかな笑みを浮かべるイオがエルの言葉を補足してくれるのだけど、それが自然だったからついたずねていた。私の問いかけに、二人は顔を見合わせてから、クシャリと笑い、幼馴染なのだと告げた。

「オレん家が宿屋。イオんとこは親父が商業ギルドの事務してるんだぜ。頭がいいし計算が早いのは親父さん譲りで、おばさんは昔腕のいい刺繍師だったたから小物を作っていろんなところに卸したり、緊急時に手伝いに行ったりしてるんだ。家族ぐるみの付き合いしててさ、オレのかーちゃんとイオんところのおばさんが仲いいんだよ」

食べすすめながら聞く、人様のお家事情に感心していたんだけど、エルが不思議そうに首を傾げた。

「ライム、食べきれそうか？」

「厳しいかも。半分食べてくれる？　私こんなに食べる機会がなくてさ。毎日決めた量で間に合わせないと飢えて死ぬって生活だったから」

「……飢えて死ぬ、ですか。ええと、どういう状況で生活を……？」

イオにそうたずねられたので、お肉の半分をエルの皿に移しながら答える。大したことではないし、と話をして、一足先に食べ終えた。都会は自分で食料調達しないらしいから、安心して食べられるのかもしれない。お金がないとダメだろうけどね。

「首都から家まで馬車を飛ばしても一か月半は確実にかかるし、麓の村から私の家までだいたい一日山登りしなきゃいけないから気軽に来れなさそう」

「……そりゃ、餓死の心配もするわな」

お互いのことを少し話しつつ、食事を終えた私たちは冒険者ギルドへ向かった。

冒険者ギルドは、検問所のほぼ正面にある大きな建物。

両開きのドアが外されて建物の中が見やすくなっているのには驚いた。

「ギルドってドアがないんだね」

「風やら雪やらが強い時はドアをつけるけど、それ以外は基本的にドアは取り外してるんだ。人の出入りが多いし、外から混み具合がわかる方が便利だろ？」

行こうぜ、と先を歩いてくれるエルの背中を追いかけて、ギルド内へ足を踏み入れる。

店内は酒場の雰囲気に似たものを感じるけれど、なかなか居心地がよい。ちらっと見えた看板には国の紋章と地図と足跡を模した紋章が並んでいる。

「ライムさん。ここで登録しておけば、採取に行く際の護衛を見つけることも、依頼を受けることも簡単になるので登録できる歳になったら登録する人間が多いですよ。貴族の方は登録しないことが多いそうですが」

そうなのか、とうなずけば、イオはつづけた。

「それと冒険者ギルドを示す紋章は『地図と足跡』です。この紋章入りの看板やタペストリーがかかっていると冒険者ギルド管轄の建物だと考えて下さい。他にも、トライグルでは職業ごとにさまざまな紋章が決まっていて、さらに個人経営の場合は店の固有紋章なんかもありますよ。僕らは商売人ではないので、このあたりは覚えなくてもいいと思いますが……左端の窓口に並びましょう」

二人だけ並んだ窓口に視線を向けたイオにうなずく。エルは店内に入ると私の後ろへ。

イオの方が気配探知が得意らしく、基本的に移動中は先頭に立つことが多いのだとか。

「けっこう人がいるんだね。掲示板のところと受付のところ」

「この時間は食事をしている方が多いので人は少ない方です。依頼書が張り出されるのが早朝と夕方なのでその時間帯は、今の倍は確実に集まります」

疑問に対して丁寧に答えてくれるイオに感謝し、掲示板へ視線を向けた。そこで周囲の人から不自然に距離をとられている人を発見。彼のまわりだけ人一人分、常に開いているというか、人が近寄らないのだ。みんな自然に避けていく。

「ねぇ、あの人って何かしたの？　距離が」

「あの方は『錬金術師』です。言い換えると貴族だから、ですね。冒険者は基本的に依頼人を見極めます。錬金術師や貴族籍を持つ魔術師などからは基本的に距離を置くんですよ。何があるのかわかりませんし……あの距離を見る限り、気にしない方がよいと思います。絡まれたら面倒ですから」

「やっぱり貴族の相手って大変なんだね。あそこにいるってことは、依頼を受けるのかな」

「依頼はどんな身分であろうと受けられますからね。ただ、依頼を探しているというより、依頼を出しに来たか、護衛を探しているのかのどちらかでしょう」

「ライム、前向いとけよ。ライムの髪色は珍しいからどうしても目立つし、話しかけられる切っかけはできるだけ作らないようにしておいた方がいいぜ。あと、今後ライムが錬金術師になった時のことを考えて話しておくけどさ、冒険者が錬金術師に声をかけるのは一種の賭けなんだ。ほら、錬金術師と知り合っておけば仲介料なしにアイテムが買えたり、素材も買い取ってもらえるチャンスがあるだろ？　だから、何人かが話しかけて相手の反応や性格をみるんだよ。ライムは、近づいてくる冒険者には気をつけろよ。冒険者は利益を考えて近づいてくる。性格も素行もいいやつばかりじゃないんだ……騎士もだけどな。人が集まれば、その分いろんな人間がいる」

「そっか……お互い、仕事としてやっていかなきゃいけないもんね」

「そーゆーこと。ま、オレも似たような気持ちでライムに声かけたわけだしな。まさか、知ったうえでこうやって一緒に行動してくれるとは思わなかったけど」

「私もちゃんと下心ってやつ、あったしね。地元がここだっていうのもわかったから、採取場所は無理だとしても土地勘があるでしょ？　それってすごく助かるんだ」

　私が採取をするといえば、エルだけでなくイオも驚いていた。イオは振り返ったくらいだ。

「自分で素材を採るのか！　めっずらしいな。オレ、錬金術師って素材は全部買ってるんだと」

「全部買ってたら破産するもん」

　どうやら、採取に行く手間を惜しむ錬金術師が多いらしい。私は自分で使うものは自分で採りたいけれど、時間がない時は買い取るのもありだろうと考え直す。お金があればの話だけれど。

雑談をしていると「次の方～」と呼ばれ、イオが体を横へずらしてくれた。

目の前にはギルド職員の女性が綺麗な笑顔を浮かべて座っていた。

「こんにちは。どのようなご用件でしょうか」

「ぼ、冒険者登録をしたくって」

「そうでしたか。確認のためにお名前を伺います。はじめてのご登録で間違いないでしょうか」

「は、はい。ライム・シトラールです」

それからいくつかの質問に答えると、女性はカウンターの下から用紙と丸い水晶石の塊を取り出す。おそらく、検問所で見たものと似た性質の道具だろう。

「まずはこちらに触れて魔力を少量流してください。これが赤くなれば登録はできません。犯罪歴の有無を確かめるもので、義務となっていますのでご協力お願いいたします」

言われた通りに魔力を流し、問題ないことを確認してもらったら、指示通り書類にサイン。書いたのはいいものの、羊皮紙とは違う魔法紙に興味を惹《ひ》かれてそっと観察していると控えめな笑い声が聞こえて、我に返る。

「ふふ、ごめんなさい。記入が終わったら、用紙に触れて魔力を流して下さいね。これは錬金術師専用の魔法紙なので、空っぽになるまで魔力を注いで下さい。使い切った魔力は回復薬で回復します」

「回復薬って無料ですか？」

「無料です」

「ライム……お前なぁ」

呆れたようなエルの声が聞こえたけれど、その声を無視して思い切り魔力を放出する。

要領は入試試験の時に掴んだから簡単だった。魔力切れも例のごとく無料で回復できるというのだから、本当にありがたい。空っぽになったところで手を離すと女性は少し驚いた表情で私に中級魔力回復薬を差し出した。

「魔力切れの状態で平気そうな顔ができるなんて、すごいわ。だいたいはつらそうな顔をするのだけれど」

「あはは。今日二回目なので」

「なるほど、その学院の腕輪は今日貰ったばかりなのね。ということはスカウト生かしら」

「はい、田舎から出てきた庶民のスカウト生です。依頼とか受けることもあると思うので、その、いろいろ教えてくれると嬉しいです」

受け取った回復薬は、一気に胃へと流し込む。味は少し塩っぽい気がする水といったところ。後からスッと清涼感がくるのは、回復薬に使った素材特有のものだろう。回復薬のおかげで急速に魔力が回復していく。透明度といい、薬を入れている瓶といいけっこう腕のいい錬金術師が作った薬だとわかった。

「そこの二人は護衛かしら？　よかったわね、彼女は優秀な錬金術師になる素質があるわ」

「魔力注ぐだけで素質がわかるんですか？」

びっくりして羊皮紙に視線を戻すと空欄だった場所に文字や数字が浮かび上がっていた。

原理で言えば、魔力晶のようなものなんだろうけど、こちらの方が使われている技術は高い。

「ええ。まず、名前の下には体力と魔力の総量。錬金術師の場合は魔力の色も記されるわ。ライムさんは……ずいぶん珍しい色みたいね。この欄には基本ステータスと表現されるものがあるわ。ステータスは、現在の体力なんかを数値化したものね。低くても鍛え方次第でいくらでも強くなれるから一種の目安にしてね。高ければ高い方がいいけれど……体力が高くても腕や足は失えば戻らないし、首を落とされれば死ぬわ」

納得してうなずけば、私のステータスについても解説してくれた。

「錬金術師らしいとは言えないわね。魔力だけじゃなくて体力もあるし……数値はどれも平均より高めかしら？　少し防御面が不安ね。特に優れてるのは魔力と運。体力は見習い騎士並み」

解説によると私はステータス上ではかなり恵まれているらしい。

体力や腕力が高いのは、ド田舎で自給自足かつ野生児っぽい生活をしてたからだと思う。素早さが高いのも同じ理由。魔力が高い理由はわからないけれど、調合には魔力が必要なのでありがたい。

扱い方がよくわかってないせいで魔力の調整が下手《へた》くそなのが課題だ。

「それから、錬金術師としてあなたがギルドへ貢献したらこの数字が増えるわ。いろいろ優遇措置もあるから、依頼は積極的に受けてくれると嬉しい、といったところかしら」

「錬金術師としての……こっちの数字は？　冒険者って書いてありますけど」

「冒険者のレベルね。オマケみたいなものとして考えて頂戴。もう少し詳しく言うなら、冒険者としての信用度や達成依頼数などが反映されるの。レベルを上げたい時は、難しい依頼をクリアするだけじゃなくて、素材を売るだけでも少し上がるから、大きい意味での貢献度ね。才能に書かれている職業だけ、ここに記載ができるけれど」

「じゃあ、錬金術師でお願いします」

『才能』は、一定の年齢になると教会などで鑑定してもらうことができる。

もちろん、才能がなくても仕事はできるし、学習も可能だ。ただ、才能がなくてはできない仕事はあるし、才能持ちの人とない人とでは熟練度や成長速度が桁違い。基本的に、持っている才能を生かした仕事に就く人が多い。

ギルド職員のお姉さんが書き込んでくれているのを確認しながら、ホッと胸をなでおろした。

才能を無料で見ることができるのは、おそらく一度だけ。確認したい場合は確かお金を払わなくてはいけなかったはずだから。

追記を終えた女性が、魔法紙を銀色に輝く液体の上に浮かべ呪文のようなものを唱えはじめた。

すると、羊皮紙が液体に溶け、代わりに薄く平らな金属がプカリと浮かぶ。

「これがギルドカードになります。報酬の支払いや依頼を受ける際にも必要になるからなくさないようにして下さい。わからないことがあったらいつでも窓口へどうぞ。それと、リンカの森に行くならこの辺の依頼がオススメですよ。すでに依頼を受けている場合でもパーティー申請をしてくれれば、達成した際に貢献度がプラスされます」

「イオ、どうする?」

「パーティーは組んでおこう。申請手続きは僕が。リーダーはエルでいいよね」

慣れた様子で手続きを済ませてくれたイオにお礼を言って、カウンターから離れる時にお姉さんへ頭を下げると小さく手を振ってくれた。都会は、意外と親切な人が多いみたいだ。

次に向かったのは、武器屋。

高くないといいな、なんて話をしつつ歩く。

「依頼をいくつか受けて金を貯めてからってのも考えたけど、さすがに武器何もないのはまずいしな」

「子どもでも倒せる【野良ネズミリス】や【スライム】が主に出るのですが、時々野生の【ヴォルフ】が出ることがあるのを考慮すると武器がないのは厳しいかもしれません。ヴォルフにはある程度知能があり、弱い相手から狙うということも少なくありません。家族で遭遇すると赤ちゃんや幼い子どもを積極的に狙うこともあり……そういう場合、守り切れないと犠牲になることも少なくない」

「ぜったい、買う。武器」

イオの言葉に即答すると前を歩いていたエルが噴き出した。

笑いながら【ヴォルフ】程度なら手間取らないし、安心してほしいと口にする。

一番街と呼ばれる大きな買い物通りは、手前にギルドや国の役所があり、食堂兼宿屋、飲食店、道具屋・雑貨屋、武器屋、防具屋、その他さまざまな店といった具合だとか。

「店の種類が決まってるってすごいね、なんか」

「利用しやすいようにある程度な。武器屋から奥は職人区域って呼ばれていて、作業中に音やにおいが出るからある程度敷地内が広かったり、防音結界の使用が時間で認められてたりもするんだ。錬金術の店も職人区域にあるぜ。貴族が店主だから感じ悪いし、買い物もしにくい上に高い」

「絶対行かない」

見た方が勉強になることは理解しているけれど、それとこれとは話が別だ。

エルは笑いながらも、視線を通りへ戻す。いつの間にかけっこうな距離を歩いていたようだ。

「お。あった、オレたちが案内したかったのはあそこの武器屋だ。ほら」

あのあたり、と指先をたどると、立ち並ぶお店の中でもひときわ飾り気のないお店が。

大人の男性が三人は余裕で寝転べる広い道の左右に立ち並ぶ店。他の店は呼び込みのために、花の寄せ植えや案内看板などを設置しているのに、エルが指した店にはシンプルに『営業中』とだけ書かれている。他の看板は色とりどりの文字や絵が描かれていてにぎやかだからこそ、妙に気になる。

「この看板に使われてる『黒板』と『チョーク』っておばーちゃんが作ったんだよ」

「え、そうなのか？　便利ってことで一気に広まったのは知ってたけど、さすがオランジェ様だなぁ」

「そうだね、オランジェ様のおかげで便利で安価なものが増えたし」

いつか私もみんなの役に立つような調合ができるようになりたいな、なんて二人の会話を聞いて思う。

エルが手をかけたドアには『ガロス武器店』と書いてあった。

緊張もなく、慣れた様子でエルがドアを開けると金属製の可愛らしい音が響く。ちらっとドアを見上げると、小さな銅の鈴が揺れている。

足を一歩踏み入れると、熱が正面から押し寄せて一瞬息を止めた。

「ふぃー、あっちぃな。さすが、武器屋だ。一番街にある武器屋や防具店は、基本的に工房と販売場所がセットなんだ。オーダーメイドも多い。弟子を抱えてるところも多いから、店に人がいない時はカウンターにある呼び鈴を鳴らすんだ。思いっきり鳴らさないと聞こえないから遠慮なくやってくれ」

見てろよ、と言いながらエルは柄が付いたタイプの鈴を大きく振った。けたたましい音が絶え間なく響いて思わず両耳を押さえたんだけど、数秒たってからカウンターの奥、石壁と石壁に埋め込まれるようにして設置されている鉄扉が開いた。

かすかに聞こえていた金属音や怒号《どごう》が大きくなる。

「おやっさん！　客連れてきたぜ！」

「おじゃまします、ガロスさん」

パッと手を振るエルと頭を下げるイオ。二人に続いて頭を下げつつ、視線を向けた。

私の倍はある大きな身長とエルよりも短く刈り込まれた真っ赤な髪と瞳。腕なんか私の太ももと同じくらいの太さがあって、巨大な熊と遭遇した人の心境になった。

「らっしゃい。……あ？　エルにイオじゃねぇか。お前ら最近武器を買い換えたばかりだろ」

「オレたちの武器じゃなくて、これからリンカの森に行くからライムの武器を見に来たんだ。錬金術師ってどんな武器を使うんだ？」

「錬金術師……？」

じろり、と高い位置から私を眺める店長に少し緊張しつつ、自己紹介のために口を開く。

鍛冶《かじ》をしている人は、一日の大半を炉の前で過ごすので、熱と光の影響を強く受けて視力が悪いことも多い。また、音もけっこう響くので、耳も一時的に聞こえにくいのだ。

だから会話する際は大声で、身振り手振りも大きくわかりやすくなるよう気を付けた。

「はじめまして。ライム・シトラールです。武器を持ったことがないので、探してもらえませんか」

「シトラール？　っつーことは、カリンの娘か。髪の色でもしやと思ったが」

「お母さんを知ってるんですか？」

ギョッとする私を見て彼は顎を太い指で擦《す》るようにしながら、後ろ手で分厚い鉄扉を閉めた。

室温だけでなく響いていた金属音なども一気に下がった。

「知ってるも何も、アイツらは俺の店でしか武器を買わなかったからな。俺が嫁さんと結婚した時もオランジェ様とカリンが世話してくれた。鍛冶屋は義理人情を重んじる。なんせ、武器は命を奪うものだ。変な輩《やから》には売れねぇし、売りたくはねぇ」

ふん、と笑ってから懐かしそうに目を細めて私の頭をガシガシ撫でたというか、鷲掴《わしづか》みにして前後左右に揺らした。少しくらくらしたものの、髪の色を見ても驚かない人は久しぶりだったのでたずねてみると「お前さんが生まれた時にカリンが見せに来てくれたんだよ。カリンやオランジェ様が持っている金物は全部俺が打ったやつだ」と言葉が返ってきた。

「おばーちゃんだけじゃなくて、お母さんの知り合いもけっこういるんですね」

思わずそんなことを告げると彼は眼を丸くし、何とも言えない表情を浮かべた。静かに私の頭をポンポンと優しく叩いて、今までとは違う一般的な音量で話を始める。

「カリンは冒険者だった。はじめこそ、あのオランジェ様が親だってことで『錬金術師』じゃねぇことをいろいろ言われたりもしてたがな、まったく気にもせずにやりたいことを、と突っ走ってたぜ。ダンジョンもだが、陸路も海路も、あらゆる場所に足を運んだと聞いてる。定期的に戻ってきてアレコレ武器を注文していくもんだから、あらかじめカリン用の武器を作っておいておく、なんてこともしてたさ。懐かしいが、そうか……ある程度のタイミングで冒険者業を再開すると聞いていたがお前さんは、直接聞けなかったのか」

私の記憶にある両親は玄関から出て行って、何かたくさんのものを持って帰ってくる姿と私に笑いかける顔だけ。声は正直、ほとんど覚えていない。図鑑に書かれた解説図のような思い出の一つだ。

「みんな、おばーちゃんの話をするのでお母さんたちの話はほとんど聞いたことがない、です」

私の言葉を受けて、何か痛ましいものを見るような視線に一瞬切り替わったけれど、すぐにそれはなくなった。

「じゃ、武器選びをするか。待ってろ、裏庭で実際に振り回した方がよさそうだ」

言うと彼はすぐに踵を返し、店から出て行った。その後姿を黙って見送っていると視線を感じる。

「イオ……？　なに？」

「本当にライムさんのお母さんはカリン様なんですね。僕も騎士団の方やモルダスで長く暮らす方々から、さまざまな話を聞いてカリン様とレミン様に憧れていました。冒険者と迷って、騎士を選択しましたが……本当にライムさんはすごい」

レミンというのは私のお父さん。夫婦で冒険者をしていたことは知っていたけれど、私の耳に入ってくるのはお母さんの話ばかりでお父さんの名前を出されたことは新鮮だった。でも、瞳を輝かせて私をみてるイオの言葉を素直に受け取ることはできなくて、首を横に振る。

「いやいや、私がすごいんじゃないってば。私はまだ何にもしてないし……このまま、なーんにもできないまま、いろんな人にお世話になってたら絶対見切られるよ。だから、期待してもらえてるうちに頑張るから……褒めるのはそれまで取っておいて」

素直な気持ちを言葉にするとイオは瞬きをしてから、一瞬気まずそうにしたもののうなずいてくれた。

「錬金術師の腕を上げるには、まず場数を踏んでコツと自分の癖を掴むことだって聞いてるから、すぐに調合できるように素材を集めたいな」

「ならちょうどいいか。リンカの森には錬金術師がほしがる素材がけっこうあったはずだぜ」

だね、と話がまとまったところでドアが開かれた。

「おう、待たせたな。準備できたぜ。そういや、自己紹介がまだだったか。俺は『ガロス武器店』のガロス・オロス。好きに呼んでくれや」

こっちだ、と呼ばれたのでカウンター奥のドアを潜《くぐ》ると壁に四方を囲まれた裏庭があった。木も植わっていないそこには、麦藁で作られた案山子《かかし》もどきが立っているだけ。

そこに相応しくない長机にはたくさんの武器が置かれている。

「まず、適正武器はなんだ？　基本的に一人一つは適正武器があるはずだ。稀にそれがないやつもいるが、それはそれで使いやすい武器を使えばいいだけだしな」

「杖って書いてました。開示の儀をしてくれた教会にあった道具がかなり古くて、三つくらいしか出なかったんです。見てくれた人は他にもありそうだけどなぁって言ってましたけど」

「地方あるあるだなぁ。基本詳しく出るのって大都市とか都心の教会だし」

「うん、その辺ももう少しって思うけど、騎士団や国が口出しできることでもないみたいだよ。ライムさん、もう一度『鑑定ギルド』で鑑定は受けられるから、お金が貯まったら行ってみるのもいいと思う。一階の鑑定で銀貨五枚はかかるから、行きにくいけど」

「ぼったくり価格すぎない？　それ」

だよなぁ、なんて軽口をたたいている間に、奥さんがお茶を運んできてくれた。そこで挨拶といろいろなことを聞かれていたのだけれど、ガロスさんの案内で杖が並んでいる場所へ。

この時気づいたのは武器と一口に言っても種類はかなり多いということ。

パッと思い浮かべる剣ですら、形状や大きさによって呼び方が変わるのだという。才能のカバー範囲も大雑把だったり、指定だったりとさまざまだから一般的な武器は『お試し』として作っているのだという。

「左からロッド、ワンド、スタッフという呼び名で呼ばれている。基本的にロッドは一般的な杖だ。特徴は魔石が目に見える形で露出していて長さがある。ワンドは片手で持つ短い杖で魔術師が好む。スタッフは杖は杖でも棍《こん》に近いな。丈夫で直接攻撃が可能だが適性がなければ持て余す。おそらくロッドかスタッフ……いや、ロッドがいいだろうな。錬金術師は戦えない、というより戦闘になる場面が少ない。採取に行くとしても護衛をつけるし、戦闘時も安全圏で待機が基本だ」

ロッドというシンプルな杖を渡される。棍棒《こんぼう》の先端にこぶし大の魔石を埋め込んだシンプルな形のものを持って、振ってみろと言われたので振り下ろしてみる。

ぶぉん、という空気を切る音に驚きつつ想像以上に手に負荷がかからないことに驚く。

「ふむ。腕への負荷は少なそうだな。ということは、才能補正が働いてるとみていいか……そこにある麦藁人形に殴りかかってみろ。最初はそのまま、二回目は魔力を魔石に込めながら、だ」

戸惑いつつ指示の通りに動かない麦藁人形へ腕を振り下ろす。

ボスッと若干間抜けな音とともに衝撃。じわぁっと手の平から腕にしびれるような衝撃が走って驚いた。どうやら芯になっている丸太へ杖が当たったらしい。

顔をしかめつつ、次は魔力を込めて殴ってみたのだけれど、すさまじい音を立ててぐしゃりと麦藁人形が芯の丸太ごと折れた。折れた、というか強い力が加えられたことで割れた、というべきだろうか。

「え。うっかりすごい力持ちになっちゃった」

「いや、魔力を込めすぎただけだ。魔力を通すと威力が上がるのが杖の特徴だが、ずいぶん魔力を込めたな。ぴんぴんしているところを見るに魔力量が多いってところか」

武器の種類が決まったので、いよいよ武器選びだと再び店内へ。

店の中にある杖を好きに選べ、と言われたので困ってしまった。

武器屋というだけあって、店内には少なくない武器が置かれているのだ。

樽の中に無造作に突っ込まれているのは初心者向きの剣で、高価になるにつれ棚に置かれたり、壁に掛けたりと置き場が異なっている。値段がわかるのは樽に刺さっている武器と棚にある武器のみ。壁掛けのものには値段がなく、カウンター奥のケースに入った武器なんか怖くて値段も聞けない。

悩んでいると予算を聞かれたので少し考えてから「銀貨一枚と大銅貨一枚くらい」と伝えておく。安ければ安いほどいいのだけれど、安すぎるとすぐ壊れそうで怖い。

「多少高くてもガロスのおやっさんに交渉してみようぜ。この店は腕も確かで贔屓《ひいき》にしてる先輩も多いんだ。防具も少し扱ってるしな」

「僕らの所属部隊隊長や副隊長もこの店を利用していて、所属騎士もよく立ち寄ります。マナーの悪いお客さんは出入り禁止になっていますし、悪事を働く人間は基本的に近づきません。困った時はここに逃げ込むのもありですよ」

そんなマメ知識を聞きつつ片っ端から武器を手に取って、確認するけれどイマイチしっくりこない。

「うーん、採取とか調合の時に便利そうな長さってけっこうないね。草むらをガサガサするのにはある程度長さはほしいけど長すぎると調合の時に持て余すし」

「ライムは背ぇ低いもんな。これだと長すぎてあっちだと短いんだろ？　おやっさんに聞くか」

「僕はもう少し店内を見てみますね」

お願い、と頼んだところで店の片隅、光が当たらない上にぼろ布がかかった樽を見つけた。近づいてそっと布をどけてみると武器が無造作に入れられている。布が掛けられていた理由はすぐにわかった。入れられている武器にはどこかしら欠陥があったのだ。刃が欠けていたり、持ち手の一部が折れていたり、大きな傷があったり。さすがにここにはないかな、と離れる直前、気になったものが一つ。

妙に小綺麗な柄を引き抜けば、理想的な長さの武器があった。先端は少し変わっているけど、同じ樽の武器と比べても明らかに装飾に気合が入っている。

「ガロスさんコレってなんであそこにあったんですか？　傷もないのに」

「失敗作だから、だな。思いつきで作っちまったんだが、どう考えても武器にゃなんねぇだろ。だから解体して別のを作り直すつもりだった。あそこにある武器は弟子が作ったものもあれば、買い取った武器もある。基本的に溶かして新しく作り直す用で……それが気に入ったのか？」

ほんの少し嬉しそうな声色で聞かれたのでうなずけば、一瞬口元がゆるんだのが見て取れた。

「……おやっさん、これ、泡立て器を見本にしたんだろ」

「お、わかるか。思いついた時はいいアイディアだと思ったんだ。殴れるように先端は頑丈にしたし、中には杖の媒介用の魔石もばっちり入れた。うっかり奮発したおかげで綺麗に仕上がってな。ただ、母ちゃんにも弟子たちにも不評で昔馴染みにも「誰もこんなん買わねぇだろ」って言われてよ。店に並べていたこともあるんだが一年以上売れなかった」

「調理器具が武器……僕が魔物や盗賊ならこれで倒されたくないですよ」

そんな会話を聞きつつ、軽く上下に振ったり、薙《な》ぎ払うようにしたり、泡だて器ではない部分で薙ぎ払うような動作をしてみたりと一通り試してみたのだけれど、一番感動したのは魔力を流した時だ。

泡だて器状の中に入れられた魔石に魔力を注いで殴ると綺麗な光の軌道ができるのだ。

「ん。私、これにする！　調合にも使えそうだし、魔力込めて強化すれば問題なく武器だもん。先端が少し重たいから振り下ろしやすいし、試した中で一番手に馴染むんだよね」

これはいいものだ、と褒めながら、泡だて器部分を撫でていると視界の端でエルとイオがサッと視線を逸らした。なんだか気まずいものを見た時の顔をしている。

「そ、そうか？　本当にそれでいいのか？　他にもいろいろあるぞ？」

ガロスさんは、確認するように私に聞き返してはいるものの、表情も声色もとても嬉しそうだ。きっと、自分が考えて作り出したものを処分せずに済んだからだろう。そうでなければ、隠すように店の片隅にそっと置いておく理由がない。

機嫌よさそうにしつつも、腕を組んで値段を考えているガロスさんにエルが声をかける。

「ライムはあんまり金ねぇんだよ。庶民の錬金術師なんて珍しいし、どーんと初期投資ってことで安くしてよ。もしかしたら、錬金術師として力になってくれっかもしんねーし。なっ！」

「まだ金属類は作れないけど、作った金属は一番はじめにここに持ち込みます！　あと、武器を新調する時は緊急時以外、他の店を利用しないってことでなんとかっ」

「そんなに懐具合がキツいのか……俺にとっても悪い話じゃねぇし、錬金金属を加工するのは腕を磨くいい機会だ。弟子たちに打たせてやるのも悪くはねぇ。負けに負けて、銀貨二枚にしてやる」

銀貨二枚っていうのが武器の相場として安いのかどうかは私にはわからなかったけれど、完全に予算オーバーだ。どうしよう、と思わず宙を見つめた私にすかさずエルが唇を尖らせつつ抗議。

「おやっさーん……せめて銀貨一枚と銅貨五枚にしてくれよ。木の杖なんて銀貨一枚もしないだろ?」

「あのな……これに使った素材料を考えるとこれでギリギリ。赤字になったら母ちゃんに怒られちまう。代わりといっちゃぁなんだが、これをつけてやる」

ゴソゴソと屈んでカウンターの下あたりを探る姿を見守っていると、ゴトッと音を立てて布を巻かれた短剣が置かれた。

「なんか高そうですけど、いいんですか?」

「俺の一番弟子が作ったんだが、よかったら使ってやってくれ。そこに置いてある商品より品質はいいが、冒険者向きじゃねぇ」

呆れを混ぜた表情で太い指が短剣に巻かれた布をほどいていき、鞘《さや》から剣を抜いた状態でカウンターへ置いたのだけれど、それを見て絶句。

「な、なぜ死神の絵が彫ってあるんですか? こんなの冒険者は縁起が悪いって使いませんよ」

「やっぱ死神にしか見えねぇよな……当人は女神様を彫ったつもりらしい。鍛冶の腕はあるし、センスもあるんだが……どうにも彫り絵の才能が壊滅的だとコレで証明されたんだ。まぁ、この彫り以外に欠陥はないから捨て置くのも惜しい。よければ使ってやってくれると嬉しいんだが」

「さ、さすがにこれはやめたほうがいいと思いますよ? ライムさん」

引きつった声で首を振るイオと真顔で同意するエルを横目に、とりあえず短剣を握ってみる。

持った感じは手に馴染んだし、素材を細かく切るのに楽だろう。刃自体も綺麗で品質が高いことがわかる。薬草を採取したり果物を切るのはもちろん、柄の部分も頑丈で、脆《もろ》い鉱石なら砕くのにも使えそうだ。

「確かに彫り細工は不気味だけど、使いやすそうだしいただきます。えっと、銀貨二枚……」

ポーチからお金を取り出して渡すとガロスさんはニカッと笑った。

さらなるオマケとして、ベルトと武器ホルダーも追加でくれた。

武器が揃ったので、その流れで騎士団へ向かった。けれど、タイミングがよくなかった。騎士の人たちはみんな、出払っているとのことでその場にいたのは数人。

「ん？　エルとイオか。どうした、今日は非番だろ」

「オレたちこれからリンカの森にいくんで、配給物があれば運びますよ」

「補給物資の配達か……ん？　後ろにいるのは誰だ？」

エルとイオの後ろに隠れていろと言われていた私に、騎士は気づいたらしい。

不思議そうにしているであろう騎士に、イオとエルがパッと左右に分かれた。

「じゃーん！　噂の庶民錬金術師連れてきましたー」

「……ごめん、ライムさん。エル、君と知り合ってから騎士団の詰め所で友達になったって話していて」

「うお、本当に錬金科の腕輪つけてる。ってか、双色の髪って珍しいな。はじめて見……じゃない。すまない、ジロジロと女性を観察してしまって」

「全然気にしないで下さい。髪の色で目立っちゃうから慣れてますし」

「そうか？　んじゃ、失礼して。おーい、エルのやつ、本当に庶民錬金術師を連れてきたぞ！」

人のよさそうな青年騎士が声をかけると、どれどれと言うように四方八方から人が集まってきてあっという間に騎士の人たちに囲まれた。腕輪を見せると歓声が上がって、髪の色を「珍しいな」とか「はじめて見た」と目をキラキラさせている。人が集まったところでエルがヴォルフと荷馬車か荷台を貸してほしいと再度頼むと、運ぶ予定だったという騎士は快《こころよ》く役割を代わってくれた。

「しっかし、ライムちゃんは本当に貴族じゃないんだな?」

「一度も貴族だったことはないですね。お金もないし」

「はは、そりゃ親しみが湧くよ。俺らみたいな下っ端にとっては、貴族の錬金術師と話す機会なんてそう滅多にないしな。運のいいやつだと、見回りや遠征で気のいい貴族と巡り合わせることもあるそうだが、そんなのレア中のレアだ」

「その点、オレはライムと友達になったんで先輩たちよりちょっと有利ですよ!」

ふふん、と胸を張ったエルを小突いている先輩騎士たちは、エルやイオを弟のように思っているようで、距離がとても近い感じがした。基本的に騎士団の人も貴族が苦手なのだろう。

私が本当に貴族でないとわかった瞬間に表情や態度が軟化したのだ。

「僕たちは、職業柄貴族の方と接する機会が多いのですが、その、基本的に『守られて当然』『優遇されるのが当たり前』という考えなので、いろいろと苦労がありまして」

コソッとフォローしたのはイオ。フォローになってるかどうかは微妙だけれど、騎士の人たちの反応と私が「庶民」であることをいたく喜んでいる理由に納得がいった。

「貴族って基本的に勘違いしてるのが多いもんね。昔、おばーちゃんに身の程知らずな要求して生涯出入り禁止喰らった強欲貴族や商人が何人もいたし、基本的に偉そうで嫌」

思い出しただけで胸糞悪……こほん。気分悪くなる、と思わず口にしてハッと口を押える。

しっかり聞こえていたらしい騎士のみなさんは、目を見開いて、お互い目を見合わせた後、にこぉと表情を思いっきり和《やわ》らげて私の頭を触ったり、懐から食べ物を出したりと一気に距離を詰めてきた。

騎士団からの歓迎を受けて、少し疲れたものの無事に配達物を預かれた。荷物を運ぶと臨時任務という形でエルとイオには報酬が払われるのだという。だから、ここに寄ったのかと納得して私たちは騎士の人たちに見送られて歩き出す。

「じゃあ、これから出発だね」

検問所の、騎士専用の出口からそっと出してもらえたのでかなり時間の短縮になったのも嬉しい。

エルとイオの二人と歩くのは、土を踏み固めて作った街道。

見晴らしのいい街道の左右には緑の絨毯が広がっていて、風も気持ちいい。幸先よく歩き出した私たちに付き添うのは、荷台を引くファウングという動物だ。

「ライムはファウング平気なんだな。たまに怖いっていう女の子やチビもいるんだけど」

「麓の村で飼っていたから平気だよ。可愛いよね、ファウング」

手の匂いを嗅がせて、嫌がらないのを確認してからそっと頭を撫で、耳の付け根を軽くカリカリと掻《か》いてやると尻尾がブンブン左右に振られた。どうやら人懐っこい性格らしい。

「騎士団でも数頭ファウングや馬を飼育しているんですよ。特にファウングは、狼に近くて力も持久力もある上に、従順。忠誠心もしっかりあるから、とても助かるんです。敵がいたり、落とし物や不審人物を見ると吠えて知らせてくれますし」

「あと愛玩用の犬とは違ってよく食うけど、自分で狩りもしてくるから助かるんだよな。魔物やモンスターの間引きは騎士団の仕事の一つでさ、減らしてくれるのは助かるんだ」

騎士団で飼われているファウングは躾《しつけ》が行き届いているから、危険がないと教えられた人物には寛容だという。ただ、私に対して一度も警戒を向けなかったのは気になると二人。

「ま、ライムは殺気どころか警戒すらしてないからかもな。ファウングは基本的にチビたちには威嚇《いかく》しないし、それの延長って考えると納得できる」

「エル、失礼だよ」

話を聞きながら、尻尾を振って隣を歩くファウングをチラリ。やっぱりとても可愛い。

「歩くのがきつかったら、荷台を出して乗れよ？　人一人くらいなら余裕で運べるし」

「うん、わかった。でも大丈夫だよ。そんなに距離もなさそうだし、街道だっけ？　歩きやすいもん」

荷台は組み立てずに、トランクの中へ入れた。一度、宿に戻って取ってきたんだよね。この方がたくさん、素材をしまえるから。トランクはエルとイオが交互に背負ってくれることになったし、ファウングが索敵《さくてき》の役割を担う。

「じゃ、少し歩く速度上げるぞ。厳しかったら言ってくれ」

グンッと歩く速度を上げたエルに驚いたものの特に問題のないペースだったので数歩後ろを歩く。

この調子で進めば予定より早くたどり着けるかもしれない、とのこと。

リンカの森に向けて足を動かしつつ、採取できる素材に想いを馳《は》せた。

◇
◆
◇

「ここがリンカの森……？」

唇から零《こぼ》れ落ちた言葉は、目の前に広がる広大な森林の入口で見事に消えた。

森には鉄柵がぐるりと張り巡らされていてほんの少し物々しく感じる。鉄柵の前には、木製の大型看板があり『この先、リンカの森』と丸っこい字で書かれていた。

ポカンと口を開けたまま地図を持って固まる私の横からひょいっとエルがのぞき込んで、指さした。

「おう。今いるのがこの辺。今のオレたちだと、この赤い線で囲まれた第一区域ってとこにしか入れない。この区域は、一般市民でも入れるんだ。さすがに冒険者登録前のチビは無理だけどな」

「幼い子でも、武器をある程度扱える大人と一緒であれば薬草を摘んだり森の恵みを得られます。もちろん、大人一人に対して幼子一人という安全のための制限はつきますけどね」

というのも、野性のヴォルフという森狼や熊、魔物なんかも彷徨《さまよ》っていることがあるそうだ。

「頻度は低いとは言っても、絶対に魔物化しない保証はないからな」

んじゃ、行くかと先ほど組み立てた荷台をファウングに牽いていてもらって私たちは森の入口へ足を踏み入れる。入ってすぐに小屋があり、そこには騎士が数名いるようだった。

彼らは入り口から入ってきた私たちに目を向け、私の髪を二度見。

「先輩、お疲れ様です。補給物資持ってきました。ついでに話してた子も一緒に連れてきました。ライムっていう名前で、貴族じゃない貴重な錬金術師になるんでいろいろ情報下さい。まず、薬草関係の……」

「待て待て待て。情報が多い！ とりあえず、補給物資は裏に運んでくれ。ここだと一般の人が来る可能性もあるしな。裏に行けば何人かいるはずだ」

はーい、と返事をして建物の裏側へ回ると荷物の点検や武器などの手入れをしていた騎士が近寄ってきた。話は聞こえていたらしく、ファウングと荷台ごと荷物を回収。

「助かったよ、ありがとうな。それで、その子が？」

「はい、そうです。ほら、腕輪！」

ひょいっと私の腕をとって先輩騎士へ見せたエルに、彼らは目を見開いていたものの私が動じていないからかホッと胸をなでおろしていた。

「友達になったってのは本当だったのか。はじめまして……確認させてほしいんだが、錬金アイテムって」

「まだ作れないんですけど、必要なら騎士団の人が買えるように考えます。私、貴族に売りたくないので、騎士の人とか騎士見習いの人とか、まぁ、知り合いが買ってくれるならその方がありがたいかなぁって」

「そうか、それはありがたいよ。俺たちも、協力できることは最大限協力させてほしい。この辺とこのあたりに群生地がある。ただ、けっこう奥まっているから急いで移動しないと野営準備が間に合わないかな。最近は狂暴な魔物や変異したモンスターなんかの噂や目撃情報もないし、第二区域も落ち着いているって報告が上がっているから、安全に採取ができると思うよ。エル、イオ。せっかくだし、このファウングも連れて行ってやってくれ。狩りもしたいだろうし、夜の警戒はこいつに任せて少し休め。お前たちも試験が近いんだろ？　俺たちは二人が騎士団に入るのを心待ちにしてるんだ。使える新人ってのはかなり少ないからな」

怪我《けが》するなよ、という声とともに手を振って見送られた私たちは、代わりに手続きを済ませておくという言葉に甘えて森の奥へ足を進めた。

この『リンカの森』という場所は、首都近くにあることから国の管理下に置かれているという。管理下といってもかなりの広さがあるので、異常に気づけるようにモルダスに近い場所を区切る形で監視する騎士を置いているのだとか。ついでに、資源になる水や森の恵みを加工したり特殊な方法で備蓄して万が一に備えているのだという。

「地図はもうしまっていいぜ。オレたちも見習い騎士の時に散々第一区域の見張りはしてるから、地形も範囲も覚えてる。区間はしっかり鉄柵で区切られてるから間違うことがないんだけどさ。まずは離れた採取場所に向かう。トランクはオレが背負って、しんがりを務めるから、イオは先頭で警戒と索敵頼む。お前は自由にしていいぞ」

最後にお座りをして私たちを見上げるファウングの頭を撫で、ハンドサインを出すのだけれど、ファウングはチラッと周囲を見ただけでその場から動かない。どうやらついて来てくれるらしい。

「一緒に来てくれるの？　ありがとう。よろしくね」

よしよし、と頭を撫でると嬉しそうに尻尾を振る。エルとイオが苦笑しながら「ずいぶん懐かれたな」なんて笑っているけれど、のんびりしている時間が惜しいと私たちは走り出した。

この森の中は人が定期的に見回っているということもあって、足を止めることなく走ることができたのは嬉しい誤算だ。人が入っていない森は、草が生い茂っていて地面が見えにくかったり、小さな木や蔦といったものが生い茂っていたり、倒木や木々が群生していたりと走るには向かないのだ。

時々背丈の低い雑草の中に調合に使えるものを発見できるので、それもしっかり回収していく。寄り道にならない程度に、ではあるけれど素材は貴重だ。

「このあたりから小走りでよさそうだ。少しずつ薬草も増えてくるし」

「そうだね。それにしてもライムさんがこんなに体力あるなんて……正直、考えてもいなかったので驚きました。あまり息も上がってないですし、すごいですね」

「住んでいた場所がド田舎だったからかなぁ。家のまわりを走り回って食材とか素材を集めないと量が集まらなかったから……あ。あの辺に薬草たくさんありそうっ」

最初に見つけたのはどこにでも生えてくる【アルミス草】という植物。

この薬草は、トライグル王国でもっとも親しまれている薬草と言っても過言ではない、と図鑑に書いてあった。摘むと独特の香りがして料理にもお茶にもなる。もちろん、錬金術師以外も知っているので競争率は高め。用途がかなり広いので発見したら採取してほしいとお願いした。

で、次に多いのは【センマイ草】と呼ばれる薬草。この薬草は、葉に光沢と張りがあるしっかりしたタイプ。育ちすぎると子どもの背丈位に伸びたりもするので、調整しながら栽培していた。野生でも生えているけれど、育ちすぎるってことはない。競争率でいえば、かなり低い。何せ、おばーちゃんが用途を見出すまではただの雑草として扱われていたのだ。乾燥させても保存がきくし、錬金術を使わなくても茶葉として利用もできる。ちなみに、このセンマイ草の別名は苦草。名前の通り、噛むと独特の苦みがある。渋くはないから問題なく食べられるんだけどね。

「これって庭とかに抜いても抜いても生えてくる草だよな。え、この雑草を使うのか？」

「錬金術って不思議ですね。雑草がアイテムになるなんて僕は考えもしませんでした」

「無価値なものに価値を持たせることができるから、楽しいんだよ。ちなみにこれはセンマイ草っていう学術名だけど通称は苦草だから」

「普通に苦草って名前の雑草だと思ってたわ、オレ」

はー、なんて感心したようにマジマジと二人は観察していたけれど、そのうち苦草や周囲にある草を刈って「これは？」「こっちは使えますか？」と聞いてきたのには笑ってしまった。

錬金術の調合で、もっとも使用する素材と言われているのが【液体】と【植物】だ。

組み合わせによって、品質が上がったり、別のものができたり、失敗したりするので工夫のし甲斐もあってとても面白い。【液体】は文字通り水や溶液で【植物】は本当にあらゆる植物だ。草でも花でも木でも対象になりうる。ただ、薬効を持たないものはほぼ変化がないので、片っ端から植物などの素材を鑑定する人もいるとか。

「採取した薬草は、魔力や加熱、冷却、あとは、いろいろな手法や道具を使って他の素材と組み合わせるんだ。そうすれば、薬効成分や有効成分が抽出されてアイテムや回復薬に変化するの。おばーちゃんが生きてる時は成功することもあったけど、自力だとやっぱり難しくって学院に入ることにしたんだ。先生も誘いに来てくれたしね」

錬金術の仕組み、ではないけれど一般の人は「錬金術師は何をしているのか」を知らない人が多い。ただ調合釜の前に立って適当に素材を入れているわけじゃないのだ。まぁ、そういう人もいるかもしれないけどね。

「そーいや、ここにある材料だけで足りるのか？」

「調和薬なら作れるけど、回復薬を作るにはアオ草がいるんだよな……まだこの森では見てないけど、エルたちはどっかで見たことある？」

「アオ草が回復薬になるのか……時々依頼が出てはいたけど、何に使うんだかって思ってた」

「エル……さすがに僕でもアオ草が回復薬に用いられていることくらいは知っているのに」

「別にお偉い騎士を目指してるわけじゃねーし。錬金術師とかかわる気はなかったからいいんだよ」

「でも、アオ草はけっこうお金稼ぎになると思うから、庭とかに生えてるの見かけたら採取して乾燥させておくといいよ。これ、乾燥させても使えるから」

ギョッと驚く二人をよそに、片っ端からアルミス草や苦草を刈り取って種類別に回収袋へ入れていく。アオ草の場所、知らないかと再度聞けば二人は指を指してあの辺にあると教えてくれた。

「乾燥させてもいいなんて知らなかったな。生じゃなきゃダメなのかと」

「けっこう乾燥させても平気な薬草はあるから、確認してみるといいよ。鉄貨でも銅貨でも貯まれば銀貨になるわけだしさ」

それもそうか、と二人も納得したところで、私は森ではじめてアオ草を発見した。

この正式名称【ソウエン草】という名の植物は、農家と家庭菜園に命をかける人にとっては憎い敵。簡単に言ってしまうと、国中の人が認める雑草だ。見た目は、ベル型のやや細長い青い花を咲かせる意外と可愛い花なんだけど、厄介なのは生命力。文字通り抜いても抜いても生えてくる。根っこがわずかにでも残っていると一週間ほどで成長し、蕾《つぼみ》を付けるという強靭《きょうじん》な再生能力があるのだ。

錬金術的には初級回復薬の材料なので、あればあるほど助かるのだけれど、調合できない人たちにとっては厄介な雑草に過ぎない。

しばらく採取を続けていると教えてもらった群生地の一つがアオ草の群生地だった。

喜んで採取をしていたのだけれど、ふと貴重なアオ草のことを思い出す。

「そうそう、花の色が白いアオ草を見つけたら、まわりにばれないように呼んで。白いアオ草一株と初級体力回復薬三つ交換するから。もちろん、回復薬は調合できるようになってからだけど、絶対に渡すからほしいんだ」

「体力回復薬が三つも？　う、売ったら高いってことか」

「それはどうだろ？　錬金術で使うだけだし、レベルの高い回復薬の代替えになるってだけなんだよね。それじゃなくても作れちゃうから、微妙かも？　ちょっと手順が増えるからマイナスになる可能性もあったりなかったり……売れるとは思うけど、普通のアオ草として処理されるんじゃないかな」

「ライムさんはどうしてほしいんですか？」

「珍しいとか数が取れない薬草に限らず希少なものは並べて大事に保存しておきたい。何かに役立つかもしれないし、こう、貴重なものが手元にあると嬉しいし？」

いくつか持っているけど、と小声で言えば二人には聞こえていたらしい。ほんの少し呆れたような表情で私を見ている。

「だ、誰だって珍しいものや突然変異したものを見たらまずは「取っておこう！」ってなるよ！　なんというか、ほら、石ころの中に水晶石が混ざっていたって感じに近いっていうかさ」

「すでに持っているなら、わざわざ高い回復薬と交換しなくてもいいと思うのですが。もったいないですし」

「うぐ。貧乏性なせいで、現金と交換は嫌なんだよぉ……そもそも、交換するだけのお金がないし……となると物々交換が一番かなぁって」

グッと思わず拳を握り締めた私に、二人分の生暖かい視線が注がれた。

錬金術師ならわかると思うんだけどな、なんてブツブツ言っていると、いい時間になっていた。

立ち上がったところで私たちを照らしていた太陽の位置が低くなってきていることに気づく。

「そろそろ拠点を作るか。野営するならもう少し先に柔らかい土と小石が少ない場所があったはずだから、移動するぞ」

エルの言葉で移動重視の行動に切り替える。と言っても、薬草程度ならさっと屈んでナイフでサクッと切るだけだ。エルには「移動しながらよくやるよな」なんて言われたけれど、私にとってはふだんと変わらない動作だ。早足でも慣れれば刈れるしね。

エルの案内で野営にちょうどいいという場所に到着。すぐに二人用のテントを出して組み立て、一人は火熾《おこ》し。私はその横でトランクから椅子やテーブル、調理器具を出していた。

「……いや、椅子とテーブルって」

「家にあってさ、無駄にならなくてよかったよ。あ、簡単なものになっちゃうけどご飯作るね」

時間停止効果が付いているポーチのおかげで、葉物野菜や安く買ったパン、お肉も一通り揃っている。

塩は安かったので出発前に雑貨店で購入、胡椒《こしょう》は毎年大量に収穫できていたので売るほどあるのだ。

　準備を頼んでいる間、肉と野菜を交互に刺したものに塩胡椒を振り、あらかじめ一口大にちぎって洗浄した野菜、切ったマトマ、スライスしたマタネギなどを炙《あぶ》ったパンに挟む。味が物足りないので自家製のマトマソースもかけた。

「パンはルージュさんの宿で余ったものが貰えて、助かっちゃった」

　木製の皿にパンをのせて、木のカップに注ぐのは煮出したお茶。お茶は錬金術で作ったものではなく、薬草を乾燥させてブレンドしたアルミス茶と呼ばれるものだ。

テーブルは調理作業台として使わなくなった時点で収納済み。今出ている家具は椅子だけだ。

「助かったのはオレたちの方だって。まさか、こんなちゃんとしたものが食えるなんて思いもしなかっ……このマトマのソースすっげぇうまいな！　ライムが作ったんだろ？　いっそ錬金術師じゃなくて飯屋やってもいいと思う」

「エルの言う通り、こんなおいしい食事が食べられるなら絶対常連になりますよ。野営って携帯食料と煮沸した水を飲むのが普通ですし。よくて干し肉や塩漬け肉や魚を焼いてパンに挟む程度。野菜がしっかり食べられるのは、かなり嬉しいです」

「騎士ってお肉ばっかり食べてるイメージがあるけど違うんだね」

　想像上の騎士の食事を話すと二人は慣れた様子でうんうん、とうなずいた。

「ないない。騎士は体が資本だぜ？」

「先輩から、食事や休養については入学してすぐに勉強すると聞いています。もちろん、騎士見習いの時にもいろいろと指導してもらいました。果物やなんかは『任務の途中に見つけたら、休憩時間中にでも口に入れとけ』って。栄養を考えないといいコンディションを保てないですから」

いわく、トライグル王国は『食』と『観光』の国だからこそ、栄養失調で起こる病気についてかならず教わるそうだ。騎士はもちろん、各種学校、医師、薬師《やくし》は必須。

貴族もそういう知識はしっかり教えられるのだとか。軍の保存食はそういった栄養面も考慮されて作られているのだそう。

いろいろな話を聞いて質疑応答をしているうちにあっという間に太陽は沈み、月が顔を出す。

今日はそろそろ休もうか、という話になって私は先に寝るように促された。

「エルとイオはどうするの？」

「ん？ 交代で見張りと警戒だな。訓練にもなるから、オレたちに任せてくれ。野営の時の動きをみられることもあるって先輩たちから聞いてるんだ。今回はファウングもいるし、楽勝楽勝」

「本当に気にしないで下さいね。仮眠を交互にとりますし、一日や二日なら徹夜できるように鍛えていますので」

躊躇《ちゅうちょ》はしたけれど、護衛訓練になるから協力してほしいと言われてしまえば私にできることはない。

身支度を整えた後、「おやすみ」と夜の挨拶をしてからテントへもぐりこんだ。テントの中にはふだん使っている枕や厚めのキルトを敷いて横になる。それほど寒くないのと、場所選びがよかったおかげで痛みもない。場所によっては小石や岩場なんかで寝ることもあると聞く。どこでも寝られる性質でよかった、と肌触りのいい一人用の毛布をしっかりかけて目を閉じた。

◇
◆
◇

何かあったら飛び起きるように、と考えていたのに、気づけば朝になっていたのはここだけの話だ。

うっかり気持ちよく爆睡していた。

翌朝、ふだん通りの時間に目が覚めた。

慌ててテントから顔を出すと、エルが何かをさばいている。

「おはよっ、ごめん！　私、すっごく寝てたっ」

「はよ。安心して眠れたってことはオレらのこと信用してくれてたってことだろ。ありがとな。あ、イオが周囲の見回りしてる時に鳥を仕留めたんだ。今、解体してるんだけど、調理を頼んでいいか？」

「任せて。急いで支度《したく》するね。採取もしたいし」

腰のポーチはつけたままだし、簡単に装飾品を外した状態で寝ていたので支度はすぐに終わった。

見回りから戻ってきたらしいイオは片腕に小型の樽を抱えた状態で戻ってきているので驚く。

「見回りついでに走り込みをしてきました。泉のそばまで行くつもりだったので、ついでに【エンリの泉水】を汲んでます。昨日小さな樽を出しておいてもらってよかった」

水袋にも汲んできたので調合に使えるなら使ってほしい、と言われてうっかりトランクを落としかけた。

「い、いいの？」

「群生地は泉とは反対方向に多いので、行かないと判断しましたが……他の錬金術師もよく水を汲んできてくれって依頼を出していますから必要なのかと。役に立ちますか？」

「役に立つどころかすっごく嬉しいよ！　品質がいい水だってことはルージュさんから聞いていて近いうちにって思ってたけど、入学したらいつ来られるかわからないし」

悩んで泣く泣く諦めたので、抱えられていた小樽を受け取って頬ずり。ちゃぷ、と聞こえる水音だけで、調合意欲が湧いてくる。水袋も受け取ってトランクに収納。代わりにジャムを取り出す。

「お礼になるかわからないけど、ジャム食べよう。ベリーだから甘酸っぱくておいしいよ」

昨日と同じように野菜とお肉を挟んだパンともう一つジャムを塗ったパン、簡単な野菜のスープを出した。作り置きしたスープは鍋ごとトランクに入れてしまえば零れないんだよね。

おいしいおいしいと喜んで食べてくれる二人に、鳥肉と野菜を串にさし、塩と胡椒、香草を散らしたものを焚火《たきび》でじっくりと焼く。綺麗に羽を毟《むし》って皮を残してくれたので、しっかりとジューシーに仕上がった。皮はパリッともサクッとも言えない食感で、お肉はほどよい弾力と部位によって違う食感が楽しめてとてもおいしかった。

片づけは魔石で出した水を使って食器や使ったものを軽く洗い、拭いただけ。宿に帰ってからしっかり洗えばいいので、野外では手早く片付けることを優先する。

私が調理をしている間、エルとイオがテントを片付けてくれたので、あとは火を消してたつだけだ。

「よし、朝飯も食ったし……そろそろ帰るか。もう少しゆっくりしていきたいけど、試験もあるしな」

「ライムさん、少し遠回りをして縄張りをいくつかチェックしながら行きます。討伐依頼は夜のうちに達成したのですが、余分に持って行くと報酬に色が付くので」

問題ないと判断してうなずけば、二人は表情をゆるめ、来た時と同じような方法で移動することになった。先頭はイオ、真ん中は私、後方はエルという順。

暮らしていた家の森であれば護衛はいらなかったけれど、場所が変われば魔物も素材も人間も変化する。自分が魔物と戦って毎回無事で帰って来れる保証はない。同じ種族でも強さには個体差があるし、行動パターンも住み処や周囲の環境によって異なってくるので判断力も応用力もいるのだ。

「私、あの時にエルと会えてよかったよ。もし会っていなかったらこの森にも来れてなかったもん」

「あん時のオレに会えたら、手放しで褒めるね。庶民の錬金術師なんてこれから出てくるかどうかわからねぇし、早い者勝ちってことだろ。あの日、ぎりぎりまで騎士団の仕事をしていて本当によかった」

採取を順調に続け、今は森から出るために駐在所へ向かっている。

出入口で人数を掌握《しょうあく》するために簡単な質問や照合作業があるそうだ。何日も戻らなければ捜索隊を出すという。死んでしまっていることがほとんどだけれど、瀕死状態で見つかることもあるのだとか。

「そういえば、定期的に森の様子を連絡してくれるそうだからライムにも手紙出すよ。機密情報はさすがに言えないけど、自分で情報集めるのも大変だろうしな。わりと距離あるだろ、学院からだと」

「すごく助かる！　校舎を全部見たわけではないけど、外観からしても広そうだし……騎士科って一番人数が多いんだよね？　あ、学院内でのやり取りって手紙が普通なの？」

「はい。それ以外なら掲示板もあります。一番手軽なのは手紙ですし、使い勝手もいい。学院内であれば配達料はかからないですし、かかるのは紙とインク代だけなので」

先輩から聞きました、というイオの返事に納得。

どうやら、学院生は貴族が多いことから基本的に手紙でのやり取りを通し、待ち合わせなどをしているのだとか。お茶会の誘いも学内で招待状が届く、という。

「うっわぁ……かかわりたくない」

「しかも、茶会ごとに菓子やら茶やらを持って行くらしいぜ。持ちより品の値段も細かく決まってるとか。こっちは鉄貨一枚でも安くって節約して武器やら防具やらに充ててるってのに、暢気《のんき》だよな」

騎士なら訓練しろ、訓練。なんてぶつくさいうエルに同意。

ついでに、騎士というか首都に住む人の経済状況をある程度聞くことができた。

まず首都は家賃が高い。借りていたとしてもかなりの痛手になるそうで、若い人ほど一つの物件に数人で住むなんてこともよくあるのだとか。食費も自炊しない限りはけっこうかかるとのこと。

「仕事によるけど道具関係にもけっこうかかるな。あ、家族が多いと薬代やらなんやらで、そっちの出費もあるってお袋がよく頭抱えてたっけな」

「家も冬とか季節の変わり目は小さい子は病気になりやすくて出費がかさむって僕の母さんも……」

「騎士は飯をよく食うし、うちはチビが二人いるからなー……近所の人と合同で共同菜園ってのを作って世話してるよ。貯蔵できる野菜はそこで賄《まかな》ってるって聞いた。節約方法とか聞いておくか？」

「是非」

「庶民騎士は基本的に下級騎士って呼ばれる階級で止まります。中級騎士になれるのは半分もいません。上級騎士なんて一握りいるかどうかってところなので、本当に厳しくて。僕が目指しているのは比較的安定してる中級騎士なので、学年上位二十番に入れるように努力するつもりです」

騎士で森の駐在騎士になれば、モンスターや魔物を狩って不要な部位を売ることも食料にすることもできるので助かるのだとエルが教えてくれた。エルはこっちを目指しているそうだ。

「ま、後は実力判定Bをできるだけ早く取得して、第二区域に行けるよう頑張らないとな」

第二区間は危険度が上がる分、素材も増えるという。楽しみだと話している間に順番が回ってきた。

簡単な質問しかされないと言われていた通りすぐに通過できたのだけれど、荷物の関係で話があるから裏へ回ってほしいと言われて移動した。

「呼びつけて申し訳ない。持っている地図を見せてもらえるかな」

疑問に思いつつ地図を取り出せば、騎士が仲間へ目配せをした後、古く黄ばんだ地図を差し出した。

「俺たちはもう使わないから、よければ持って行って。こんなものくらいしか渡せなくて申し訳ないけど、その、回復薬の販売ができるようになったら是非教えてほしい。貴族錬金術師からじゃなくて、君から買いたいんだ」

エルと同じようなことを口にした騎士に「売れるものが作れるようになったらエルに頼んで知らせてもらうようにします」と改めて伝えると、彼らはわかりやすく表情をゆるめる。私と話をしていた騎士の後ろから他の騎士も「俺も」「できればこっちにも」と次々に申し出てくるのが面白かった。

騎士に挨拶をしていると狩りに行っていたファウングが足元に野良ネズミリスをポトッと置いた。

「くれるの？」

しゃがんでそう聞けば元気に吠えられたので、頭を撫でて褒めてから受け取っておく。検問所を出る時に騎士の人に渡したけどね……ちょっと困るし。

収穫した素材はトランクに入れ、ご機嫌で歩いていた私へ心配そうにエルがトランクを指さす。

「袋はけっこうパンパンになってたけど、足りそうか？」

リンカの森では【エンリの泉水】と品質の高い【アルミス草】【苦草】【アオ草】を集めることができた。特によく使う【アルミス草】と【アオ草】の群生地を教えてもらえたのが大きい。

「ひとまず練習する分は十分にあるし、大丈夫かな。井戸水もだけど学院で調合に使う水の品質がわからないから【エンリの泉水】は本当に助かったよ。お茶にちょっと使ったけど、家の近くに沸いてる湧き水と似たような水質だったし、扱いやすそう」

「湧き水が出ているような山なんですね……ご実家」

「まぁね。でも、本当に数を確保できてよかった。授業で作ったものが自分のものにならない場合は最初から素材を集めなくちゃいけないし。早く販売できるアイテムを作らないとお金が入ってこないってことだからさ。学院では素材を用意してなくて、期日までに取ってこいっていわれるかもしれないし……一応、確保だけはしておきたくって」

自力で素材を集めるところから、となれば土地勘がある方が有利だ。土地勘がある場所なら無理なく採取もできるだろうけれど、あまり戦闘らしいことを今までしてきていないので不安が残る。

そういった面で、近くの採取地を見てまわれたのは大きかった。

「騎士科でも授業で使うものは学校側が用意するらしいから、錬金科でも必要なものは準備されるとは考えたいけどなー……一年のうちは金はあんまかけてないって聞いたことがあるし、無駄にはならないか。学年が上がるにしたがって素材も高くなるだろうしな」

「僕もそう思います。騎士科だけ見ても、身分によって教室の装飾や質も違いますから。極端に生徒が少ないのは召喚科、次に錬金科ですが、どの学科も半分残ればいいって聞いた記憶があります」

緑の酒瓶にはいろんな人がくるという。

聞き上手な人を雇って会話を誘導しある程度情報を得る、という人もいるのだとか。都会は油断ならない場所、と呟く私の横でエルが伸びをして、頭の後ろで腕を組む。

「そーいや、今年は騎士科も錬金科も受験者がけっこう人数いるみたいだぜ。オレらにしてみると入学できる確率が下がるから少ない方が助かるんだけど、これぱかりはな」

「騎士科の入学希望者って、やっぱり男の子が多いの？」

「まぁな。けど、女子もかなり増えてきてる。女性王族の護衛は基本的に女性騎士がするんだ。人によっては、外の見張りも女性だらけってこともある。城の外だけ男性騎士可とかな。才能のおかげで男と女の体力差や力の差がない場合も多いだろ？　基礎体力ってのは、どうしたって違いが出るけどカバーする方法なんていくらでもあるしさ」

「女性騎士は男の騎士とは違ってある意味で年齢制限がないのも人気の理由です。出産して子どもが育ったら、一通りの訓練をこなし体力が戻れば復帰ができます。母親になった騎士は強いと隊長たちも言っていました。反対している人もいるようですが、実際に女性の強さを知っている男は納得しかできないとかなんとか」

そういうものか、と納得をしたのだけれど一つの疑問が浮かぶ。

「だけどさ、そんなにいっぱい騎士とか錬金術師がいたら仕事なくなっちゃわない？」

口にして実際問題、どうしているのだろうと疑問が次々に湧いてくる。

毎年、一人ずつでも資格取得者が増えていけば、いずれ余るんじゃないだろうか。

騎士に仕事がない状況は考えにくい。魔物だっているし見回りとか盗賊退治とか人手はたくさんあっても困らないからだ。召喚師はそもそも総数が少ないと聞いているし、何をしている人なのかさっぱりわからないけれど……錬金術師は簡単に言うとアイテムを作るだけの仕事だから……と口にすると二人は顔を見合わせて「考えてもみなかった」と一言。

「言われてみると確かに。イオは何か知ってるか？　オレ、ほとんど錬金科と召喚科のことは知らないし」

「実は僕も似たようなことを考えたことがあって、酒場とかで聞き取りをしたんだ。その時は人数に限らず錬金科の卒業試験と国家試験が難関で合格者は半分以下だとか。オランジェ様たちの時代とは違って、今は両方の試験に合格しなければそもそも卒業ができない、という噂も聞いているよ」

「……待って。そんなに難しいの？」

衝撃的な事実に声を上げるとイオは真顔でコクリとうなずく。

「そう聞いています。仕事として不足はしても過剰にならないのは、大半が貴族だからでしょう。女性は嫁ぎ、男性は自分の店を開店しても経営が立ち行かなくなることもザラだと耳にしています」

「騎士は年齢はもちろん、技量で生死が左右されるから、生存率自体がそもそも横ばいだよな」

「そうだね。悪事に加担していた場合、階級関係なく即……エル、数メートル先。左右に五体」

突然表情と口調が変わったイオにエルが素早く剣を抜きトランクを降ろす。

状況が飲み込めない私をよそに、イオも片手に短剣を握って警戒。エルとは逆の草むらをじっと観察しているので、何かいるのだろうと視線を向け、かすかに草が動いていることに気づいた。

「ほんとに何かいる……？」

街道横に広がる草原でモンスターは何度か目撃している。けれど、襲いかかってくるかの判断ができない。

「おそらく野良ネズミリスとヴォルフです。エル、そちらにいるのがヴォルフなので対処を。ライムさんはどうしますか。武器も新調したことですし、試してみたいというのでしたら一匹残しますよ」

「じ、じゃあ……試してみる」

わかりました、と返事を聞いて笑顔を浮かべたイオはそのまま右手に持ったナイフを草むらへ投げたのだけれど、短くギッとげっ歯類独特の警戒音が聞こえた。

目を見開く私を放置して淡々と同じ動作を二回繰り返したイオは、一点を指した。

「逃げる可能性があるので後ろに回りますね。僕が殺気を出せば逃げ道がないと判断し、ライムさんに向かっていくと思います」

いうや否や、地面を蹴ってその場から少し離れ、回り込むようにしてモンスターの背後へ。

あっという間の出来事に目を白黒させていたものの、我に返ってポーチから杖を取り出す。

杖をかまえた直後、目の前にパッと何かが飛び出してきた。

後ろ足で立つと膝まである小型の生き物だ。特徴的なのは、リスのような耳、黒く大きな黒い眼と可愛らしい顔。手には大きなクミルの実。そして、毛のない細長い尻尾。

クミルの実は、秋に収穫し冬に食べることの多い木の実の一つ。場所によって収穫時期が異なることと、長期保存ができ丈夫で手入れもいらないことから庭でよく育てられている庶民のオヤツだ。

「本当に野良ネズミリスだ――って、うわっと」

都会にもいるんだ、なんて思わず思考が飛んだ私に野良ネズミリスが突進してくる。

不格好ながらに避けると、体勢を立て直し、すぐに飛びかかれるような姿勢でヂヂヂッと威嚇の鳴き声を発し、にらみつけている。

「と、とりあえず……杖に魔力込めて思いっきりぶん殴ればいいんだよね」

イオの返事が聞こえたので、杖に魔力を込める。

どのくらい魔力を入れたらいいのかわからず、調合釜を混ぜる時と同じ量の魔力を流してみた。

すると、泡立て器部分に閉じ込められた魔石がうっすらと光り始める。

「ライム！ 弱いとはいえ、噛まれると痛ぇし、病気になることもあるから気をつけろ！ 野良ネズミリスは突進か、手に持ったクミルをぶん投げる、噛み付く……この三パターンだ。クミル投げてくる時は動作でわかるからキャッチするか投げられる前に叩け」

背後から聞こえるエルの助言からは、緊張感が感じられないから日常なのかもしれない。

「り、了解！ 攻撃されそうになったら叩き潰せばいいんだねっ」

よぉし、と気合を入れて杖をしっかり構え、肩幅に足を開く。目の前で私に噛みつこうと伸びた前歯をむき出しにしている生き物。しっかり見据えたまま左足を軽く引く。

「叩き潰……無茶はしないでくださいね、お願いですから！」

「このサイズのネズミなら時々物置とかで見たし、退治もしてたから平気だよ！ ちょっと形は違うけど、同じげっ歯類に違いないわけだしッ」

可愛い顔はしてるけど、外見に騙されると痛い目見ることになりそうだ。

威嚇している今がチャンスだと杖を振り上げて、真っすぐに地面へ叩きつけるように腕を振る。

「えいやっ！」

ブンっと空を切る音。次いで適度に柔らかく、けれど硬さが確かにある何かを潰した感じに思わず顔を盛大にしかめる。表現しがたい変な感触はざわざわと不快感を指先から前腕、上腕へ伝え、やがて心臓のあたりにポタリと明確な気持ち悪さを残した。

「……そんなに魔力と力、込めたっけ？」

おっかしいな、と首をかしげる。

何度か殴りつけないと倒せないと思ってたのに、一撃だった。

生き物としての形をとどめていない元野良ネズミリスが動かないことを確認して、そっと近づいた。

エルとイオはとっくに退治した後だったようで、私の背後からそっと血肉が飛び散った場所を見ている。

「ライム、野良ネズミリス討伐部位は尻尾だから、切り取ったらここに入れてくれるか？」

ひょいっと目の前に差し出された革袋に唯一無事だった尻尾をナイフで肉塊から切り離し、袋へ入れて口をしっかり縛る。討伐部位を入れる袋には基本的に防腐効果のあるものを使うんですよ、とイオの注釈が付いて「それなら買わないといけないかも」と返事。袋をエルに渡せば慣れた様子で道具入れに収納していた。

「じゃ、そろそろいくか。次のが出てきたらまた時間喰うし、オレらの依頼分も確保できたもんな」

「うん。これ以上遅くなると夜になるからその前に戻ろう。この時期は冒険者が多いから日暮れ直後が一番混雑する時間帯だし、面倒事だって……」

「面倒事？」

「はい。この時期は冒険者だけではなく学院入学のために全王国から人が集まります。その影響でどうしても小競り合いが増えますし、貴族絡みの事案も一日一件はかならずありますね」

苦笑しながら歩きだしたイオの横へ並ぶ。エルは私の少し後ろを歩いて警戒中。

「なんか、思った以上にあっさり採取が終わって驚いちゃった」

「はは。なんもないのが一番だって。オレらも予定通りに帰ってこられて助かった。試験の後、会えるかどうかわからないからオレの実家に手紙を送ってくれないか？　そうすればオレのところに届くしさ」

「わかった。行き違いになるのも嫌だしね。部屋はすぐ決まるだろうからな……入学式の後でいい？」

「おう。あ、イオにもライムの居場所共有していいか？」

「もちろん。イオもよろしくね。学科は違うだろうけど」

「はい！　で、でもまだ合格してないので、万が一ってこともありますが」

苦笑するイオの背中を「縁起でもないこというなって！　気合が足りねぇぞ！」と叩くエルに続いて私も肩のあたりを「弱気になったらミスも多くなるから前向きにね！」とペシペシ叩けばイオは「すいません、絶対に合格します」と改めて宣言した。

軽口をたたきながら、最後の方は遠くに見える大きな門まで競争だと街道をエルが駆けだしたので、私とイオは顔を見合わせてその背中を追いかける。

踏み固められた広い道から時々顔を出している小石や、街道脇に広がる見事な緑の絨毯。時折風が吹き抜けて、揺れるその風景は都会とは思えないほど、懐かしく感じて目を細める。

青々とした草の香りと物悲しさを纏《まと》った日暮れ特有の風を感じながら、私は大きな門の向こう側に沈みゆく丸い夕日へ向かって足を動かし続けた。

# 四話　入学と新制度
　足を運んだことがある場所でも、人がいるとこんなにも雰囲気が違うのかと妙な感心をした。

　今日、私はトランクを宿に預け、トライグル国立レジルラヴィナー学院入学式に来ている。

三つある専門科ごとに式があるとはいえ、人は多い。学院内へ足を踏み入れることが許されているのは、入学者だけではあるけれど、在校生に兄弟姉妹や親族がいる場合は迎えに来るから久々に家族が顔を合わせる場にもなっているらしい。

正門前の受付を通り抜け、無駄に長い前庭部分を進む。

この学院では錬金科が正門、召喚科は右門、騎士科は左門というふうに専用の出入り口があるのだという。実は今日、エルとイオが早めに迎えに来てくれたのだけれど、その時に教えてもらった。

「入試試験した場所とは反対側の通路って言ってたよね、たしか」

こういった広い建物内を一人で歩いた経験がないので、不安を抱えつつ流れに逆らわず足を進めた。

錬金煉瓦と石壁、木製の壁などを合わせて建てられたこの校舎は、有事の際に避難場所として使われる。目につく場所すべてが強度の高い素材を使っているのは、そういった理由があるからだという。

他にもいろいろ秘密はあるらしいのだけれど、校舎を使っていくうちにわかるのかもしれない。

「はーあ……庶民が私以外にいたらいいのに」

ワインレッドのカーペットが敷かれた廊下を踏みしめながら考える。

チラチラと視界に映る高級な生地と装飾品、そして私に縁のない面倒そうな会話たち。

錬金術の勉強はしたいけれど、貴族と仲良くできる未来が思い描けなくてため息を吐きながら、大講堂の扉を潜る。重厚感のある木製のドアに塗られた塗料は間違いなく錬金術で作られたものだ。

大講堂はいろんな意味ですごかった。

深紅の最高級絨毯が貴重な白煉瓦の床に敷かれているし、壁は高品質の錬金煉瓦。壁や天井に取り付けられた照明器具は、魔法石や水晶石を贅沢に使用した魔石灯ときた。

出入り口付近にも高そうな椅子やテーブルが置かれ、そこでは見目《みめ》の整った係員が教員と思われる人たちと何やら話をしているようだった。

ゲンナリしながら、一番目立たなそうな場所を探して移動する。

注がれるのは相変わらず貴族らしく無遠慮な、見定めるような視線。不快感は否が応でも高まってしまうし、機嫌は急降下するしでいいことはまるでなかった。

椅子が見当たらないので、開始時刻まで立ったまま待機するしかない。壁に背中を預けた。

「こうやってみると別世界」

建物の中なのに、私の家よりも広い空間に多くの人が集まっている。

色とりどりの錬金服は鮮やかなものが多く、煌《きら》びやか。貴重で高価な錬金布は基本で、純度の高い魔石や宝石をたっぷり身につけている。実用性があるのか怪しい見た目重視のドレスめいたものを着ている女の子もけっこう多く、男子はよくわからない高そうな杖などを持っていた。さすが貴族。

「在校生もいるんだ……全員入るのかな、ここに」

新入生は新しい服を着ているのでわかりやすい。在校生の服はくたびれてたり、体や雰囲気に馴染んでいるから。それに宝飾品の類を身につけていないのだ。注意深く観察すると目の下にうっすら隈があったり、顔色が青白かったり、中には壁に寄りかかって寝ている生徒もいる。耳を傾けると「昨日も徹夜したからさすがに今日は、これが終わったら寝る」「俺は仮眠とったけど行き詰ってってさ」「あいつ、仮眠三時間で五日目らしい。うわ、寝てる」などなどだいたいの事情が聞こえてきた。

どうやら上級生になると難しい課題が増えるらしい。

騒いでいるのは二年生と新入生ばかりで、その話題は間違いなく私だった。

「……見物料とるぞ」

ずっと付き纏う鬱陶しい視線に思わず呟けばいっせいに視線が消える。髪色が珍しいのは自覚しているけれど、品評会のように好き勝手評価されるのは鬱陶しいし、いい気はしない。

「注目される理由が、絶世の美女だとか入学前からすごい人っていうなら自慢もできるけど」

ちょいっと髪をつまんでみる。

大部分が黄色で毛先に行くにつれ緑色に変化する髪は、本当にどこにいても目立つ。

黄色や緑の単色は見かける。でも、二つの色が同時に髪や瞳にあらわれるのは非常に珍しいという。

注目される理由は『双色の創生主』という伝承が広く伝わっているからに他ならない。

魔物ですら『生まれ持って』二つの色を持つ者はいない。あるとすれば、人工的かつ物理的に切ってつなげて掛け合わされた魔物や、進化によって色が足されていく場合くらいだ。

「そういえばルージュさんが『瞳の色も双色なのね』っていってたっけ。自分の目の色なんて見ないから気づかなかったけど」

こちらの様子を窺っている貴族はまだいたけれど、完全無視を決め込んで観察を続行。

結果として、気づいたのは序列のようなものがあるらしいってことだ。立場が上の貴族には近づいて頭を下げたり笑いかけたりしているけれど、自分より下らしい相手には軽く会釈をするか相手が頭を下げるのを眺めるだけだった。

「うっわ、めんどくさ」

他にも聞こえてくる会話で、彼ら彼女らが今まで〝調合〟をしたことはおろか、見たことさえないという人間が多いことも知った。彼らの話題は入試試験の成績や内容、今後の授業について。親族に錬金術師がいるという新入生のところには少なくない人数が集まっている。

授業や課題についての議論が多かったので会話に意識を向けていると、思いのほか早く時間が進んでいた。

鐘が鳴り響いた直後、大きな扉が開かれる。

そこには複数の大人が並んでいたのだけれど先頭は、背筋がピンと伸びた学院長。

続いて妙齢の女性が二人、中年の男性が三人、その後二十代〜三十代とおぼしき男女が四人続いた。中にはワート先生もいたんだけど、他の先生から見るとやっぱりどこかくたびれたイメージがある。

「静粛に！ これから入学式を行います」

声を張り上げたのは眼鏡をかけた神経質そうな女性だった。

一瞬にして張り詰めた空気に包まれた大講堂内に声が響く。

「はじめにトライグル国立レジルラヴィナー学院錬金科学長兼学院長 ウォルナット・ピレスラム・ゲート様から入学するにあたってお言葉をいただきます」

大講堂には私たちより一メートルほどの高さの舞台のような場所があって、教会で見た祭壇のような台が置かれていた。学院長はそこに立ち、私たちを見回して口を開いた。

「まずは、錬金科への入学おめでとう。我がレジルラヴィナー学院は数多くの優秀な錬金術師を輩出しているが、これらはすべて当人たちの努力によるものである。入学はあくまで始まりであると心してくれたまえ。今年は少数ではあるが貴族の位を持たない入学者もいる。身分を振りかざすことのないよう心するように。我が学院で身分を笠に、美しくない振る舞いをすることは許していない。マナー違反や犯罪もしくはそれに類する行動をした場合は、退学及び犯罪者として騎士団へ身柄を預け、厳正な処分を下すと国王とも話が付いていること……ゆめゆめお忘れなきよう」

厳粛な雰囲気とどっしりとした低音が講堂の中の緊張感を高めたようだった。

息を飲む貴族とは反対に、私は胸をなで下ろしていた。

学院長によると私以外にも庶民はいるようだ。庶民仲間ができれば、私も学びやすくなるかもしれない、なんて考えていると学院長が再び話し始める。

「新しい試みとして今年から工房実習制度を取り入れる運びとなった。この制度に参加する資格を有しているのは『スカウト生』及び『成績優秀者上位二十名』の中から三人一組……最大五組で実際に工房経営をしてもらう。なお、工房で販売するものは自身で作成したアイテムに限定する。工房生となった場合は、店を経営しながら錬金術の腕を磨くということになり、授業は、受講自由だが基礎調合授業のみ受講必須とした。試験内容も従来とは異なった方法をとることで国及び学院で話がまとまっている。むろん、合格点に達していなければ即解散し通常生徒と同様に授業を受け、学院内で生活をしてもらうことになる」

ここで一度言葉を切って視線を先ほどの神経質そうな眼鏡の女性へ投げ、発言者が入れ替わった。

「先ほど説明のあった工房実習制度については、入学式終了後、対象者へのみ説明を行います。対象者は式の最後に名前を読み上げます。また、スカウト生は名前を読み上げないので待機するように」

スカウト生は、とのことだったので私はここで待機か、と今後の動きがわかってひとまず落ち着いた。知らない場所で、次にどうしたらいいのかわからない状況に置かれるのは落ち着かなくて嫌だ。

「……大勢の貴族に囲まれて生活するより、楽そう」

私が思わず零した言葉は、予想外の発表に騒めく講堂内の雑音で掻き消される。

思惑、動揺に満ちた室内で発言者が学院長に戻った。

「この工房実習制度は自由度が高い代わりに金銭感覚・商才・人柄・運……さまざまなものが試される。今年からの導入ということで、在校生は対象外とした。さて、あまり長々と話をしても退屈だろう。私の挨拶はこれで終わりとする」

思いのほか短い挨拶に少し拍子抜けしたものの、まわりに釣られて拍手をした。

話を引き継いだのは、やはり眼鏡の女性だった。

「これにて入学式は終わりです、在校生は退出を。入学生は係員から正式な入学証を受け取って、各教室へ移動を。これから名前を読み上げる生徒は残るように。アルファベット順に呼び出します」

読み上げられる名前を聞き流していると肩に手が乗った。顔を向けるとワート先生の姿が。

「よぉ。どうだ、うまくやれそうか？」

「うまくやれるもなにも、誰とも話してない……あ！　庶民の生徒って私以外に何人いるんですか？」

「ん？　男女一人ずつだな。どちらも一般入試で入学したんだが、首席と次席だぞ」

「首席と次席？」

「一番成績がよかった生徒が首席。次によかったのが次席だな。それと、もう一人のスカウト生が確か……おーい、クローブくん。こちらへ」

ワート先生が声をかけたのは、短い銀髪に緑の瞳が妙に印象的な子。

歳は私と同じくらいで、頭を使うより体を使う方が得意そうな雰囲気だ。向けられた視線には、人を見下す感じも馬鹿にする感じもなくてホッとする。彼の服は冒険者や騎士のそれに近い。鎧などを身につけられるように考えられているのか、装飾品も少なめだ。

「ワート教授、この子は？」

「彼女は君と同じスカウト生だ。せっかくだから顔合わせだけでもと思ってね。このあとゆっくり話す機会があるかわからないし、互いに自己紹介でもしたらどうだ」

先生の説明で理解をしたらしい彼は、私へ右手を差し出した。

その顔に浮かぶのは素直な好奇心と興味。

「そういうことか。俺はクローブ・シルソイ・ホアハウンド。一応貴族ではあるけど下流貴族だから貧乏でさ。ほぼ庶民だ。生活も似たような感じだしな。クローブって気軽に呼んでくれ」

好感しかない挨拶にホッとし差し出された手を握り返す。

固い掌からは、彼が日頃から武器を手に取って戦っていることが伝わってきた。

「じゃあ、クローブって呼ばせてもらうね。私はライム・シトラール。貴族でも何でもない一般庶民だけど、それでもいいなら仲良くしてほしいな」

「貴族籍を持ってない子の方が話しやすいから、是非。俺は突然学院長が手紙を家に持ってきて……たまたま親兄弟と親戚で集まってたんだ。すごい騒ぎになって大変だったよ。親父なんて気絶してたしな」

貴族らしくなく、大きく口を開けて笑う姿に釣られて自然と口元がゆるむ。

私もワート先生から手紙を受け取ったことを話すと「国王様から認められたのはライムだったのか」と返事。どう返したらいいのかわからなくて、考えているとクローブがハッと息をのむ。

「待った。もしかして『シトラール』って」

「オランジェ・シトラールは私のおばーちゃん……えっと、祖母だよ。いろいろ教わる前に死んじゃったから、知識も経験もついでに資金もほぼゼロで全部始めなくちゃいけないけど、そこは新入生だしね」

「つまり、カリン様の娘ってことだよな。俺、十二歳から冒険者登録してててさ、その切っかけがカリン様の英雄伝だったんだ。流れの吟遊詩人や楽師がよく酒場で詠《うた》うんだけど、聞くだけでワクワクして……っ」

吟遊詩人ってなんだろうという疑問は浮かんだけれど、聞けるような状況ではなかったので聞き流し、うなずく。するとクローブは頬を赤く染めて生き生きと身振りをつけて動き始めた
「マジであの人すごいよな！　最初は口伝えにきいていただけだったんだ。けど、たまたま俺の叔父がカリン様に助けられたことがあるって話を聞いて、ずっと憧れてたんだ」

「あはは。ありがとう。っていっても、小さい頃に亡くなったからあまり知らないんだけどね」

そう言って肩をすくめると「悪い」とクローブがすぐに謝罪した。下流とはいっても貴族という身分のクローブが謝罪を口にしたことに驚きつつ、気にしてないと告げておく。本当に気にしてないし。

会話後に二人で腕輪を交換してもらう為に移動。

どうやら一般生徒は入学金と交換する形で金の腕輪を受け取るらしい。私とクローブはスカウト生なので入学金は免除されるとのこと。腕輪を装着しながら周囲へ視線を向ける。

在校生がいなくなった上に成績優秀者しかいないので、一気に人数が減っていた。

庶民だとわかる人を探して、目についたのは一人だけ。

「ねぇねぇ、クローブはあそこにいる子、誰だか知ってる？」

「ん？　んー、服装からして、貴族っぽくないし次席をとった子じゃないか？　確か、首席合格者は男だって聞いた覚えがある。成績優秀者に下流貴族はいなさそうだな。やりずれぇー……」

少し背中を丸めるクローブは不貞腐《ふてくさ》れたような表情を浮かべて腕を組み、壁に寄りかかった。

目の前にいる優秀成績者はみんな、私とは別の世界に住んでいると改めて思う。

「やっぱりお金持ちだと偉い先生とか勉強道具とかが揃えられるからかな？」

「だろうな。俺だってスカウトされなきゃ、とっくに一次試験で落ちてたよ」

「私もスカウトされなかったら今でも家にいたよ」

壁際でのんびり話をしていると黙って様子を見ていたらしい先生が口を開いた。

「工房制度についてどうおもう？」

「いいんじゃないですか？　たくさんの貴族と一緒よりよっぽど。あ、クローブと一緒の工房がいいなぁ……話しやすいし。先生、組み合わせって希望したら一緒になれるとかあるんですか？」

「いや、組み分けはこちらで決めることになっている。何事もバランスが大事だからな。学院側も慎重にならざるをえないんだ、家柄やらなにやらが複雑に絡み合ってきて面倒極まりないが」

「となると、スカウト生同士が同じ組になる可能性は低いか。俺としてもライムと一緒なら楽しくやれそうだと思ったんだけど……仕方ない」

気遣うような視線を向けられた理由はわからなかったので「心配事？」と小声で聞けば言いにくそうに頬を掻いて視線を彷徨わせる。

コソッと囁《ささや》くような小声で告げられた内容に私は思わず感心した。

「いや、俺はこれでも貴族だからなんかあったら助けてやれただろ？　でも、違う工房になったらそれができないからさ……せめて、お互い無難な相手と組めたらいいんだけどな」

「都会に親切な貴族がいるとは夢にも思わなかったよ、私」

「俺を貴族の目安にしてくれるなよ。俺の家、本当に金ないから。ただ、まぁ……貴族との付き合いを学ぶいい機会だと思うしかないな。正直、俺も上流階級のお嬢様やお坊ちゃんは苦手だから人のこと言ってらんないけどなぁ」

やれやれ、と互いに溜息を吐いたところで、ワート先生はヒラヒラと手を振って教員のいる方へ。

残された私たちは講堂内を見回した。基本的に数人で固まって、装飾品や家柄、血筋の自慢を次から次へ口にしているようだった。

「なんつーか……改めて俺、うまくやっていける気がしねぇんだけど」

「奇遇だね、私も同感だよ」

げんなりした表情とともに零された弱音に、私も力なく同意する。

私は貴族との付き合い方ではなく、錬金術を勉強するために出てきたのだ。もし、同じ工房生になった子との相性が最悪でも、自分が調合できればいいかと気持ちを切り替えた。

そうこうしている間に全員の手続きが終わったらしい。パンパンッと乾いた音に、視線を向けると手を叩いた人物が満足そうにうなずいたところだった。

「先ほど学院長から説明があったように、工房実習制度は今年から新しく始まった取り組みです。試験的な運用になるとは思いますが、王の期待も高く国のためにもなり今後につながると考えられます。工房制度は最大五組ですから、最大生徒数は十五名」

「スカウト生は最初から選択できないみたいだけどな」

クローブの声を聞きながら複雑な気持ちのままうなずく。

いざ「こうすべきです」みたいなことを言われるとやる気が削がれる。

「設備などの関係で定員以上の希望生がいた場合は抽選になります。ここまではいいですね？　工房実習制度はその名の通り、工房を三人で経営しながら錬金調合術の腕を磨くことが目的です。初回の授業のみ受けてもらいますが、単位の概念はありません。試験も定期試験を受ける必要がない代わりにアイテム提出と論文という形になるでしょう。学院生と同じアイテムを作れるようになっていることが進級の目安です。達成できなかった場合は、学院生へ所属を変え一年生として留年するか辞めるかのどちらかです」

説明だけ聞くと簡単そうに聞こえるけれど、駄目だったら学院生になる上に一年生に混じってスタートしなくてはいけないらしい。腕を組んで首を傾げる私の横でクローブも難しい顔をしている。

「工房制度は、卒業後を見越した制度です。みなさんの進路はまだ美しく輝かしい真っ白な魔法紙のようなもの。将来自分の工房を持ちたいというなら、間違いなく役に立つでしょうし、学習院に進むにしても即戦力として活躍できると学院では考えております」

学習院ってなんだ、と思わず呟けばそっとクローブが「三年勉強した後に通うさらに上の学校制度だな。期限は二年。専門分野の研究や上位職に就くための受験勉強ができる」と補足してくれた。後で聞いた話だと、クローブは身内からある程度事前情報として制度の話などを聞いていたそうだ。

「ここまでで質問があればどうぞ」

言葉を切って私たちを見回した彼女の静かな問いかけに、すっと手を挙げたのは大人しそうな印象の女の子だった。錬金服の色は明るめの夕陽色。上流貴族ではなく中流貴族だろう。上流貴族は基本的に希少な色を身につけているしね。

「工房制度を利用した場合、国家試験対策はどうなりますか？」

「二学年時に実力調査を行い、適した合格への特別支援を行います。工房生は、衣食住及び調合、そして店舗経営をすべて自分たちでしなくてはいけません。そのため、時間を融通するのは大変困難であると考えています。国家試験は簡単ではないので、覚悟が必要です。なお、どんなに手を尽くしても合格できるかどうかはすべて当人にかかっています。学院では一学年から少しずつ段階を踏んで国家試験対策を行いますよ」

その後いくつか質問が続いたけれど、学院生と工房生で受けられる恩恵の話がほとんどだったので聞き流す。私の目標は『錬金術師になる』だから、合格だけを考えると学院生になるのがいいのだろう。

でも、と悩んでいるとクローブが心配そうに声をかけてくれた。

「ライム？　どうした」

「あ、うん。国家試験に合格するなら学院生の方が有利なんだろうなって思ったんだけど、実力が見につくかって考えたらどう考えても工房生の方がいいでしょ？　私、将来お店をやりたいから……どうしようかなって。実力があっても受からなかったら困るし」

「あー。確かに、俺もそれで悩んでた。一年遅れで受験勉強して間に合うのかって。俺、一度も試験受けてないからどういう試験問題なのかもわからないんだよな」

「そ。判断できないいんだよ。最終的に合格するかは自分次第ってさっきから、あの人が言ってるし」

副学長な、あの人。と苦笑とともに補足されたけれど、話す予定がないので覚えなくても問題なさそう。

むむ、と眉間《みけん》に皺《しわ》を寄せてうんうん唸る私をよそに、上流貴族だと思われる男子生徒が口を開いた。

「では、工房制度を利用していた場合、不合格とされる条件を教えていただきたい」

「いい質問です。不合格の基準は工房の経営状況が三か月連続で金貨二十五枚以上の赤字、赤字の総額が金貨五十枚に達した場合が該当します。このような経営状態では工房の維持どころか生活も破綻《はたん》します。次に、適した商品を扱っていない場合です。これは、法律で禁止されている薬物・道具などを販売したものに限ります。販売する商品の最低品質はアイテムによって異なりますが一年で習う範囲であればCとしていて、難易度が上がれば最低品質Dも許可していますが基本的に最低品質はCであると覚えておいてください。最低品質Eランク以下のアイテムを販売した時点で即実習終了及び罰則を設けているので気をつけるように」

「品質はどのように把握すればいいのですか?」

別の生徒が質問する。

私は、おばーちゃんに教えてもらったから、錬金アイテムや素材であればだいたいの品質がわかる。

あまり慣れていないと判断がむずかしいかもしれない。

「測定器は各工房に一つ置いてありますから問題ありません。話を戻しますが、軽犯罪及び犯罪行為があった場合、即実習終了及び退学とさせていただきます。軽犯罪については事情を考慮することもありますが、明らかな犯罪行為の場合は問答無用で騎士団へ突き出し、保釈金などを支払っても学院に戻れることはありません。また、その人物は錬金術師と名乗ることは生涯許されませんので心するように……他に質問は?」

もう質問は出なかったので、副学長は「ここまでで、工房生に興味がある方以外は退室を」と意志表示をするように伝えた。少しのざわめきの後、数人が講堂から退室する。

この時点で、退室はしなかったものの考え込んでいる生徒が非常に多いことに気づく。戸惑いとも迷いとも付かない雰囲気が漂っているのだ。

説明された内容が考えていたよりも厳しいので、気持ちはわかる。工房の経営なんて普通の貴族だったら生涯縁がないだろうし。

「工房は、一軒家で住居付きの建物を五軒用意しており、必要最低限の機材は揃えてあります。工房生は、貸し出した工房内で寝食をともにする共同生活を通し、さまざまな経験を積んでいただくことになります。これ以上の詳細は工房実習生に直接説明をしますのでご了承ください」

私としては最低限とは言っても機材があるとわかっただけでも安心できた。おそらく最低限というのは調合釜のことだろうから。調合釜は設置型と埋め込み型がある。どちらも使い勝手が微妙に違うので質問することも考えたけれど、聞いたところで用意された環境に慣れるしかないので諦めた。

機材に関しては、学院寮生活になっても同じことがいえると思う。

私の場合は自宅から持ち出した調合用の機材が多いから買わなくていい。問題は貴族に貸してって言われた時だろう。壊されるのが嫌だから貸さないけど。

「最後に、開店資金として一つの工房につき最大で金貨百五十枚を貸出します。使い道は自由。初期投資として機材やレシピ、素材などを購入する費用に使ってもいいですし、人数で割ってそれぞれ使ってもかまいませんが、借りた金額は卒業時……三年後に返済していただきます。返せなかった場合は借金としての扱いになり、人数で残額が割り当てられます。なお、返済が終わった場合は第一級錬金術師の認定をそれぞれに発行。この証書は一人前の錬金術師相当の腕前があるという証で、受験資格証にもなります。国家錬金術師の資格とは別で、学院が発行する証書ですから免許ではなくあくまで資格なので公的効力はありませんが」

ザワッと空気が揺れ、私も思わず一番大事な部分を繰り返していた。

「きんか、ひゃくごじゅーまい……？」

嘘でしょ、何そのおそろしい金額ッ！　なんて叫ばなかった私はとても偉いと頭の片隅で絶賛しつつ、必死に周囲を見回すけれど誰も金額に驚いてなくて、さらに驚愕。

同じように動揺しているだろうとクローブを見ると真面目な顔で副学長とやらを見ながら「一人金貨五十枚なら考えて使わないとすぐなくなるな」とぽつりと呟いてギョッとした。

貧乏貴族だって言ってたのはどこの誰だ！　と問い詰めそうになったけれど、再び話が始まったので視線を向けただけで終わった。

「以上で説明は終わります。では、続いて工房実習制度を利用したいという生徒の方はこのまま残って、そうでない方は退室を」

舞台から副学長だという女性が降りたところであちらこちらから会話が聞こえてくる。

どうする、みたいな話はもちろん、舞台から降りた副学長へ質問に向かう生徒も多くいた。

「クローブ。なんか私たちすごく、見られてる気がするんだけど」

「は、はは。確実に見られてるわ、これ。俺たちがスカウト生だって気づいて観察してるんじゃないか？」

現時点でちらほら退室者がでていて、残りの人数を考えると四組程度しかできなさそうだ。

人数を確認する私たちと同じように、こちらの様子を窺っている人の中でも目立つのが何人かいた。

「……私。絶対、あの人たちと一緒は嫌だ」

自分でも不貞腐れた表情をしている自覚はあるけれど、取り繕う気はない。

クローブも私の気持ちがわかるのか苦い表情で「まぁ、そうだよなぁ」と同意してくれた。

「話してもいないのに、ジロジロ見た挙句『頭悪そうな庶民と同じ工房になるのは嫌だわ』なんて失礼でしょーにっ！　そりゃ、実際頭はよくないかもしれないけど。あと、あそこの眼鏡なんか『毛色だけ珍しくとも実力がなければお荷物になりそうですね』なんて先生に言ってるんだよ、ひどくない？」

「ちなみに、あの赤毛の女生徒は上流貴族で、眼鏡の彼は首席合格者だからな」

「世も末っ！」

「なんていうか、ライムもたいがい面白いよな」

やさぐれつつ向けられる視線を無視していると、副学長が退室していく。静かになったところでワート先生が『退室者はもういないか？　次から、工房実習契約に移るぞ』と声を張り上げた。これで迷っていたらしい生徒が数名退室し、残ったのは私たちを含めて十五名の生徒。

「よし、じゃあ残った君たちは実習制度を利用したいってことで間違いないな？　辞退するのは今のうちだが……うん、よし。じゃ、この用紙に名前を書いて魔力を少量流し、この先生に渡すように」

持ち運びができる長机の上にペンと専用の用紙が人数分用意される。

残った生徒は指示通りに名前を書いて指定された先生に渡したのだけれど、彼は枚数を確認し、手元にあった大きな箱に用紙を入れた。

その箱は真っ黒で直径六十センチ、高さ六十センチほどの正方形。天井部分に用紙を入れる四角い穴があり、側面には一か所、蓋が付いていた。おそらくそこから用紙が出てくるのだろう。

全員分の用紙を入れ終わったところで、先生がそのまま箱に魔力を注ぎ始める。

「ちなみにコレは、学長が作った工房の組み合わせを決めるための魔道具だ。希少錬金素材と高度な魔術陣をかけ合わせた唯一無二のアイテムといってもいい。中に入れた用紙には家柄や入学試験結果、そして魔力を数値化し最適な組み合わせを決めてくれる。俺たち教員はもちろん、作成者である学院長も細工ができないようになっているし、このアイテムの情報は商業ギルドで登録されているから納得がいかないなら照会してくれ」

「……入れた順、とかになることはないんですよね」

胡散臭《うさんくさ》さ満点の箱を半目で見ながらワート先生に質問をぶつけると、私の気持ちを察したのか答えてくれた。どうやら本人も半信半疑のようだ。

「ま、見かけは本当にただの箱だから、そう思うのも無理はない。学院長たちは何度も実験しているし大丈夫だろう。お、箱が黒から白になったな。魔力を入れて振り分けが完了すると、色が変わる仕組みなんだ。このあと、三枚ずつ名前が書かれた用紙がでてくる。名前を呼ばれた生徒は前に出るように。最後に伝えておくが全員が選ばれるわけではない。工房生の枠は五つあるが、用紙が一枚も出てこない事態も考えられる……その場合人員補充し直して再度組み分けだな」

じゃ、さっそく発表しよう！と他人事全開で、先生は箱の蓋を開けた。

取り出された用紙は入れる前とは異なり、白から薄黄色に変化している。おそらく、箱の中で何かの魔力変化を起こしたのだろう。色だけではなく、かすかに魔力も増している。

「一組目……クローブ・シルソイ・ホアハウンド。続いて、ジャック・ザバイ・ヘッジ、そしてロベッジ・ネイガー・タンジーの三名。あのあたりで集まって発表が終わるまで待っているように。次行くぞー」

隣にいたクローブが呼ばれて、その後二人の男子生徒の名前が呼ばれた。

自分以外の工房生二人の名前が呼ばれて「よかった、全員男で」と独り言を零してから「またな」と笑顔を浮かべた。駆け出す足音とほぼ同時にひらりと揺れるマント。

合流したクローブは友好的な笑顔を浮かべて他二人へ挨拶をしている。他の二人もどこか安堵《あんど》したような雰囲気だったので、おそらく彼らも女の子と同じ工房だとやりにくいと考えていたのだろう。

「クローブは人懐っこい感じだからうまくやれそうだけど……私はどうかなぁ」

できれば、庶民の女の子が一緒だと嬉しいのだけれど、家柄も加味されるとわかっている以上貴族と組まされるのは間違いない。下流貴族のクローブが庶民の代わりなのだろう。

学院長が用意したという箱をじっとにらんでいるとワート先生の声が高らかに響く。

「二組目はマリーポット・スイレン！続いてプリムローズ・カウスリップ・ノクリン」

ビクッと小さく肩を跳ねさせたのは、庶民だという女の子。次はどう見ても貴族といったふうの女の子の名前が呼ばれたので成り行きを見守っていると、名前が呼ばれる。

「最後にナスタチューレ・メドゥ・クレインズの三人だな」

並んだ二組を確認したワート先生は続けて排出された用紙を取り出す。

「三組目、一人目はベルガ・ビーバム・ハーティー」

名を呼ばれた直後にコツンという靴の音が響く。

視線を向けると、そこには不機嫌を隠さない表情で、豊かな赤毛とすらりとした体躯《たいく》の上流貴族が堂々と歩いてくる。ワート先生の近くで歩みを止めると、扇で口元を隠した。スッと細められたのは炎を閉じ込めたような赤。華やかで整った顔立ちだけれど、彼女が人目を集めるのは猫のように柔らかく吊り上がった鮮烈な赤の瞳と髪だろう。

最上級の深紅と漆黒を合わせた錬金服に身を包み、悠然と立っている。高慢に見えるのにどこか凛とした雰囲気も相まって、彼女はどこにいてもすぐに見つけられそうだ。

「次、リアン・ウォード」

貴族の次に名前を呼ばれたのは、首席合格者だと教えてもらった背の高い男子生徒。

上流貴族はミドルネームっていうのが挟まって、名前を区切るところが二か所あるのでわかりやすい。彼は本当に庶民らしい。私が半信半疑になるのは、彼が身にまとう服は庶民とは思えないほど、精巧かつ高級な錬金布を使用しており、洗練されたデザインだからだ。ぱっと見、庶民かどうか判断ができなかった原因はこれと彼の雰囲気が原因だと思う。

紺色の髪と更《ふ》けていく夜に似た青の瞳。決して目立つ色ではないのに、彼の青は妙な存在感がある。加えて、立ち振る舞いのせいで貴族の中にいてもまったく違和感がない。

彼は名前を呼ばれ、多くの視線や意識を向けられても騒ぐことも、狼狽《うろた》えることもなく眼鏡の位置を直し、コツコツと長い脚を動かして静かに貴族令嬢の横へ数歩分距離を開けて立った。

隙がなく、上流貴族といわれても納得できてしまうほどに優等生然としている姿に何だか頭が痛くなってくる。この二人の近くに行くのは大いに嫌だ。

「……うっそでしょ」

どう見ても、先ほど私を見て悪態をついていた二人だ。

先に名を呼ばれた二人もパッと私へ視線を向けたので、口元が盛大に引きつった。

「で、最後はライム・シトラールだな」

呼ばれちゃったよ、と思わず呟きそうになって無理やり飲み込む。

私の家名に騒めく会場。

シトラールという家名はワート先生いわく国内外に一つしかないらしいので、勘づいたのだろう。

零れそうになる憂鬱交じりの文句を飲み込んで、不機嫌そうな女子生徒と無表情の男子生徒の方へ。

人に注目されることは慣れているけれど、おばーちゃんの孫としての注目と髪色、なにより貴族ではない相手へ向けられる不躾《ぶしつけ》で無遠慮な視線は不愉快であることに変わりない。

彼らと対面するのが嫌で、背を向け、ワート先生の方を向く。

私より背の高い二人から圧を感じて落ち着かないけれど、馬鹿にされそうなのでグッと堪えた。

他の二組はそこそこ会話が弾んでいるのに、これから決闘でもするような緊張感が漂っている。

こうなった以上は、もう腹をくくって三人でうまくやるしか、とかすかな希望を抱いたのは束の間。

あっさり上流貴族の第一声で打ち破られた。

「教授。組み分けの不服申し立てはできませんの?」

「思うところはいろいろあるだろうが、ひとまず一年この組み合わせで頼む。さて、これ以上用紙は出てこないようだ。よって、工房生はこの九名三組とする。……組み分けに関してだが、学院から見てもうまくいかないと判断した場合や生徒が死亡した場合は再抽選することもある。ただ、基本的にはこの場で決まった組み合わせが三年続くと考えてほしい」

凍った空気を取り繕ったのは乾いた笑い交じりの先生だった。

なんということを聞くのだ、とみんなの表情に書いてあった。たぶん私の顔にも書いてあっただろう。

表情が変わらなかったのは眼鏡をかけて微笑む首席だという生徒くらいだった。

「まずは……金の貸付手続きを。制度の関係で署名し受け取ってくれ」

お金を受け取った後、小さな革袋が上流貴族三人の前に差し出され、一つ取るように告げられた。

「学院が用意した工房の鍵だな。どの店舗も三名で生活できるように整えているが、立地や敷地面積が違う。工房の変更は抽選後受け付けない。どの物件になるのかは運次第で、近い順に案内する」

「ワート教授、質問が。設備は同じという認識でよいでしょうか」

「ウォード、いい質問だ。後で詳しく説明するが、学院側が整えた設備は同じだ。元の施設によって間取りや特殊な部屋もある。防犯面も学院は関与しないから、自分たちで決めるように」

防犯という言葉に内心首を傾げる。

都会でも魔物やモンスターがでるのか聞いてみたかったけれど、近くにいるのは嘘くさい笑みを口元に張り付けた学年首席眼鏡だけ。

赤毛の上流貴族が引いたのは大きくて古い金の鍵だ。比較的シンプルな作りだが、他の鍵は銀色。当たりかどうかはわからないけれど、先生は鍵だけで該当物件がわかるらしい。

「さっそく案内をしよう。俺は後ろからついていく。先頭をイミシ教授、頼みます」

「頼まれたよ、ワート教授。では、みなさん私についてくるように」

微笑んだのは誠実そうな印象の教員だった。

教員は合計で三名。私は最後尾をワート先生と歩いていた。他の生徒たちが道行く人や立ち並ぶ店を興味深そうに観察する光景を目で追っていると声が降ってきた。

「にしても、よかったな。ハーティー家は王家ともかかわりの深い名家で王家からも信頼が厚い。それにもう一人は、学年主席であの世界でも有数の大商会と名高い『ウォード商会』の長男だぞ」

「高飛車貴族と陰険眼鏡なのに」

「微妙に誰だかわかる悪口を言うな。真面目な話、ハーティー家のご令嬢が同じ組なのは、かなりいいんだ。中立容認派で、身分差別に表立って反対している。実際、庶民出の使用人採用率がこの国でも一番といっていいほど高い。ここだけの話だが工房制度に入る第一条件が、保守派か容認派の二択だったんだ。過激派と呼ばれる血統至上主義者は参加しないだろうと言われていたが懸念《けねん》事項でね」

過激派がいるとトラブルを起こす未来しかないからな、と先生はチラリと一瞬、男子工房組の上流貴族へ視線を向けた。

そういえば、あの貴族が三人の上流貴族の中で一番嫌な感じがしたことを思い出す。クローブに気を付けるよう伝えるべきか悩んだものの、うまくいきそうなのに口を出すのも悪いと止めておいた。

事情は多少わかったけれど、不服があることに変わりはない。でもさ、と唇とがらせる。

「注意が必要なのは男子工房の上流貴族だ。あまりいい噂がないからな……担当教員は苦労するぞ」

「むー。じゃあ、貴族の方は諦めるとして、眼鏡の方どうにかならないんですか。だって、私の顔見て鼻で嗤《わら》った上に『ずいぶんと頭が悪そうだが、君はあのオランジェ様の血縁なのか？』って言いやがったんですよあの嫌味眼鏡ッ」

ほらアイツ！と一番背の高い袖付き青マントを指さす。

足長くて背が高いとかずるい！と主張すればワート先生が愛想笑いを浮かべた。

「ハハハ……前途多難そうだな、ライムのところも」

「他人事すぎでしょ、ワート先生」

「悪い悪い。それはそうと、ほら……あれが学院から一番近い工房だ」

アレ、と示されたのは、看板のない建物だった。

周囲にはタペストリーや看板、手入れの行き届いた花壇があるためにひときわ目立っていた。

「ここが男子生徒三名の工房になります。店舗自体は一般的な作りですが、最大の強みは人通りが多いというところですね。さて、中に入れるのは該当生徒と担当教諭である私……イミシ・サシキンス・アンイスのみ。この後の案内はアーティ教授にお願いしましょう。ではタンジー君、代表で鍵を」

上流貴族が鍵を差し込むのを横目に私たちは再び歩き出す。

周囲に人がいなくなったところで、ワート先生が工房について話を始める。

「学院が用意した工房はすべて錬金工房ではないんだ。だから立地も内装もどれも異なっている。どの店舗も強み弱みがあるから、客を呼びたいなら自分たちと工房に相応しい商品や売り方を考えるといい。ちなみにさっきの工房は元パン屋だった」

客を呼ぶ方法、と言われてパッと頭に浮かんだのはおばーちゃんだ。

おばーちゃんは有名だったから、辺境でも人がきた。私はそういう商売はできないだろうから先生の言う通り売り方や商品についてしっかり考えないと借金が返せなさそうだ。

「先ほどの工房は立地がよい分、土地も店舗も比較的狭い。まぁ、錬金術の腕を磨く上でどうしても素材を置くためのスペースが必要だから、どの工房にも最低限の設備として地下室やそれに類するものを備えている。今回の三軒は工房と地下室が一体化したタイプだな」

歩いていると行き交う人の比率が変わったことに気づく。

一番街のような洗練された雰囲気から、親しみと温かみのある雰囲気にガラッと変化している。注意深く観察してみると、店とお客さんとの距離が近く親しげだ。

女性教員が足を止めたのは、可愛らしい雰囲気の空き店舗。赤い屋根と淡い薄黄色は女性的な雰囲気を醸《かも》し出している。

「女子生徒三名の工房がこちらです。店舗の広さは中程度ですが、住人が多いのが特徴ですね」

鍵を、と促され上流貴族が鍵穴に鍵を差し込む。

チラリと見えた室内は温かみのある広々とした雰囲気だった。窓が大きい。

「こちらの工房は元々、花を販売していました。そのため、日当たりや風の通りがいいように作られています。床も水やりの関係で石畳が多いですよ。女子工房の担当は私、アーティ・カントが担当します。みなさん、どうぞ中へ」

四人が扉の向こう側へ消えたところで、私たちの案内はワート教授がすることに。

後方から先頭へ移動した先生が私たちに「じゃあ、いくか」と軽く一言。

歩き始めてからは二番街の様子を見るのに忙しく、先生の話はほぼ覚えていない。

道の突き当りまで歩いて、そこから雑木林らしきものが見える場所を背に、さらに歩く。左側は大きな建物が並んでいて、右側にはなだらかな緑の丘の斜面。

「先生、この左の建物って」

「このあたりは備蓄倉庫だ。有事の際に大量の麦やなんかが置いてあるが、劣化しないように管理されている。魔道具ってのは偉大だよな」

うんうん、と暢気な案内と続く補足。どこまでも伸びる代わり映えのない細道。

「倉庫と反対側にある丘の上は？」

「教会と教会広場がある。ま、ここも国を守る重要な役割を持っている。詳しい話は追々、と言いたいところだが、錬金術師の軍事的役割について話しておく。錬金術師はサポートの一面が強い。薬師の薬は疫病《えきびょう》などのうちなる病に効果があるが、錬金術師の薬は即効性があるだろう？　だから、負傷兵士の治癒に用いられる。兵士は国を守るために必要不可欠だ。回復だけでなく、錬金術師は爆弾や毒薬なども作成が可能だ。魔術は保存が難しいが、アイテムであれば保存がきく。だから錬金アイテムは戦略においてもなかなか使い勝手がいいのさ。国家試験が設けられて一定以上の腕を持つ者が登録される理由はこういう利点が多いからだ」

国家試験を受けて一定の実力評価を得なくてはいけない資格は、三国と準国家と呼ばれる中小さまざまな国の認証が二ヵ国以上必要になるらしい。そうして認められた資格だからこそ、基本的にどの国に行っても尊重されるのだとか。

感心しながら歩いていると急に舗装された道に合流した。

左右に伸びた舗装路との合流地点には素朴な看板があり『この先　教会・教会広場』と掠《かす》れた文字。

矢印を目で追えば、丘の上に続いている。

「さて、お待ちかね。ここが男女混合組の工房だ。三番街五丁目……元宿屋だった建物で、学院所有の物件でも一番広い。元宿屋ということもあって前庭だけでなく裏庭と井戸もついているのが強みだ」

「人がいなくて少し寂しいけど、静かだし何だか落ち着くなぁ」

丘の方角から風が吹いて、髪を揺らした。温かさを纏った爽やかな草木の匂いに目を細める。

暮らしやすそう、と伝えた直後に神経質そうな声。

「ふむ。空き家が多いようですが防犯面はどうなっていますか」

「それに関しても問題ない。空き家の周辺は、巡回数が多い。この場所の短所は人通りが少ないことだが、それはやりようによるだろう？」

「それはもちろん。僕個人としては防犯面の心配がないのであれば、安心して勉学に励めますし、面白い場所だなと思っていますよ」

本音なのか建て前なのかわからない言葉に胡散臭さを感じつつ、周囲を見回す。

よく見ると建物の並びが一番街や二番街と似ていて、住宅街とは雰囲気が違う。

「さっき、三番街って言ってましたけど、ここって商店街だったんですか？」

「お前らが生まれる少し前に最後の一軒が閉店した。それっきり、この通りさ。今のところ借り上げられているのは二店舗だけだな。ライムたちの横は入居者がいたはず……だが、留守か」

お城から離れているからか一番街、二番街と違って建物の敷地はどこも広めだ。

隣の店舗には、看板もタペストリーもない。何の店かな、と考えている横で赤毛の貴族がふぅん、とどこか機嫌よさそうにしているのが気になった。正直、私のイメージだとこういう貴族って『買い物がしやすい場所がいいわ』とか『贅沢ができるような場所にして頂戴』と抗議しそうなのに、そう言った様子は今のところ見られない。

こっそり視線を向けているとパンパンと乾いた音。どうやらワート先生が手を叩いたらしい。

「まずは、中に入って工房制度のアレコレについて話しておく。この小さな鉄製の鍵が門専用の鍵だから工房の鍵と一緒に持ち歩け」

鉄製の鍵を受け取り、上流貴族が開錠した。一度に大人三人が駆け込めそうな大きさは珍しいけれど宿屋であったことを考えれば妥当なところだろう。蝶番《ちょうつがい》からはかすかに金属音。

私が最後尾だったので鉄柵を閉めたのだけれど、閂《かんぬき》があったので内側から一応施錠しておく。

白い石畳の上をいけば、出入り口の扉。

開かれた扉の奥に広がる内部にはどこか懐かしい雰囲気が漂っていた。

「わ、広い……っ！　ここも店舗と生活する場所と工房が一緒になってるんだ！　台所も大きいっ」

出入口は店舗スペースということもあって、ドア付近は石を磨いて作られた石の床だけれど、すぐに木製の床になった。清掃のおかげか、保護材のようなものが塗られているらしく、独特の光沢がある。

「店と生活スペースを区切れば調合しているところも見えないぞ。ここにある棚を目隠し代わりにしてもいい。元宿屋だけあって天井も高いし、使い方はいくらでもあるさ」

「ワート先生、ここにあるものって全部学院のものってこと？」

「理解が早くて助かる。基本的な備品については、書類にまとめてあるから後で見るように。店についてもこれから話をするから、まずは説明からはじめますかねっと」

私だけでなく、それぞれが自由に気になる場所を確認していたので、先生が合図をして視線を集める。

向かったのは、出入り口すぐにある販売スペースと生活スペースの間にある出窓のそば。

光が射すその場所には、華やかさと高級感満載の応接ソファがあった。三人掛けの椅子が二つ向かい合い、真ん中にはテーブルが。テーブルの奥行部分にはそれぞれ一人掛けの椅子が置いてある。

先生は、出窓と向かい合う形で置かれた三人掛けの方にドサッと腰を下ろす。

私は出窓を背に端っこの方に座り、学年首席は一席空けて隣に。上流貴族は一人掛けに落ち着いた。

「まずはこれを。見てわかるように『工房生用の資料』だ。リアンの後に、他の二人も目を通しておいてくれ」

大人しく資料に目を通し始めたのを確認し、先生は満足げにうなずく。

そこからピッと指さしたのは調合釜が三つ並ぶ一角。

「まず、入学おめでとう。今、お前らは学院の一年になった。ので、調合はし放題だな」

「ってことは、法律違反じゃない？」

「おうとも。ま、作るだけなら違反にならんからな、そもそも。調合に関して先に伝えておくが、学院生と違って素材の類は配布されないので自力で何とかするように。調合関係でいえば、三人とも蛇口はわかるな？　出てくる水は魔石の水だから、地下にある魔力管理装置でかならず残量確認と魔力補給をしてくれ。幸い、この組は魔力量が多い。魔力供給さえ怠らなければ問題ないだろう」

　錬金術には調合釜・火・水が必須だ。素材は必要だけど、この三つがなければ調合ができない。

　せっかくいい流れなので気になっていたことを聞いてみる。

「調合関係の備品ってなにがあるんですか？」

「学院で揃えたのは、調合釜と保存瓶、測定器くらいだな。瓶は初級体力回復薬と初級魔力回復薬の二種類を五十本。他必要な機材に関しては、購入するしかないな。調合ついでに話しておくが、ここに防音結界を展開する魔道具や警備結界と呼ばれる魔道具はない。必要だと感じたら頑張って稼いでくれ。結界が家にある場合は持ってきてもかまわない」

　他には庭に関する連絡事項があった。三年後の卒業と同時に元の状態に戻さなくてはいけないとのことで、使用している場合は片づけを見越して活用するように、と忠告ももらった。

「ざっと話したが、施設に関することはこんな感じだな。個人の私室についてだが、家具の持ち込みは可。壁を壊すなどの改修は不可だ」

　外に新しく作るのはいいのか聞けば、つど相談してほしいと念押しされた。

「さて、ここからが工房に関する説明になる。いいか、くれぐれも店に置く商品の品質は基本的にC品質以上にしてくれ。物によってはE品質でも認められるという発言があったと思うが、失敗やトラブル防止するならば、C品質以上で置けば間違いない。担当教諭の判断で品質に関しての伝え方は任されているが、俺が担当である以上これは譲れない。次に置くアイテムについてだが……個人的に毒薬の類を棚に置くのは勧めない」

何となく理由はわかるけれど、間違っていたら困るので確認。

「俺が毒薬の販売を勧めないのは、どのような使われ方をされるかわからないというのが一番にあげられる。というのも、毒の種類によっては販売自体が規制や禁止されるものもある。実際、確認不足で……と許されるかどうかがわからん。下手なことはしない方がいいだろう。昔、売ってはいけない薬を販売して摑まった錬金術師も少なからず存在しているし」

錬金術の歩みという歴史の授業で習うぞ、と補足説明までついてきた。こういう些細《ささい》なことでも伝えてくれる人か見極めるのは大事だと思うんだよね。

聞いてよかったなーなんて暢気にうなずいていると、資料に目を通していたはずの学年首席が口を開いた。

「ワート教授、商品の品質によって販売価格を調整することは問題ありませんか」

「お前さんならわかっていると思うが、念のため説明しておく。品質によって価格を変える、市場の動き方によって値上げまたは値下げをするのは各工房の自由だ。ただ、やりすぎると悪評が立つから気を付けるように」

「心得ていますよ。人員についてですが、外部の人間を雇うのは禁止されていますか」

「禁止はしていないが『一部業務を任せる』ことのみ許可している。わかりやすく言えば、店番を任せることは可能だが奴隷だけで店舗運営するのは禁止だ」

「では……奴隷については？　どういう扱いになりますか」

二人から発せられたあまり馴染みのない「奴隷」という言葉に首を傾げるけれど、私以外はみんな、ごく当たり前のこととして受け入れているようだった。

「奴隷か。ちなみに今個人所有の奴隷はいるか」

「僕はいませんね」

「私もいませんわ」

「……えっと？」

「よし、わかった。奴隷の扱いについてはまだ話を詰めていなかったが、おそらく許可されるだろう。ただし、奴隷を使うのは生活の場面のみ、と限定させてもらう。錬金術にかかわるすべてを『任せきり』にするのはもちろん駄目だ。いいな？」

よくないです、と言葉に出す前に学年首席が眼鏡をカチャリとかけ直して口を開いた。

「わかりました。それと資金源についてですが……初期費用兼工房経費として金貨百五十枚という認識であっていますか？　また、工房ですが借家扱いであれば家賃が発生するでしょうし、それによって少々稼ぎ方が変わるかと。気になる点でいえば、個人の持ち出しはどの程度容認されるのか、資金の増やし方に制限はあるのか、卒業時の素材や調合アイテムの扱いも明確にしていただきたい。これらが不透明であればこちらも事業計画が非常に立てにくいので早めに回答を」

口元を柔らかくゆるめ、瞳もかすかに笑みの形をとっている首席合格者は先生へ質問という名の一方的な疑問を叩きつけ、メモをする姿勢を崩さない。

「い、一気に来るなぁ。まず工房資金の認識はそれで問題ない。第一期生に関しては、家賃は回収しないことで決まっている。来年度はわからんな、今のところ。個人の持ち出しは基本的に禁止だが、入学時に持ち込み可能としたものは問題ない。あとは持ち出しに関してだが、私服などは自由だ。工房資金はあくまで生活と店舗運営にあてるように。調合に関することだが、制限は設けていない。ただ間違わないでほしいのは、あくまで持ち込んだ人間の所有物だという点だ。脅迫や恐喝で取り上げることは許可しない。普通に騎士団行きだな」

動揺しつつも疑問を解消していくワート先生の言葉を、携帯型のペンが素早く書きとっていく。

そのやり取りは私をよそにどんどん進む。困惑しつつ周囲へ視線を走らせると、貴族のお嬢様も心なしか呆気にとられていて「なんだ、おんなじ置いてけぼりか」と胸を撫でおろせた。

「なるほど。では、あくまで工房運営は金貨百五十枚をベースにするということですね。機材費なども込み、ついでに言えば生活費もすべてそこから賄う、と。ある程度、商売をわかっている人間でなければ早々に詰みますよ？」

「いやぁ、そうだよな……というか、この段階で奴隷や家賃の質問されるとは思わなかった。さすが、学年首席。頭の回転が違うな」

やや大げさに褒める先生にも彼は穏やかな笑顔を張り付けて「書いてあることがすべてではないと存じていますから」と肩をすくめて終わりだった。

「他にもいろいろルールはあるが、正直、導入決定したのもわりと土壇場でね。いろいろと決められていないことも多い。悩んだらすぐに相談してほしいが、一つだけ改めて注意しておく。杞憂《きゆう》だとは思うが貴族が身分を笠に命令することは禁止だ。ハーティー嬢、そのあたりは信用していいな？ まぁ、そもそも論で悪いがライムやリアンの二名が素直に指示に従うタイプではないだろうが」

「見くびらないで下さいまし。そのような無粋な真似はしなくってよ、ワート教授。私からもいいかしら。奴隷はいいと言っていましたけれど、使用人はいかがかしら？」

「使用人は駄目だな。許可しているのは奴隷だけだ。で、奴隷を奴隷商から購入する場合、工房資金から出して学院に申請するように」

奴隷の値段が私にはわからないけれど、きっと安くない。

人って、高いよね？と聞くべきか迷う。貴族と商家の息子だという二人の様子を窺えば、表情も態度もまったく変わっていなかった。

私の育った景色に奴隷はいなかったから知らないのは当たり前、とそこまで考えて思い出す。奴隷を自分は見たことがある、と。

会話が遠く聞こえて脳裏に蘇るのは、子どもの頃に目撃した奴隷と主人と呼ばれていた人の行動。ザッと音を立てて血の気が引いていく感覚に強く手のひらを握った。

瞬間、見計らったようにテーブルが揺れる。

「ま、生活に必要な行動もすべてお前たち自身で賄う必要がある。金の使い方はよく考えるように」

やれやれ、とため息交じりに立ち上がった先生は、ソファから離れる前に何かを思い出したらしい。近くにいたベルへ道具入れから数枚の魔法紙を差し出した。

それはなんだ、と聞く前にベルは素直に手を伸ばし短く「これは？」とたずねた。

先生が口にした言葉は、あまり聞き馴染みがない用紙の使い方。

「魔法紙は商売には必要だろう、ということで三枚は学院から支給することになった。魔力契約を結ぶための契約用紙だ……高額取引、条件取引の他にもさまざまな場面で使うこと考慮して渡す。使っても使わなくてもいいからな」

そのまま工房を出ていくのだろうと思っていた先生はぐるりと私たちを見回して、人差し指を立てる。

最後に一つ、という前置きとともに真面目な声色で告げられた内容はしごく単純なものだった。

「お前らは、育った環境も学びの環境もすべてが違う。おそらく、三つの工房の中で育った環境や経験の差が一番異なっていると断言できる。いいか、この工房制度は三年だ。たった三年しかない。可能な限り、全力で楽しんで悩んで苦労して学んで遊べ。若いうちにしかできないことってのは、間違いなく存在する。その逆もしかりだけどな」

んじゃ、時々様子を見に来るから仲良くやれよと言い残して先生は工房を出て行った。

残された私たちは、閉められた扉をしばらく見つめていた。

でも、いつまでも突っ立っているわけにもいかないよな、という雰囲気が漂い、しびれを切らした人物が真っ先に口火を切った。

「まずは、そうね……今日からここで暮らすなら、必要な家具を運ばなくてはいけないのではなくて？寝具もないのでしょう」

「同意見です。まずは各自、自室を決めた方がよさそうだ。そうですね、十五分程度工房の中を見て回り、気に入った部屋を自室としましょう」

「わかったわ。じゃあ、お先に失礼するわね」

口をはさむ間もなく決められたことではあったけど、特に意見はないので黙っておく。

二階へ向かった二人を眺めて、私はとりあえず一階を見て回ることにした。

生活をする上で大事なのは炊事洗濯をする場所だ。最悪、寝る場所はどうにでもなる。

「トイレはこっち、えーっと……この廊下を進むと部屋が四つ……じゃなくて、三つ。一つは保管庫かな。日は当たらないけど、常温保管になりそうだし、木箱と大型のものを入れるしか使い道がなさそうだな……あ、洗い場と裏庭はこっちなんだ。井戸があるって言ってたけどアレか」

ふんふん、とドアを次々に開けて確認。ある程度構造を理解し、居間と販売スペースまで戻ってくる。ドアの方から店舗・居間・調合スペースと大きく三分割できるということもあり、見るところはたくさんある。特に、調合スペースのまわりはまだ詳しく確認していなかった。

ワクワクしながら、三つ並んだ調合釜周囲の環境を確認し、調合スペースから十歩程度離れた場所にある柱へ近づいて気づいた。

「あれ。ここ、なにがあるんだろ？」

この工房には、区間を分けるように二本の柱がある。その陰に隠すようにドアがあったのだ。

好奇心のまま、鉄製のドアノブをそっと押し開けば金属の板に木を張り付けた二層構造になっているようだ。変わってるな、と思いつつ隙間から顔をそぉっとのぞかせると、真っ暗な暗闇。ヒヤリと顔に感じる温度は冷ややかで、あれ、と首を傾げる。石とかすかな土が鼻をくすぐる。

ドアを開けて、ポーチから取り出すのは魔石ランプ。

ツマミをひねって、足元を照らせば立派な石を積んで作られた階段が下へ伸びていた。

「地下室だ！　しかも、すごく広ーい！」

光でぼんやりと照らされたスペースはパッと見ただけでも広くて、五段ほど下へ降りる。

上も下もすべてが石を積んで作られているのは間違いないけれど、かすかに木の匂いがするのでランプを掲げながら左右を見てみると、奥の方は石壁にしっかりと木が打ち付けられているようだった。

「何のために、っていうか……これ、籠城用の備えなんだろうなぁ」

よく見ると天井にあたる部分に数か所小さな穴のようなものが一定間隔であった。

空気はどうしても入れ替えなくてはいけない。でも、安全に外からの空気を取り込めるようになっているのを見て、口元がゆるんでいく。広くて、たくさんのものが貯蔵できるというのは、私にとって何よりも喜ばしいことだからだ。

「これなら、何かあっても大丈夫そうだね。避難場所にもなるって話だったけど、丸っと全部地下室で保存庫……一冬は余裕で越せる」

保存がきく、ということは、切り詰めた食事をしなくていい可能性が大きいということでもある。

暗い地下空間には、温度と湿度を測る計測器も備えられていた。日光に当てると発芽してしまうゴロ芋やキャロ根、マタネギといった長期保存に向く野菜や麦などを秋に買い込んで保存することを決めた。

満足とも安心とも言えない満ち足りた気分で、魔力残量を確認できるっていう装置も発見し、使い方をある程度確認したので、再びドアを開けて出ると突き当りに細い廊下があることに気づく。

「あれ……まだ、廊下がある？」

薄暗いその廊下が気になって、足を向けると薄暗い廊下の先にはドアが。

次は何だろう、とドキドキワクワクしながらやや古いドアノブをそっと回す。

そっと押し開くと、想像以上の空間がそこにはあった。

「私の部屋、ここにしよーっと！」

早い者勝ちだよね、と言い訳めいた独り言とともに部屋のあちこちを見て回る。

窓がすべての壁に一つはつけられているので、とても明るいことと風通しがいいことが気に入った。

調合釜が置けたら最高なのに、と思いはしたけれど一人では広すぎるほどの空間には、作業用の机だって、大きな籠だって、内職用の道具だってなんだっておける。

「この小さい出窓もなんだか都会っぽくってかっこいいし、庭の様子が見えるのがいいよね」

窓からは、外の様子がしっかり見える。でも、外からは部屋の様子を見るのは難しいだろう。

窓の外には、背が低く幹が太くならない木が綺麗に並んで植えられている。それが窓枠のようにみえて、とてもお洒落だ。

「……ちっさい虫だけ、入ってこないように目の小さい網貼り付けとこ」

それ以外は、収納スペースもしっかりあるし、ベッドを置いてもすごく広いし、文句なし。

カーテンあったかな、なんて考えつつ秘密基地みたいな自室を見つけられて大満足。さっそく預けているルージュさんの宿からトランクを運ばなくっちゃ、と足取り軽く居間へ戻れば、すでに二人が妙な存在感を放ちながら座っていた。

「あー……部屋、決まったの？」

「決まりましたわ。それはそうと、あなた、どこから出てきましたの？」

訝《いぶか》し気な表情に、出てきた場所を指さして「そこだけど」と返事。大したことではないのにな、なんて思いつつ、先生の話を聞いていた時に座った場所に腰を下ろす。

そのまま宿へ、とも考えたけれど何か話があるかもしれないから。

「僕とハーティー嬢は二階にそれぞれ部屋を決めた。君はまだ二階すら見ていないようだが？」

「二階は見なくてもいいや。私は、地下室を出たところの奥にある部屋にするから」

あっちにあるよ、と再び指さすと二人が私の指先をたどって盛大に眉をひそめる。

すぐにその顔に浮かぶ呆れと嘲笑。先ほどまで体中に満ち溢れていた楽しい気持ちが一気にしぼんでいくのを感じて、唇がとがっていく。

「一階で暮らすなんて……ずいぶん常識がないのね。二階が居住スペースよ。一階は使用人や奴隷の部屋だわ」

「庶民は普通に一階に住むんだよ。便利だし、調合釜も近いからいいの。ほっといてよ。部屋を決めたし、先に荷物運ぶんだよね？　私、荷物取ってくる」

馬鹿にしたような物言いをする上流貴族とこれ以上話すだけ無駄だと思い、立ち上がる。

さすが貴族、と褒めそうなくらいには、貴族らしい振る舞いにげんなりしつつソファから数歩離れると数秒遅れて二人分の衣擦《きぬず》れの音。

「荷物を運ぶまで、二時間半くらいかかるかしら？」

「そう、ですね。僕も実家の使用人に話をして運んでもらいます……君は？」

聞き流そうと一瞬考えたけれど、さすがにちょっとな、と思い直して返事を返す。

ただ、愛想よく答える気も起きなかったので振り返ることなく、出入り口へ足を動かした。

「家から必要なものは持ってきたから大丈夫。宿で預かってもらってる」

「……宿に？　まぁ、いい。では、二時間半……いや、三時間後にソファで。搬入が終わっていなくても、設置は使用人たちに任せても問題ないでしょう。工房資金ですが、ひとまず僕が管理しても？　実家から新しい金庫も持ってきますよ。実家が商家なので金銭の取り扱いは比較的得意かと」

「そのようね。いいわ、ひとまず預けます。使い道なんかは三時間後にまとめて話し合うということでいいわね？　昼食は各自でいいかしら」

「そう、ですね。そうしましょうか。一食程度は自費で問題ないでしょうし。鍵は三つあるようですから、それぞれ持っていましょう」

学年首席の陰険眼鏡の声が少し後ろから聞こえたので鍵を受け取り、さっさと工房を出た。

三時間あったとしても私の場合、全部トランクに入っているのですぐに取り出せる。ベッドは木材を組み合わせるタイプだから丈夫なのに簡単に組み立てられるしね。

時間は足りると思うけれど、あの二人を待たせると嫌味を言われそうだからできるだけ早く終わらせようと小走りで『ルージュの宝石箱』へ。

ドアを潜ってカウンターにいたルージュさんに話しかける。

「あら、お帰りなさい。今日から学院での生活になるのよね？　寂しくなるわ」

「ただいま帰りました！　ルージュさん、私ね、工房生っていうのになったんですよ。えっと、忙しくないなら……お話とか」

「ええ、もちろん。ちょっと、カウンターをお願いね。このまま昼休憩に入るわ」

チリン、と一度だけベルを鳴らすとすぐに男性の使用人がお店の奥からやってきた。ルージュさんの指示にうなずいたのを確認し、食堂へ。カウンターで料理を注文するのだけれど「合格祝いをまだしていなかったし、お祝い代わりにお姉さんが奢ってあげちゃう」とウインク付きでありがたい計《はか》らいを受けることに。助かります、と正直に伝えお礼を言えば嬉しそうに目を細めて私の髪をなでなで。

「ゆっくり食べましょう。話したいこと、あるんでしょう？」

「そうなんですよ！　もー、聞いてくださいっ」

出てきたおいしそうな食事を持って開いている席へ。そこで工房制度のことや一緒になった人のことを伝えるとルージュさんが「あらぁ」となぜか嬉しそうな顔。どうしたんだろうと思って聞いてみると、まるで昔の自分たちのようだと笑われた。

「大丈夫よ、きっとうまくいくわ。まずは話をして、相手を知って、自分を知ってもらわなくっちゃ。けど、自分の安売りはしちゃダメよ？」

なんてことを言われたけれど、よくわからなかった。

おいしい食事の後は特別ということで果物の盛り合わせまで出してくれて、私は大満足。お礼を言って、工房に戻ろうと思ったのだけれど、ルージュさんがパチッと両手を合わせて小首を傾げる。

「もしよければ、なんだけど……ライムちゃん、教会に行く用事ってあるかしら」

「そのうち教会は見てみようと思ってましたけど」

「じゃあ、その時シスター長にこれを届けてほしいの。あと、未来の錬金術師さんに頼むのは申し訳ないのだけれど、時間があれば教会の裏庭の草むしりを手伝ってあげてくれるかしら。今回、ウチの宿から人を出すつもりだったのだけれど、想像以上に予約が入ってしまって。無理にとは言わないわ」

「大丈夫ですよ。確か、工房前の坂道を上っていけばいいんですよね」

ええ、とうなずいたルージュさんから手紙を預かってポーチにしまい込む。

よし、と気合を入れる私に追加で差し出されたのは、一枚のメモ用紙。

「教会のお手伝いは奉仕の一面が強いのだけれど、未成年者に頼む場合はお駄賃としていくらか渡してるみたい。けっこう広いから、できる範囲でかまわないけれどできるだけ力になってあげてね」

メモ用紙にはルージュさんからの伝言だけでなく、身元保証人という文言まで入っていた。

ありがたく思いながら、これもしっかりポーチへ入れて、今度こそトランクとともに宿を後にする。

トランクは軽いので背負って走ったんだけど、何人かがギョッとして振りむいているのが少し面白い。

うろ覚えの道を走りながらたどり着いた工房には、人の気配がなくてドキドキしながらドアに手をかける。鍵がかかっているのでしっかり開錠しガランとした工房内へ。

「なんだか、変な感じだなぁ。今日から三年間私の帰る場所になるなんて」

食事をして戻ってきたのにまだ一時間もたっていないことに驚きつつ、自室へ向かう。

使用人の部屋だなんだと言われたその場所は、二回目に足を踏み入れてもキラキラ輝いて見える。

「靴を脱ぐ場所にはこれを敷いてっと。さっき、靴のまま上がっちゃったから雑巾《ぞうきん》がけ先にしちゃおうかな。ものがない状態で掃除した方が楽だしね」

トランクから雑巾とバケツを出して調合スペースにある蛇口から水を注ぐ。

いたって普通の水だ。それを確認して、床をきれいに拭き、窓などもざっと拭いておけばかなりサッパリした。掃除ついでに窓を開けたので初夏らしい風が室内に吹き込んで、部屋が清々しさで満たされていく。

「時間もあるし、ベッドを組み立てちゃおっかな。作業テーブルと椅子、あとはおいおいでいいか」

別に急ぐものでもないし、寝る時に困らなければいいとベッドメイクだけ終わらせて、トランクをもって立ち上がる。必要な掃除と家具を出すだけだったので、あっという間に引っ越し終了。

「まだ時間一時間半もあるし教会の様子、みにいこうっ」

時計を持っていない私だけれど、工房には大きな時計があるし、時間ごとに鐘が鳴る。

次は一時の鐘だ。三十分で短くもう一度鳴るので時間の把握がとても楽だ。こういうところは田舎も見習えばいいのにな、なんて考えたけれど……時間を知らせるよりも農作業をしなくてはいけないので、おそらく現実は難しいだろう。

がちゃ、と工房の扉を開けて外に出たところで馬車と荷台が一台ずつ停車。賢そうな馬がちらりと私を見たのがわかって表情がほころぶ。

可愛いなぁと目を細めると靴音が。何気なく視線を向けると長い脚が視界に収まった。

うげ、と思わず漏れた声は幸か不幸か聞こえなかったらしい。カチャッとかすかな音がしたのでうんざりしていると眼鏡の位置を直したらしい嫌味な眼鏡の同期生が立っていた。

「ずいぶん早いな」

ジロジロと視線を全身に向けられて、思わず片頰を膨らませ、仁王立ち。

失礼すぎる、と憤慨《ふんがい》しつつ持っていたトランクを彼の前にグイッと見せつけるように突き出す。

「このトランクがあるから、もう終わったの！　じゃあ、私、いくから」

「どこに行くんだ」

「教会！　時間までに戻ればいいんでしょ？　放っておいてよ」

ふんだ、と鼻息荒く私は工房を後にした。大きな荷物を持ったお手伝いの人には軽く会釈したけどね。彼らは仕事しているだけだし。

教会への道を少しでも離れたかったので全力で走っていく。

坂道は傾斜がきつくない、左右へ曲がりながら登るような形だったのでほどよい距離があり、毎朝散歩するのにはいいかもしれない。昼を過ぎているからかこの時は人とすれ違うことはなかった。

時間的に厳しければ、明日の朝にでも運動がてら草むしりに来るのも悪くないなぁなんて考える。お金が貰えるなら仕事はしっかりこなさないと。

「おお、ここからの眺め、すっごくいいかも！」

登ってきた道を確認しようと振り返る。

眼下に広がる首都モルダスの街並み。遠くにお城も見えるし、学院もしっかり確認できた。色とりどりの屋根に町を囲うような断崖絶壁やら森やら、高い城壁やらが今まで私が住んでいたところとは違うんだよ、という事実を突きつけているみたいだった。

少しだけ景色を堪能《たんのう》してから、聳え立つ教会へ。

「麓にあった教会とは雲泥の差だなぁ。大きくて立派だ」

ちょっとだけ古いけれどそれはそれで味があって私は好きだ。

真っ白な教会の壁と針葉樹の新芽に似た緑の屋根に見惚《みほ》れていると誰かがこちらへ駆け寄ってくる。

「すみません、まだ礼拝堂の掃除が終わっていなくてっ」

大きな箒《ほうき》を手に駆け寄ってきたのは、シスター服を着た女の子だった。歳はたぶん私と同じくらい。教会の人が身につけるシスター服を着ているので間違いなくこの教会の関係者だろう。

「こんにちは。『ルージュの宝石箱』の店主からシスター長宛ての手紙を預かってきました」

ポーチから取り出した手紙とメモを渡すと彼女は手に持っていた大きな箒を地面に置いて、宛名や名前などを確認。ニコッと笑って綺麗に会釈をした。

「早とちりしてしまってごめんなさい。一緒にシスター・カネットの元へ来ていただいていいでしょうか。お手伝いに関して、私では判断ができなくて」

もちろん、と返事をしてついていくと、教会正面ではなく裏に回り込むような形で小さなドアを潜る。直接シスターたちが使う仕事用の部屋に行ける裏口なのだとこっそり教えてくれた。

「あの、失礼ですが……モルダスの方、ではないですよね」

「最近コッチに来たんだよ。私、ライムっていうの。ライム・シトラール。よろしくね」

「は、はい！ 私はミントと言います。ふふ、この教会に私と同じくらいの女の子ってあまり来ないので、なんだか新鮮です。学院からも、住宅街からも遠いでしょう？ 治癒院に併設された教会の方が街の方は足を運びやすいみたいで」

「治癒院って、どういう場所？」

「怪我や病気の治癒を行う場所です。お医者様ではなく、教会に籍を置く治癒師がさまざまな治療や診断を行う専門性の高い教会所属の施設ですね。後学ではあるのですが、ここに駆け込む冒険者や騎士、お貴族様はとても多いとか。首都ということもあって、優れた治癒師が基本的に在中しているので」

いわく、治癒師というのは切られた腕をくっつけたり、仮死状態の人を蘇生することもできるらしい。まぁ、いろいろ条件は厳しい上にすさまじい金額の報酬を支払う必要があるそうだけれど。

「そっか、教えてくれてありがとう。もしよかったら、朝、ここに来てもいい？ 朝の散歩にちょうどいい距離なんだよね」

「は、はい！　お待ちしています。私、基本的に朝は外で礼拝者のお迎えやお見送り、あと掃除をしているので見かけたら声をかけて下さると嬉しいです」

やわらかい雰囲気と口調に「こういう子と同じ工房だったらな」なんて考えているうちに目的の部屋へ到着したようだ。シスター・ミントがドアをノックすると中から優しそうな女性の声。

一礼して室内に入るミントに続いて足を踏み入れると、大きな執務机に向き合って書類にサインをしている年配のシスターがいた。

上品なのに親しみが持てる柔らかい雰囲気のシスターだ。

淡いシルバーブロンドの髪が少し見えていた。

「まぁ、お客様もご一緒だったのね。ようこそトライグル王国首都モルダス聖ヴァージェル教会へ」

「シスター・カネット、こちらを」

さっと差し出された手紙を受け取り、目を通した後にメモを見て一瞬目を見張っているのが気になった。けれど、それは一瞬でさきほどと同じ柔らかな表情へ。

「お手紙、しかと受け取りました。そして、ルージュさんからの伝言で『裏庭の草むしり』をして下さると書いてあったのだけれど、その、あっているかしら？　私、まさか錬金科の生徒さんがこんな雑用をして下さるなんて想定していなくて」

どうしましょう、と頬に手を当てて小首をかしげる姿はまるで少女のような幼さが滲《にじ》んでいる。それがなんだかとても可愛らしく見えてしまって自分の表情がゆるむのを自覚した。

「錬金科の生徒っていっても貴族ではないので、いろいろ物入りで。草むしりとか土いじりは得意なのでやらせてください！　あ、でも、先に裏庭を見せてもらってもいいですか？」

「そう言って下さるなら……そうね、シスター・ミントも一緒に来てくださいな」

椅子から立ち上がったシスター長に案内されたのは、先ほど通ったドアより奥にある場所。

そこには小さくて草が生え、荒れた畑のようなものがあった。

雑木林の隣に作られた手作り感満載のそれは、控えめに言っても畑として機能しているとはいいがたい。

「見ての通り、畑にしようと思っていたのだけれど、なかなか手が回らなくて……ごめんなさい。未来の錬金術師の方にさせるようなお仕事では」

一言断って畑のまわりを見て回る。

雑木林の向こう側は、多少薄暗いものの、木々の合間から日が差し込み、さまざまな種類の植物が生えていた。土の関係なのか、雑草も五センチほどしかない。ちらっと見えたキノコらしきものにソワソワしつつ、シスター二人へ向き直る。

「あの、これだけでいいんですか？　土をおこしたりはしなくても？」

「え？　ええ……と」

戸惑うシスター長を前に私は手袋と上着を脱いで薄着に。

腰に巻いていた布やポーチも外してまとめて置いておく。畑仕事用の手袋を身につけ、外したポーチから草刈り鎌と二種類の鍬《くわ》を取り出したら完了だ。それからはシスター二人に断りを入れて、畑の土へ触れた。土の湿り具合や崩れやすさなどを複数カ所で確認してから立ち上がる。

「あの、ここには何を植える予定ですか？　それによって作業が少し変わるんですけど」

「ご、ゴロ芋とキャロ根、マタネギ……です、が」

「定番の野菜ですね！　育てやすいしある程度ほったらかしでも育つからいいですよね、でもそういうことなら畝《うね》を作った方がいいかなぁ。今日は時間があまりないので雑草を刈って、土を柔らかくするのと肥料入れ……あ、肥料って」

「す、少しお時間いただけるかしら。ごめんなさい、その、やっていただけるのは助かるのですが、報酬をそれほどたくさん払えるわけではなくて」

今まで戸惑いつつしっかり応えてくれたシスター長さんが慌て始めたので、首を傾げれば、払える報酬が銅貨二十枚しかないと告げられる。

私としては、正直こんなに貰えるならまったく問題ないし、経済的に厳しいという話も聞いていたのでかまわないと伝えたのだけれど、シスター長はそれでは釣り合いが取れないと首を横に振る。

「じゃあ、刈り取った雑草に交じってる薬草素材を貰っていいですか？　調合素材になるので、あればあるだけ嬉しくて……許可してもらえるなら、他のところも耕しますよ」

素材については本当にあればあるほどいい。大量に保存する手段があるのだから、ただで手に入るならその方がいいに決まっている。

私が知っているこのあたりの採取地は、リンカの森だけ。そのリンカの森に毎回素材を取りに行くなんて、時間がかかりすぎる。

「雑草がほしいのですか？」

「正確には雑草の中にある薬草ですけど、刈り取るのは一緒だし手間でもないので」

「わかりました。ただ、それではさすがに申し訳ないので聖水を中瓶に一つ受け取ってください。今日はどのくらい作業をしていただけますか？」

シスター長の言葉に慌てて時間のことを思いだした。

体感的にそれほど時間がたっていないけれど、少し心配になった。

「一時半に工房で話し合いをしなくちゃいけないので一時まで畑のお手伝いしますね！　終わらなかっ

たら明日の朝に続きをします。土を柔らかくした後に小石を取り除いて、もう一度耕して、畝を作ってだから、植え付けは明日の午後くらいが一番いいですよ。野菜の種はありますか？」

「ええ、種は去年いただいたものがあります。小石を取り除く作業は、子どもたちもできるのでその前後をお願いいたしますね。シスター・ミント、頃合いを見て聖水と報酬を取りに来てください。私は礼拝の準備があるので戻らなくては」

「は、はい！」

ごめんなさい、と申し訳なさそうに教会へ戻っていったシスター長を見送って私はさっそく、鎌で雑草を刈っていく。畑に生えた草は、雑木林のものよりも伸びているのが少し気になったけれど、日当たりの関係だろう。個人的には雑木林の方も気になるのだけれど、黙々と手を動かす。こういう作業は家でやっていたので得意というか、もはや日常の作業の一つなので苦でもないのだ。

「これで薬草と聖水と銅貨が貰えるってお得すぎる」

「そ、そうでしょうか。私からすると重労働にしか……」

「慣れると楽だよ？ 難しい作業じゃないし……ねぇねぇ、ミントって呼んでもいい？ 私ねモルダスに来る前はド田舎に住んでたから、まわりに同じくらいの年の子がいなくてさ。もしよかったらだけど、友達になってほしいなーって」

ダメかな、と一度手を止めて興味深そうに手元を覗き込んでいた彼女を見上げる。

青空に映える綺麗な若草色の瞳を真ん丸にして、数歩、じりっと後退った。

「……お、おともだち？ わ、私がですか？」

「えっと、嫌なら無理にとはいわな……」

「ぜひっ！ ぜひ、私とお友達になってください！ 今まで教会暮らしで、お友達がいなくって……シスター同士で話すことはあります。でも、シスター同士だとお友達というより仕事仲間という意識が強くて、ずっとずっとお友達に憧れていたんですっ」

雑草を刈り終わって立ち上がった私の手を両手で取って祈るようにぎゅっと握りこまれる。

汚れちゃうよ、といったけれどミントには聞こえていないようだった。

「私と一緒だ、よろしくね、ミント。ライムって呼んでくれる？　もっと楽に話してよ」

「は、はい！　わ、私も一緒にやっていいですか？　お手伝い」

「え？　でもこれ、私の仕事だし」

「いいんです。見てるだけだと落ち着かないですし」

私の手を握ったまま一歩、また一歩と距離を詰められ、反射的にうなずいた。

「じゃあ、これから土を耕すから、終わったら一緒に小石をよけてくれる？」

作業をお願いするとミントはぱっと立ち上がって「バケツを持ってきます！」と走り去る。

速度もだけど身のこなしを見る限り、普通のシスターには見えなくて瞬きをしてしまったのだけれど、その後一時間程度二人で話をしながら作業をした。

一人より二人で作業をしたからか畝を作るまで終えることができて、作業終了と同時に二人でハイタッチ。集めた小石は何かに使えるかもしれない、ということで一か所に集めておくことになった。

「雑だけど、完成できてよかった。植える予定の野菜は適当でも育つからこれでいいと思う」

「そこに井戸水を汲んできたので、手を洗って正面で待っていてください。今報酬を貰ってきますね」

うふふ、と上機嫌で飛び跳ねるような足取りで遠ざかる背中を呆然と見送った。

戻って来るまでの間、片付けを進めつつ、手伝ってもらった分を報酬から引いてもらわないといけないな、なんて考える。お金はほしいけど、貰うなら働いた分だけが一番いい。

出した道具をポーチに収納して、次に植えられそうなものの候補を考えながら、手袋を替え、外していたポーチや巻いていた布を巻きなおして身支度を整えたタイミングで名前が呼ばれた。

顔を上げると、こちらに向かって走ってくるミントの姿。手には瓶を抱えている。

私の正面に立つと、瓶に入った聖水と革袋に入った銅貨を手渡されたのでありがたく受け取った。

「お待たせしました。こちら、報酬になります」

「ありがとう。でも、報酬は半分にしようよ。私、途中で手伝ってもらったし」

「いいえ、これは正式な依頼です。遠慮なく貰ってください……明日も来てくださいますか？」

「うん、明日の朝も来るよ。朝五時くらいになるんだけど」

「その時間なら仕事しているので、楽しみに待ってますね。これは数日分ってことでお金をお渡しするのは今回だけになります。なので、受け取ってください」

二日分ということなら、まぁいいかと納得して受け取る。

明日もしっかり働かなくちゃ、と気合を新たにしつつもそっと声を潜めた。

「おしゃべりの内容、愚痴メインになりそうだから覚悟してて……あ、そろそろ行くね、また明日！」

「はい、また明日」

教会前の坂道ぎりぎりまで見送ってくれたミントに手を振りながら坂道を下る。

はじめての女友達はやっぱりどこか特別だ。エルやイオに手紙で自慢したくなったのだけれど、もうちょっと秘密にしておくことを決めた。実は友達なんだよ、みたいな紹介を一度はしてみたかったし。

楽しみだな、と足取りが軽かったのは工房が見えるまでだった。

「……馬車も人も増えてる」

工房の前に、三台の馬車が並んでいた。

馬車と工房の間を忙しなく見慣れない人が行き来していて、紙袋であったり木箱であったりと大小さまざまな荷物たちが運ばれていく。戸惑いつつ工房に近づいて、門から入ろうとすると、目の前にサッと誰かが立ちはだかった。

さっきまでいなかったのに、と反射的に顔を上げると目があった。

上品な黒を身にまとった二十代前半と思われる男性がジッと私を見下ろしているのだ。

にこやかに微笑まれているのに、なんだかひどく居心地が悪くて一歩、後退る。

「お初にお目にかかります。私、ベル様担当の執事ループと申します。あなた様は？」

「あ……貴族の。私はライムです。同じ工房生で」

「ご学友でしたか。主人の身の安全を確保するためとはいえ、邪魔をして申し訳ない。どうぞこちらへ。ただいま、紅茶を用意させていただきますね」

戸惑っている間にあっという間に室内に案内され、あれよあれよと応接用ソファ前へ。

ポケッと口が半分開いたまま状況整理ができず、椅子に座らされた私に声がかけられた。

「いつまで呆《ほう》けていらっしゃるのかしら。話し合いをするのではなくって？」

声の主は、元凶と思われる上流貴族の声。

「……そ、そんなのわかってるよ。というか、何？ この人たち」

工房の中にも、人はたくさんいた。重たいものを運んだり隅々を掃除して回る人たちに何とも言えない気持ちになる。

学年首席も同じ気持ちらしく、どこかウンザリとした表情で腕を組んで黙りこくっていた。

「家具の搬送をしているだけです。あなたは終わりましたの？」

「とっくに終わって教会にお使いしてきた。ねぇ、これいつ終わるの？ すごく落ち着かないんだけど」

ふぅん、とまったく興味がなさそうなお嬢様の相槌とも返事ともとれる反応に、ミントと楽しく話した記憶が吹っ飛びそうになったものの、どうにか堪えた。

自分の帰る場所でもある建物の中にたくさんの人がいるというこの状況は非常に落ち着かないので抗議すれば、綺麗に聞こえなかったことにされて、眉間にしわが寄るのがわかる。

腹立たしさに任せて文句を言おうとした私の目の前に何かがサッと差し出され、言葉を不本意な形で飲み下す羽目になった。

「本日はトライグル王国スールス産の紅茶になります。お茶菓子は、当家の製菓担当が焼き上げたクミル入りクッキーになります。どうぞお楽しみください」

目の前におそろしく精巧な絵付きティーカップが静かに置かれ、ゆらりと白のカップの中で揺れたのは冴えた色の水色《すいしょく》。鼻をくすぐるのは、爽やかさと穏やかさを同時に抱き込んだような茶葉の香りだ。優雅に揺らめく紅茶の横には、揃いのモチーフが描かれた皿。

そこには五枚、一口サイズのクッキーがあった。花の形で真ん中にはベリーのジャムが輝いている。

「ありがとうございま……えっと、お金」

小腹がちょうど空いていたのでポーチに手を入れる。苛立ちは後に回した。

貴族の家で作ったクッキーと貴族御用達《ごようたし》の紅茶に相場はあるのか戦々恐々と考えていると空気が動いた。手元に影が差して、鼻をくすぐる清潔感のある香りに顔を上げると、執事のルーブさんと目が合った。濃い緑色の髪と紫がかった赤の瞳に驚いて動きを止めれば、ポーチに突っ込んだままの手が何かに包まれた。

「ベル様のご学友から金銭はいっさいいただけません。ライム様、そしてリアン様。ベルお嬢様は、お転婆《てんば》なところが目立つお方ではありますが、よくも悪くも性根は正しく真っ直ぐでございます。誤解を生むような言動や行動もあるかと思いますが、どうぞ中身を見ていただきたく」

動きを止めた私や学年首席とは違って、鋭い声が空気を切り裂く。

「ルーブ。発言を許した覚えはなくってよ」

冷え冷えとした温度とピシャリと柔らかなものを両断する響きを持った声に、思わず青年へ視線を向ける。彼は涼しい顔をしているどころかうっすらと口元に笑みをのせていた。

「失礼いたしました。ああ、我々家臣一同がいないことで不便があるようでしたら、学院にかけ合いますのでお気軽にお申し付けくださいませ」

「いらないと言っているでしょう。仕事を終えたなら出て行きなさい。監視も不要よ」

扇で口元を隠しながら工房の扉へ視線を向けただけで、彼は深くお辞儀をし、室内を無駄なく歩き回っていた人に声をかけていく。五分もしないうちに戻ってきたルーブさんは「配置、清掃ともに完了いたしましたので我々はこれにて失礼させていただきますが、くれぐれも羽目を外さぬようお気を付けくださいませ」という警告のような言葉を残し、工房から引き揚げていった。

「やっと帰りましたわね。まったく」

騒々しさが一瞬で消え、代わりに残ったのは静寂。

大人しく足を揃えて座っていた彼女は、そういい捨てるや否や、すらりとした綺麗な長い脚を優雅に組んだ。

彼女は、炎と夕陽の真ん中に似た色の目を細め、いまいましそうにぼやく。

私たちの視線に気づいたのか、彼女はすぐに懐から出した扇で口元を隠したけれど、しばらく力を込めた視線を周囲へ走らせて何かを確認しているようだった。

人口密度が減った工房内に満ちる気まずい雰囲気の中、おもむろに彼女はソファから立ち上がる。

足を向けた先には、知らぬ間に増えた高そうな食卓テーブルとお洒落で高そうなランプに似た置物。置物にはよく見ると魔石がはめ込まれているので、おそらく魔道具だろう。

「盗聴防止の結界よ。家から持ってきたの。他にもいくつか必要なものは家から持ってきたから、遠慮なく使って頂戴。ひとまず、展開してから話し合いましょ」

慣れた様子で魔力を注ぎ、パッと工房中に結界が張られたことがわかる。

盗聴防止ということは、もう何を話しても外に漏れないということだ。

「先に言っておきますけれど、家の者は一人も残っていませんわ。気配がないもの」

気配とは、なんて聞けなくて黙っていると彼女はカツカツと靴を鳴らして元の場所へ腰を下ろし、ポットからお代わりの紅茶を注いでいく。

「で、何を話すのかしら？　先に言っておくけれど、防音結界や盗聴防止用結界は必要だと思った場所に適当に置いてもらっているから、わからなければ後で聞いて頂戴。念のため、あなたたち二人の部屋には入っていないわよ」

言われてはじめて、店舗スペースや工房スペースなどに置かれたいくつかの高そうな置物に気づく。他にも、人の目が集まりそうな場所には高そうな、それでいて誂《あつら》えたように工房内に馴染んでいる家具があることにも気づいた。それとは正反対に、台所と調合釜周辺はまったくものが置かれていない。

戸惑う私をよそに、隣の方から声が聞こえてきた。

「ひとまず、学院側からの資料に目を通しました。これにともない僕らが決めておくべきことがいくつかありますので、話をしても？」

ティーカップをソーサーに置いた学年首席の陰険眼鏡はこちらを見ることもなく、どこからか出した資料をテーブルへ並べていた。

彼の手元にはメモ用紙とペンがあったのだけれど、周囲を見回して、柱に下がっていた六十センチ四方の黒板を持ってくる。腰につけている道具入れからチョークも取り出し、ふき取り用の布を置いたかと思えば、サラサラと黒板に議題としていくつかの単語を書き込み始めた。

「議題としては、禁止事項を定めた規則の共有、工房生活について、経営戦略についての三つです。協議前に気は進みませんが、まずは自己紹介から始めた方がよいでしょう。商談でもある程度自分の身の上話をして信頼を得るのは常套《じょうとう》手段ですし今後三年間、共同経営者となることほぼ決まっているので仕方ないかと」

反対する理由がないので黙っていたのだけれど、自己紹介というわりに乗り気ではないらしい。その視線は真っすぐに上流貴族へ注がれていた。

紅茶はすでに飲み干され、お茶菓子もない状態の彼女は、自身の赤髪を指に絡めていたのだけれど視線を窓やドアへ走らせた。

私は二人のやり取りを横目に、お茶菓子を口に入れ、サクッという軽い食感とともに濃厚なバタルと甘みを味わい、すっかり冷めてしまった紅茶を口に含む。話を進める眼鏡から、呆れたような視線を向けられたような気はするけど、話を聞いているのだから問題はないだろう。

「今現在ここに私たち三人以外いない、というのは間違いなくって？」

「ええ。僕の実家の者はすでに荷物の搬入を済ませましたし、この工房にいるのは間違いなく僕たち三名だけということになりますね。先ほど、あなたが自身の口でそうおっしゃったように」

どうしてそんなことを聞くんだろう、と二人の顔を交互に観察しているとお嬢様の方がじとりとした半目を涼しい顔をしている学年首席へ向けた。

「あなた、リアンといったかしら？ その薄ら寒い上っ面だけの話し方をやめてくださらない？ 嫌でも三年この工房で生活をしなければならないのに、煩《わずら》わしいことこの上ないわ」

「おや、さすがにお気づきになられましたか。気がつかないかと思っていたのですが」

「誰が見てもわかるわよ、薄っぺらいだけの笑顔張り付けていれば」

思わずクッキーを持ったまま動きを止め、じっと学年首席の座る方へ顔を向ける。

背筋を伸ばし、お手本のように座っている姿は優等生そのもの。お嬢様と違って始終表情に変化がないので、何を考えているのかさっぱりわからない。

しぃん、と音が消えたのは一瞬。

「ふん。理解しているならもういいか。許可も得たことだし、とっとと話を進めるぞ」

上流貴族のお嬢様から放たれた鋭い一言に、穏やかそうに見える微笑を浮かべていた彼は笑顔を放り投げた。スッと長い足を組みながらチョークで黒板に何かを書いていく。

「まず、そこの羊皮紙二枚目上から十一行目に工房制度での規則が載っている。主に貴族に対する禁止事項ばかりだな。該当者は目を通しておくように。違反されると僕の成績に響く」

ぶっきらぼうな物言いに変化したものの、先ほどよりも妙にしっくりきて、思わず感心した。

私に向けられていた見下すような視線や言葉がやっと目の前の彼と一致したのだ。

なんというか、微笑を浮かべて穏やかそうに見せている時は、違和感しかなくて「んん?」と毎回小さく首を傾げていた。仏頂面《ぶっちょうづら》のまま装飾をはぎ取った無遠慮な言葉を吐く今の彼は『そのもの』の姿として映る。印象に差がなくなったことで格段に受け入れやすくなったなーなんて考えつつ、ポイッとクッキーを放り込んだ。

最後のクッキーを味わっていると冷たさをたっぷり詰め込んだ一瞥《いちべつ》が。

「念のために君も目を通しておくように」

「…………えー」

「万が一にも君が違反者になった場合、迷惑を被るのは僕だからな」

「はいはい、わっかりましたよーだ！」

残っていた紅茶を飲み干す。ぷは、と息を吐いて脳裏に「もったいなかったなぁ」という後悔が浮かんだけれど気づかない振り。

「自己紹介といったが、あまり必要はなさそうだな。次、生活に関してだが役割分担をするのが一番いいと僕は考えている。現状として、奴隷がいない上に使用人の類を呼ぶことを禁じられているのだから、自分たちでどうにかするしかない」

それはそうだ、とうなずく。

「役割分担と大雑把に言いはしたが、大まかに分類すると食事・掃除・洗濯に分けられる。掃除については、自室は各自ですることにしても、共有箇所や店舗の掃除は必須だからな。洗濯は各自でするしかないか……分担するなら食事と掃除だが」

一度言葉を切ってチョークで何やら書き始めたので成り行きを見守っていると、テーブルに当番表と書かれた黒板が置かれる。

空白になったそこに名前を書き込むのだろうけれど、問題はすぐにあらわになった。

「当番表を書いてはみたが、確認しなくてはいけないことがある……料理はつくれるか？」

妙に真剣な顔をして聞くので笑いそうになりつつ「何だそんなことか」と言いかけて……気づく。

学年首席の視線の先には眉を寄せているお嬢様。

「ちょっと、どうして二人とも、私を見るのよ」

「先に伝えておくが、僕ができるのは野営での簡単な調理くらいだからな」

「私は料理自体をしたことがないわね。家には料理長がいますし、外では役割を振られなかったもの」

貴族って……と、呟きそうになったけれど、二人の視線がいっせいに向けられて背筋が伸びた。

「で、君は？」

「あなたはどうなのです」

「……普通に作れる、けど。山奥で一人暮らしだったから」

自給自足の生活では、パンは元より材料集めから毎日していた。おかげで動物や魚を捌《さば》くという行為にも慣れてるし、おばーちゃんがよく食べていた〝ワショク〟なる料理も覚えさせられている。

私の返答を聞いて「それなら安心だな」とか「じゃあ次は掃除かしら」なんて話を進めようとしているので、慌てて待ったをかけた。

このまま話を進められると非常に面倒な事態になる。

「作れるけど、私は『作る』って言ってないよね？　勝手に決めないで」

驚いた顔で私を見る二人に、自分がどれほど下にみられているのか、雑に扱われているのかがわかって腕を組んで、背もたれに体重を預けた。

説明するのも面倒だなと思いながら、呆れと苛立ちを込めて大げさにため息をついてみせる。

「あのね、料理って言ったってすごく時間がかかるってわかってる？」

これに反応したのは、学年首席の方だ。眼鏡の位置を正して小さな声で「時間か」と呟く。私が言いたいことを何となく察したのだろう。

「買い物もそうだけど調理時間もいるし、食べた後の片付けもしなくちゃいけない。自分の分だけならちゃちゃっと作れるけど、人数が増えると材料が増えるから、時間もかかる。なのに、なんで自分の時間を犠牲にして二人の分を余分に作らなきゃいけないの？　お金あるなら自分たちで調達して。あと、時間がかかるってことはそれだけ労力がかかるってことだからね？」

二人に反論しなければ、このまま押し付けられると思ったのでハッキリ声高に言い切って、反論や批判なんかを受け止めるようにフンッと胸を張る。

「私、一人暮らししてたから自分のことは自分でできるし、そっちの方が断然生活しやすいの。なんで他人の面倒をタダでみなきゃいけないの？　もし、食事を受け持った場合、私のメリットって何？」

これだけきつく言えばわかるだろうと思いながら言い切ると、謝罪ではなくため息が返される。

むむむ、と眉間に力が入ったのだけれどため息の主は私に用紙を差し出した。

「……五枚目二行目から目を通してくれ」

「え？　えーっと『日常生活にかかる費用について。使用人やシェフを雇うことは禁止。材料費や調理道具などはすべて工房資金から出すこと』ってことは」

「そうだ。外食するとなると金がかかるが、すべて工房費用から出さなくてはいけない決まりになっている。少額であれば個人負担でもかまわないようだが、三食外食というわけにはいかない」

思わず前のめり気味に渡された資料を隅から隅まで読むけれど、どう考えても、都合よく考えようとしても学年首席のいった通りの意味にしか受け取れない内容で。

「うっわ、最悪だ」

「工房の運営費から出費しなくてはいけない、としているのは学院側から遠回しに自炊しろと言われているようなものだ。赤字を回避するためにも出費は極力減らしたい」

「だから各工房に庶民や下流貴族が入っているのか……とんだ貧乏くじ……」

「君の言うように、各工房に一人は料理の経験がある者を振り分けているのだろう。そうでなければ工房経営の前に生活自体が成り立たない」

やれやれ、と首を横に振った嫌味眼鏡をギッとにらみつける。

その反応は私がするものじゃないの、と声を大にして言いたい。

「確かに、外食ばっかりしてると一日最低でも銀貨二枚はかかるよ。でも、絶対これ、料理する人の負担が大きすぎるって。そりゃ食べるだけの人は楽だよ。ぜーんぶ任せちゃえばいいんだもん。同じ工房で、勉強するって目的のために入ったのに勉強時間削られた上に雑用押し付けられるって不公平過ぎない？ 先に言っておくけど、貴族だとかお金持ちだっていうのは、私にとって大変な作業を請け負う理由にならないからね」

私は今まで二人の世話になってないのだ。直接的にも間接的にも。

麓に来ていた行商の人は、ウォード商会ではなく、小さな商家で雇われている人だったし、貴族に関しては彼女の領地に住んでいるわけでもない。

料理自体は嫌ではないものの、料理を振る舞うと文句しか言われなさそうなんだよね。

当然の権利ですみたいな顔で使われるって納得がいかないし、気も乗らない。

譲らないし譲る気もない、と再度口にしてじとーっと二人を観察する。

反論してくるかと思いきや、意外にも二人とも思うところがあるらしい。

しばらく黙っていると貴族が私をじっと見つめていることに気づく。

「食事を担当していただけるのでしたら、掃除と洗濯を免除……ならどうかしら」

静かな声に、少しだけ冷静さが戻ってきた。

掃除と洗濯をしなくていい、というのはかなり魅力的だ。体力を使う洗濯にお客さんが来る以上定期的にしっかりしなくてはいけない掃除が免除になるというのは悪くない。

「食事後の食器洗いも免除ってことなら考える。あと、作ったものに文句つけるのは嫌」

「あなたが私をどう見ているのかまでは聞きませんが、私にだって野営の経験くらいはありますし、いくらなんでもそのようなことはしません。食器洗いや洗濯ならば私にもできるでしょうし、実際に経験もありますわ」

真っ先に賛成したのは意外なことにお嬢様だった。

一番ごねる想定をしていたのに、とマジマジ見つめていると彼女は意図に気づいたようだ。

「ハーティー家は元々騎士の家系です。なので、例外なく幼少の頃からある程度の年齢まで騎士団に所属するのですわ。私も例外なく数年間騎士団に所属していました。お姉様たちと違って、統治や魔術師の才能はありませんでしたけど」

「ふぅん……お嬢様もそれなりに大変なんだね。私、基本的に自給自足だったから動物捌けるよ」

「あら、それなら私もできますわ。料理班には振り分けられなかったのですけど、狩猟班として動物を狩ることもありましたから」

なるほどね、とうなずいて彼女にならご飯を作ってもいいかなぁと考えが変わっていく。だって、協力できるならその方がいいに決まっているし。

「さっきの条件、飲んでくれるんだよね？ 破ったらすぐにご飯作るのやめるけど、それでもいいならあなたのご飯は作ってあげる。一般的なものしか作れないから豪華なご飯は諦めてよ」

「もちろんですわ。同性ですし、下着なども安心して預けて下さいまし。集団生活は経験があるので洗濯くらいならばできますわ」

「？ 別にパンツを誰に洗われても気にしないけど」

「ぱ…っ！ あなたね、もう少し恥じらいをお持ちなさいなっ」

ボッと頬に赤みがさしたお貴族様に疑問持ちつつ、パンツを洗える貴族は珍しいなと思った。私も人のパンツくらい余裕で洗えるけど、お嬢様ってそういうの自分でやらないイメージがあった。

「私のことはベルでかまいません。私もライムと呼びますし……三年間も同じ工房で生活しなくてはいけないのですから、このくらいは歩み寄らなくては」

ぷいっと顔を背けつつ頬と耳を赤く染めた姿に、自分が貴族という身分に目が向きすぎていたと気づかされた。貴族が高慢なのは、もはや標準装備みたいだし。

「わかった、ベルでいいんだよね。一応聞くけど好き嫌いは？」

「ありませんわ。後で洗濯方法の確認などはさせて下さいませ。錬金服の洗い方は知らないのよ。家に手紙を書いてもいいけれど……それはそれで少し面倒なのよねぇ」

「あー……確かに。錬金服って高いし特殊効果っていうのがあるって聞いたことある。下手な洗い方して肝心な時に効果が消えてました、とかどうしようもないし」

「仕方ない、後でメイド長に手紙を出すわ」

「返事来たら私にも今後のために教えてよ、自分でもやってみたい」

わかったわ、と短い返事を受けて私と貴族のベルはほぼ同時にもう一人へ視線を向ける。

「で、あなたは掃除と雑事、食後の食器洗いを免除する代わりに食事を担当してもらうと言うことでよろしくて？　私、異性の服を洗濯する気はなくってよ」

彼はズレてもいない眼鏡の位置を正して、静かにうなずく。

「掃除と雑事をすること、洗濯に関しては自分でするつもりだったからどれも問題ない。先に確認しておきたいのだが、食事担当として君はどこまでやれる？」

質問の意味がわからなくて首を傾げると「調理だけなのか、材料調達を含むのかを聞いている。あとは食費の管理もだな」と追加で説明を受けた。

「食品の調達から管理っていうのまで全部かな。片付けだけは任せるけど……普通に考えて、食事の担当って食費に応じてものを買ってご飯を作って、までが食事でしょ。分けて考える方がおかしくない？」

「それもそうか。先に伝えておくが、食事代はあまり多く取れない可能性が高い。まぁ、さすがに調味料や調理器具なんかは必要だろうから初期投資として多めに予算をとるが」

そう言われて困ったことにこっちの物価がわからないことに気づいた。

ただ、使えそうなものは持ってきているので一言断って自室に戻り、トランクを運んでくる。

トランクには、家から持ってきたいろいろな食材も入っているからね。育てたマトマなどをできるだけ加工しようと考えたけれど、腐らないことがわかっていたので収穫に時間を費やした。

広いところにトランクを置いた私に二人は怪訝《けげん》なものを見る目を向けてきたが無視して、中から必要だと思うものを取り出し、並べていく。

「とりあえず、買わなくてよさそうなもの……ええと、大きい寸胴鍋が一つ、大鍋が三つ、スープ用の鍋が二つ、万能鍋五つ、ボウル、バット、まな板、食器の類にフォークとナイフとスプーンと……木のカップがいくつか、木皿もあるなぁ。んー、陶器の水差し、スパイス保存容器に水切りザルもいるよね。あと普通のざるの大中小っと、食材も野菜が少し、香草がけっこうあるし、ベリーの類も採れるだけ取っておいたからあるよ」

自分のまわりに取り出したものを並べていく。どうせ出して収納しなくてはいけないのだ。せっかくだし、現状足りないものをみんなで確認する方が後で文句を言われなくても済むだろう。

さすがに食材は出さなくてもいいか、とベリーはトランクに戻した瞬間にベルの声が響く。

「ちょっと、何その量！　え、トランクにどう考えても入らない量じゃないの」

「制限なしのトランク……？　そんなものダンジョンから排出されたなんて話、一つも……」

ギョッとして駆け寄ってきた二人にヘラや菜箸を持たせる。ついでに他の道具も。

「ダンジョンから出てきたものじゃなくて、このトランクはおばーちゃんが作ったの。魔力認証してあるから、使えるのは私だけだし、ついでに言うなら私が死んじゃっても他の人は使えないみたい。ワート先生がスカウトしに来た時に言ってた」

「オランジェ様の作ったトランク……？　さ、さすが高性能……いや、そもそもこのレベルを錬金術で？　途方もない労力と金がかかるぞ」

魔力も、とブツブツ呟きながらじっと屈んで凝視する学年首席と、感心した顔で私に「武器は入るの？」とか「死体はどのくらい入るの？」とか「生き物は入らないわよね？」と物騒な質問をぶつけてくるベル。

個性の塊すぎるな、と感心しつつ時間は有限なのでやらなくてはいけないことを提案する。

「小難しい話はあとにして運ぶの手伝って。一応食材も少しはある、けど調味料の類は買い足したい。それに、安く買えるなら買い込んで地下に保存しておきたいんだ。二階は見なかったけど、一階はいろいろみたから、必要なものの配置は早めに済ませた方がいいと思うんだよね」

特に収納スペースは活用したい。

地下にいろいろ保存できるといっても、モノによっては長持ちしないし、使用する上でのルールも決めた方がよさそうだ。好き勝手にものを増やせば消費できなくて腐らせることにもつながるしね。

「言い忘れていたけれど、お父様が時間停止効果のある魔道具を下さったから地下に設置したわ」

「え、ほんと？　なら傷みやすいもの買い込んでも平気だね。料理を作り置きするのもアリかも」

料理がいつでも食べられるし、手が離せないような時、サッと持ってきてご飯が食べられるならその方がいいだろうと提案する。ベルはしっかりうなずいてくれたので、いまだにトランクの観察をしている学年首席を放置して広げた道具を台所の使い勝手がよさそうなところへ収納していく。

「いいわね。ライムの手間も省けるんじゃないかしら」

「手間もだけど、大量に作っていいなら節約にもなるんだ。ベルのお父さんっていい人だね」

ウンウン、とうなずく私をよそに「これを運ぶのね」と大量に並んだ調理器具を見下ろしていたベルは寸胴鍋の中に重たいものやかさばる物を入れ始める。さすがに重たいよ、と声をかける前にひょいっと鍋が持ち上げられた。涼しい顔で台所へ向かうベルに内心ドキドキしつつ、私も大きめの鍋に瓶詰などを入れて持ち上げる。持ってきた食器で足りるのか考えつつ、先ほどから動かないもう一人の工房生へ声をかけた。

「ほら、学年首席も運んで」

「……リアンでいい。なんだその呼び方は」

「名前よりあだ名を先に覚えたから、本名忘れちゃったんだよね」

「……はぁ。運べばいいんだな」

そう、とうなずけば大人しく残っていたものを持ってきてくれた。

あらかた台所に必要な道具を設置した後は、調合スペースが目についた。せっかくだから、そちらにもものを収納してもいいかと聞けば、了承。ベルは手伝ってくれるらしい。

「……いいの？」

「かまわないわ。ついでに、何が必要なのかも知りたいもの」

そういうものか、と思いながら観察しやすいように作業台へ並べてから、収納することを提案すれば「お願いしてもいいかしら」と素直な返事。

「ベルって意外と話しやすい……？」

「聞こえてるわよ。人目がない以上『ハーティー家のお嬢様』している意味がないの。普通に話すから、慣れて頂戴。……で、これは何？」

今まで話していたのが別人だったんじゃないかと思うほどの変わりように戸惑いながらも、こちらの方が接しやすいので「そういうものか」と納得しておく。

「これは乳鉢と乳棒。んと、固形物を擂《す》り潰すのに使うんだ。大きいままゴロッと入れるより細かくした方が溶けやすくなるしね。そのまま入れなきゃいけないものもあるけど、少量擂り潰すならコッチ。多い量ならコレね。すり鉢っていう、この溝が付いたでっかいお茶碗みたいなのに入れて、この木の棒でごりごりーってやればいいんだよ」

「はじめて見たわ」

「そりゃあ、貴族してたら見る機会もないんじゃない？」

「それもそうね」

触ってもいいかしら、と聞かれたのでうなずくと興味深そうに乳鉢や乳棒を持って観察を始めた。

ベルと一緒に作業台を囲んでいるとスッと影が差し、視線を上げると眼鏡に手を添えたリアンの姿。

でっかいな、と思わず言いそうになったけれど何か言われては面倒なので唇を引き結ぶ。

「僕も見せてもらってかまわないか」

「……いいけど、普通以下の庶民の持ち物だよ？」

「錬金術に使用する道具を持っている庶民はそういない。というか、ベルに対する態度と僕への態度がずいぶん違うのはなぜだ」

「そりゃ、ベルは歩み寄ってくれるっていうんだっけ？　私の話をちゃんと聞いてくれるってわかったし、あれこれ無駄に考えなくていいけど……リアンは面倒そうだし、馬鹿にしてくるし、なんかめんどくさそうなんだもん。仕方ないよね」

「君も負けず劣らず失礼だと思うが……まぁ、その、すまなかった。錬金術に関しては僕よりも君の方が知識と経験があると認めよう。何より身近に優れた師がいたのだから当然だとも思うが」

誰のこと言ってるんだろう、と首を傾げたけれどすぐにお婆ちゃんのことを指しているのだと気づく。

そういうものだろうか、と納得しかけたけれど入試で首席をとるっていうのが難しいことなのは私でもわかるので「なんか偉そう」とジト目でにらみつつ曖昧にうなずいた。

それから少しの間、調合釜の周辺に持ってきた道具を並べる作業を続ける。リアンも見たことがないという道具がいくつかあり、どうやって使うのかなど積極的に質問をしてきたのには驚いたのだけれど、二人の性格を掴めたのは大きな収穫だ。

まず、ベルは新しいものが好きで好奇心が強いけれど、綺麗なものに対してと注釈が付く。嬉しい誤算はかなり話しやすい相手だったこと。いわく、気を使っても疲れるだけなので止めただけ、らしい。

次にリアンだけど、こっちはこっちでわかりやすかった。ベルとは違って錬金術に関することは何でも知りたがる。慎重で神経質なのか細かくいろいろと聞いてくるのだけれど、答えられなくても文句は言われなかったのは意外だった。文句を口にしない理由を聞けば「不確かなことや見聞きしたことは後で再確認・再検証するから問題はない」のだという。優等生よね、なんてベルが揶揄《からか》っていたけれど、綺麗に聞き流していた。表情を取り繕うのは商談や人の目があるところだけらしく、無表情というか不愛想が普通だと把握する。

「よし、ありがと。早く片付け終わったよ」

「礼はいらない。僕たちも最初に買う道具の目途が付いたからな……そろそろ戻って話を再開するぞ。工房運営についての話しがまだだ」

「なんていうか、アンタって本当にクソ真面目よね。肩の力抜いたら？」

「ふん。ベルはどう考えても力とデリカシーを抜きすぎだ」

「お茶淹れる？　どうせなら、飲み物を飲みながらやりたいよね。台所の使い勝手も確認したいし」

言い合いになると長いのを学んだので、二人の服の裾を引けば、あっさり納得してついて来てくれた。なんだかんだで悪くはない滑り出し。

三人で台所に移動して茶葉を収納した棚を開ける。ずらりと並ぶほとんどはベルが持参したものだ。その中でも一番大きな瓶には私が持ってきたアルミス茶が。

「いろんな種類があるけど、アルミス茶にしよっかな。いっぱいあるし」

「あら、茶葉なら私が出すわよ。家から紅茶は持ってきたの。お茶くらい持ち込んでもいいでしょ」

「まだ僕は何も言っていないが？　ワート教授にいくつか確認した中で、茶葉やワイン数本程度なら問題ないと聞いている。せっかくだし、買い物ついでに地下に保存しておくか。家《うち》の商会なら入学祝いの名目があれば、高めのものを選んでも文句は言われないだろう」

お金持ちっぽい会話を聞き流しながら、ポーチから取り出したのは保存瓶。

ここに入っているのは、自宅の庭で採取した薬草だ。

「紅茶はさっき飲んだから、これにしよっと。家のまわりでとれた薬草を適当に組み合わせたやつなんだけど、わりとおいしいんだ」

ふんふん、と鼻歌を歌いつつ蛇口をひねって薬缶に水を入れる。蛇口の高さなんかも問題ないな、なんて思いながら立派なコンロに置き、点火と火力調整ができるツマミをひねると炎が上がった。

「……ねぇ、ライム。あなた、蛇口の使い方も火の付け方もわかるのね？」

「わかるっていうか、使えない人いないでしょ。ベルの言葉をリアンが補足した。

手を拭いたタオルをかけ直したところで、ベルの言葉をリアンが補足した。

「馬鹿にしているわけではなく、純粋な疑問だな。僕も正直驚いた。一般的な家庭では、このような設備はない。僕は貴族籍を所有していないが、家はそこそこ大きな商家だ。利便性を考慮して蛇口も魔石コンロもあるが、水は共同の井戸から水瓶に溜めて使うのが普通だし、調理は竈で行う。使うのは魔石ではなく薪だ」

「え、そうなの？　蛇口がないってお風呂どうするの？　鍋で沸かすと大変だよね？」

「さすが、オランジェ様の孫よね。風呂は中流貴族の家でもある方が珍しい程度の普及率よ」

ベルによると、日常的にお風呂に入る習慣はなく、基本的に体を拭いて終わりなのだとか。汚れがひどい場合などは、大きな盥《たらい》に湯を入れて綺麗にするらしい。夏場や体を動かす仕事をした後は水浴び、冬は冬で寒いのでさっと温かいタオルで体を拭くだけなのだとか。

正直に驚いた。そして盛大に表情が引きつっていくのがわかる。

「き、汚くない？　だって、拭くだけじゃ汚れとか……」

「私の家は毎朝訓練をするから毎日入浴していたけれど、他の家はそうでもないってよく聞くわ。ライムは知らなそうだから伝えておくけれど、資金繰りが厳しい貴族は下流貴族だけではないの。彼らは水浴びこそすれ、温かいお湯で体を拭くのは二日に一度や三日に一度なんてことも珍しくないみたい。商家はどうなの？」

「僕の家で言えば、客商売ということもあって毎日風呂には入っていたな。服も毎日着替えるのが普通だし、汗をかけばまめに拭く。忙しい時は体を拭くだけだが、拭くことしかできない場合は頻度が高くなるな。最低でも朝晩、環境によっては昼休憩中に汗を拭いて服を着替えていた。が、一般的ではないだろう。商家でも風呂が家にあることは少ない。二日か三日に一度、もしくは大きな商談前に体を洗う、のが一般的じゃないか？」

絶句する私の横で繰り広げられる想定外の都会生活の一部。よほどすごい顔をしていたのか、ベルに途中で「大丈夫？ ずいぶんな表情で固まっているけれど」と心配された。

沸いたお湯でお茶を淹れながら、がっくり項垂れる。

「うー……なんかもう、都会生活について覚えるの面倒になってきちゃった」

はぁ、とティーポットを持ってソファへ戻り、紅茶が入っていたカップへ注ぐ。

「ん。確かに飲みやすい。ずいぶん味がしっかりしているな。色も出ている」

「そうね、適当にと言っていたから少し不安だったけれど、これはとてもおいしいわ」

「ありがと。それで、えーっと工房経営についてだっけ。作って売るだけじゃダメなの」

私の発言にリアンは顎に手を添え数秒。考えがまとまったのか薄い唇を開く。

「ウォード商会での販売方法はさまざまなものを並べて、多くの顧客の購買意欲をくすぐり、購入してもらうというものだ。こういった商法は一般的だが、これが可能なのは商品数があるか多くの商品を置ける店に限るといっていい。小さい店舗でもできなくはないが商品の掌握《しょうあく》が大変で、商品を盗まれることも多くなるから選択しないことが多いな。販売するといっても、売る側の利点だけでなく買う側の心理や財布の具合もしっかりと見極める必要が出てくる。販売価格を決める際にも客の平均月収なんかを考慮することは役に立つ。今、考えるべきは『店に客を呼ぶ』方法だろう」

白い手袋をした指がトントン、と肘を叩いているのを眺めながら必死に耳を傾ける。よく考えると経営に関することは卒業後に影響すると気づいた。気づくのが遅いかもしれないけれど。

「他の二つの工房がある位置を覚えているな？」

「うん。一番街と二番街だったよね。人通りも多かった」

「人通りが多いということは、顧客になる可能性が高い人間が多いというのと同じ。このあたりもまぁ、工夫がいるにはいるが、僕らの工房はそもそも人通りがほぼない。だから、ここに来る理由を作れないと、早々に経営自体が立ち行かなくなる」

「立地、ね。確かに、戦闘でも風上か風下かでずいぶん違うし、敵に囲まれているかどうかでも取るべき行動が変わるわ」

リアンの言うことはわかった。ベルの言うことはちょっとわからない。

曖昧にうなずいたのを確認したリアンがかすかに眉を寄せ、一瞬ベルへ視線を向けたけれどベルは真剣な顔で何か考えているふうだったから、言葉をかけるのはやめたらしい。

「簡単な方法として高価な錬金アイテムを安値で売るという方法がある。ただこれは慎重にする必要があるんだ。錬金アイテムが高価なのは錬金術で作られたアイテムという特殊性と利便性が関係していて――」

「リアン、話が長いんだけど」

「……長いか？」

「うん。詳しい話は後でゆっくり聞かせて。今日は買い物もしなくちゃいけないし、簡潔にお願い」

「……初級回復薬の市場平均価格は銀貨一枚から二枚とされている。一番街の貴族で銀貨二枚、二番街の露店市で稀に出回るE品質でも銀貨一枚かかる」

「た、たっか！　え、初級でそれ？」

ぎょっとして思わず声を上げた私にうなずいたリアンいわく、騎士の平均手取り額が金貨四枚。

ちなみに銀貨までは百枚で別の貨幣に置き換えられる。銀貨であれば百枚で金貨一枚ってことになるのだけれど、私としてはもういろいろと衝撃的過ぎた。

比較的頻繁《ひんぱん》に使う薬がそんな値段なら、と考えて我に返る。

頭を抱えていた姿勢から顔を上げたので一瞬、リアンとベルの方がビクッと揺れた。

「ってことは、私の全財産平均月収より低い？ うっわ先生が頭抱えてた理由がわかったかも」

平均月収については聞いていなかったので、あの時に先生が浮かべた表情やら動揺具合に納得がいった。

錬金アイテムが普及していない理由に納得していると、表情をどこかに置いてきたようなリアンとベルが視界に入った。

「？ なに？ なにかあった？」

「君の全財産がなんだって？」

「ああ、私の全財産の話か。ここに来る前は総額で銀貨五十枚と銅貨三十五枚、鉄貨二十八枚あったんだけど……武器を買ったりして、減ってるんだよね。工房も頑張るけど、空いた時間見つけて働けないかなぁ」

「全財産？ 全財産でたったそれだけなのか？ おい、オランジェ様が遺したものはどこにいった？」

妙な迫力を纏ったリアンに軽くのけぞる。

目が怖い。顔も怖い。雰囲気も怖い。の三拍子そろった学年首席からそっと距離をとった。

「遺したものも何も……おばーちゃん、生きてる時にお金は使い切ってて何もなかったよ。元々、私が暮らしていたところではお金と何かを交換するより、物と物を交換するのが基本だったもん。そう考えると我ながらよく貯めたなぁって……え、何その顔」

風邪薬と小麦粉三袋、マトマとゴロ芋を五個ずつ交換、といった例を挙げるとリアンだけじゃなくて、ベルもあからさまに動揺していた。

私にとっては当たり前のことだったので不思議に思いつつ、考えてみる。

「でも、そっか。初級体力回復薬で銀貨二枚……自分で素材採ってきたら実質タダだし、ボロ儲けだ」

ふんふん、とうなずいていると二人から信じられない生き物を観察するような視線を向けられていた。

「言っとくけど無駄遣いはしてないからね。親も育て親もみんな死んじゃってるし、育ったのが辺境で、しかも私の家だけ山の上だったから、仕方ないんだよ。ほぼ自給自足だったしさ。時々村まで降りてたけど、薬や編み籠なんかと小麦を交換してたし、無駄遣いするお店自体なかったし」

私の言葉を聞いてさらに絶句する二人の視線から逃げるように、ティーカップを両手で持って温かいお茶でのどを潤《うるお》す。むぅっととがりっぱなしになった唇は仕方ないと思う。

「まぁ、その……なんだ。あー、オランジェ様の薬が残っているなら僕が買い上げてもいいし、金に困ったら言ってくれ。同じ工房の工房生が借金奴隷になったら目覚めが悪い。話がそれたが、ライムが言っていたように自分たちで素材を採ってきて、作ったものを銅貨五十枚程度で販売するのがいいだろう。初級魔力回復薬は銅貨七十枚程度がよさそうだな」

「……ずいぶん安く売るのね。質の悪い冒険者や何かが集まりそうで、あまり賛成はできないわ」

「考えなしに安く売るのは意味がない。販売制限を設け、他の商品を充実させる。初級体力回復薬と他の商品を買えばキッカリ銀貨一枚といった具合に抱き合わせで売るといった商法は有効だろう。そもそも錬金アイテムは高い。だから手に取りやすくなれば、興味があっても買えなかった層も購入するはずだ。後は、そうだな……販売情報をまず騎士に流す。騎士が多く立ち寄る店であれば、冒険者もトラブルを起こしにくい」

そんなものか、と口にすればすぐさま「そんなものだ」と断言される。

次いで問題になるのが商品の種類。これが大変なのだとリアンが言う。

眼鏡の奥の瞳がスッと細められた。

「騎士というのは体力も魔力もそこそこ多い。初級体力回復薬は、一般人や新人冒険者、騎士見習いにはちょうどいい回復量だが、それら以外の人間にとっては足りない。だから、中級回復薬になると値段が跳ね上がる。市場価格は銀貨七枚が底値だ。騎士は初級回復薬を二つ買って飲んだりもしているようだな」

「もはや詐欺」

「詐欺でも買わなければ死ぬかもしれない。そうなれば買うだろう？　だから、錬金術師は儲かる」

初級回復薬は一般家庭でもかならず一つは備えているとリアンがポツリと付け足した。

高いのに、と思った私の考えを見透かしたように静かに首を横に振る。

「子どもや外に働きに行く家族のために、多少無理をしてでも備えているんだ。調理をするのには薪がいる。金があればいいが、手元になかったら？　時期や状況によっては高騰《こうとう》することもあるだろう。そうなると選択肢は『外にとりに行く』しかないだろう」

そこまで話されれば、さすがの私でもわかる。ベルがヒュッと息を吸い込むのがわかった。

想像するのは、たやすい。

母親や子どもが薪を外へ拾いに行く。薪が落ちているのは木がある場所。つまり、森や雑木林だ。

森や雑木林は、恵みを与える……人だけでなく、生けるものすべてに。

森で暮らすモンスターは、攻撃的であったり、そうでなくとも縄張りを作る習性を持つ種族も多い。

大人になれば知識があるけれど、小さな子どもが知らずに縄張りに足を踏み入れたら？　そうでなくとも、手負いのモンスターや魔物に遭遇したら？　考えられる危険はとても多く、そして日常的だ。

「今でこそ一般的になったが、父や母の時代の死者が多いのは『手当』が間に合わなかったからだと言われている。今も事故で命を落とすことは少なくないが、オランジェ様が広く体力回復薬の使い方や有用性を広めたから総数でみるとかなり減った」

「おばーちゃん、そんなことしてたんだ」

「ああ、偉大な方だ。昔は錬金薬の代わりに薬師の薬が多く出回っていた。薬師の薬は内側の病気や体調改善には有効だが、効果の発現に時間を要する。逆に、錬金術で作られた錬金薬は即効性がある。価格が高い理由は、先に話したが特権階級に位置する金銭感覚が狂った貴族のせい、というのも確かにある。だが、視点を変えると正当な金額でもあると思えるから難しい。いいか、大量に薬を作るためには、大量の魔力がいる。手間がいる。時間もかかる。店や販売場所、自身の生活を維持するための金も必要だ。それらを賄うために技術料という名目で錬金アイテムに上乗せするんだ」

　考えたことがなかった、というよりそこまで理解していなかった私は、改めて考えてみた。

　ものが高い理由なんて、深く考えたことがなかったから。

「じゃあ、あんまり安くすると……」

「安すぎても高すぎてもいけない。適正なラインというのを見つけるのも僕らの課題になりそうだな。そもそも、この工房は在学中の三年しか運営できない。卒業後に独り立ちした際、困らないよう人脈を広げる、知識をつける、技術を身につけるという理念を基に考えられている。僕はウォード商会を継ぐわけではないから、店を持つことも考えている。君もそうだろう、ライム」

「う、うん……まぁそうだけど」

名指しをされて心臓が跳ねた。

だって私は、リアンみたいに具体的に考えていなかったから。

正直に言えば、あの場所でおばーちゃんのように錬金術師としてやっていける自信がない。言い訳でしかないかもしれないけれど、本当に人が来ないのだ。来ないなら売りに行くってことも考えた。幸い、作ったアイテムを運ぶのはトランクやポーチがあるから問題はなくなったけれど、家を離れている間に結界が切れたらとか、悪い人が来たらとか、そういう心配だってある。

視線が少しずつ下がって、手持無沙汰で組んだ指に固定された。

「店舗維持に必要な土地代や運営費は考えなくていい。削減できるのはここだけだな。他はどうしても工夫しなければやっていけない。原材料もできるだけ自分たちで取りに行きたいが……そうなると時間がな」

はぁ、と深いため息を吐いてリアンがグッとお茶を飲み干したのが音と気配でわかる。

その後、彼は私たちの名前を呼び、先生が置いて行った羊皮紙の中の一枚をぴらっと掲げた。

「これは学年行事一覧だ。空白ばかりなのは未定だから、と聞いている。なので、前年度の行事を参考にざっと計算をした。行事は基本的に自分たちで準備を行うものばかりで、今年もおそらくそうなるだろう。その際の費用はこちら持ちになることが容易に想定できる。金銭面だけでなく準備にかけられる時間もどれほど取れるかがわからない」

「わからないことだらけですわね」

「決まっていないというのだから、探りようがないんだ。ただ、後手に回りたくはないからな。できるだけ早く、僕らの手で販売に値する調合アイテムを揃えなくてはいけない。在庫を含めて、だ。工房は『赤字にならなければよし』というゆるめの売り上げ設定にする方向に行くのが無難だな。もちろん、借金を返さなくてはいけないが『工房の資金から返さなくてはいけない』という決まりはどこにもなかった。これも踏まえて工房制度を利用している期間は儲けより、将来のために人脈を広げるのを優先したい。ここまで反対は？」

「ないわね。ライムは？」

滔々《とうとう》と語られた話の中で、借金のことを思い出したけれど工房資金から返さなくてはいけないと明確に記載されていないなら、別の方法で稼いでもいいということだ。

工房でお金を儲けようとしたら売値を高くする方法しか思いつかないので、他にも稼ぐ方法を考えられるのはありがたい。

「私もその方向で進めてほしいかな。素材を取りに行くのもそうだけど、調合時間もいるよね。そもそもちゃんとアイテムが作れるかどうか」

最大の問題がこれだ。

もし、調合を習っても実際にアイテムが作れなければ意味がない。

「そうなのよね、アイテムが無事に作れるかどうか……やったことがないもの。授業で習うとは聞いているけれど、人によって向き不向きがあるみたいだし」

「僕もいろいろ文献や資料は読んだが実際に調合はしたことがないし、そもそも見たこともない。アイテムが作れないと店舗経営どころの話ではなくなる」

私は調合成功率が低いことが気になっていたので、もうこうなったら練習するしかないと結論を出す。よし、と気合を入れて飲み終わったカップやティーポットを持てば二人の視線が向けられた。

「まずはご飯の材料買いに行こう。調味料も」

「それもそう、だな。時間を考えるとそろそろ出ないとまずい。ライムは必要な調味料をこれに書き出してくれ。インクとペンは？」

「おばーちゃんのがあるよ」

「……買取……いや、何でもない。必要なものを書き出してくれ。カップやなんかは僕が洗う」

わかった、とうなずいて手に持ったものをそのまま台所まで運ぶ。ついでに今ある調味料やスパイスに残量を確認して、予備の置き場所もしっかり確認しておく。

「買い物終わって、ご飯を食べたら調合してみよっかな……新しい杖になったし、成功するような気がするんだよね」

よく使う塩、砂糖、胡椒を確認。他にあればいいなと思う調味料をリアンから渡されたメモに書き込んでいく。却下される可能性は十分あるけれど、駄目で元々というやつだ。

おばーちゃんが生きていた頃は、錬金アイテムの行商ついでにいろいろな調味料を持ち帰って補充してくれていたけれど、一人暮らしになってからは使い切ったら終わり、ということで味付けの手段も種類もかなり限られていった。当たり前に食べられていた味が恋しくて試行錯誤したこともある。でも結局作れなくて、望んでも願っても手に入らないことはわかっていたからすぐに諦めた。

「待て。なんだって？」

「ん？　新しい杖になったし、成功する気がするって言っただけだよ」

「そうじゃない。調合をすると聞こえたが、調合できるのか？」

「できるけど。え、できないの？　って、材料か。ないなら少しは融通できるよ」

「それはありがたいが、そうじゃない」

ガッと両肩を掴まれて見下ろされる。

眼鏡の奥にある深青色の瞳に口元をひきつらせた自分の顔が映っていて何とも言えない気持ちになっ

た。困惑しながら助けを求めて視線を彷徨わせているとカップを持ったベルが近づいてくる。

「ライム、調合できるの？」

「……教科書もあるし」

授業で使うやつ、といえばベルとリアンの表情が何とも言えないものへ変化した。

あまり理解できていない二人を不思議に思いつつ、洗い物をひとまず終わらせてほしいと頼んで、その間トランクから持ってきた教科書を取り出す。ついでにペンとインクも。

必要な調味料を書き出しながら、本を開いて捲《めく》ってみるけれどこれを見れば普通に作れるよね、と首を傾げる羽目になった。

私がメモをし終わったころ、二人が台所から戻ってきたのだけれど、教科書を見て言いにくそうに話しかけてきたのはベルだった。

「ねぇ、ライム。その教科書だけれど、装丁の色が違うわよ。本当に指定の教科書なの？」

「ワート先生にも確認してもらって、これであってるって言われたよ。ベルたちのはこれじゃないの？」

「違うわ。少し待っていて頂戴、私の教科書を持ってくるから」

止める間もなくベルが二階へ本を取りに行ってしまった。戻るまでの間、私は書いたメモをリアンに渡す。受け取って内容をすばやく確認しただけだと思ったのだけど、どうやら計算も済ませていたらしい。おおよその金額を告げられて驚いた。

「もう少し安くなるとは思うが、このくらいの値段で買えるな。生鮮食品はこの時間であれば二番街の露店へ行った方がいい。そろそろ売り手が帰る時間になる。帰り際、できるだけ荷物を減らしたいということで、かなり安く買えるんだ。多少傷があっても、ベルが持ち込んだ魔道具のお陰で腐敗や劣化を気にしなくていいのは助かる」

それは確かに、とうなずいてダメもとでほしいものの名前を伝えると数秒の沈黙の後、数量を聞いてきた。安く買えるなら多くても困らないと伝えると、すぐに了承されたのには驚いたけれどないよりは助かる。

購入するものの目録がある程度できた頃、ベルが本を手に戻ってきた。

「待たせて悪かったわね。これが私の持ってきた教科書だけれどリアン、あなたが用意したのもこの『初級錬金術・上』よね?」

「ああ。僕もまったく同じ本を用意した」

見たところ、一字一句違わないタイトルだったので互い表紙を開き、ページを捲っていく。明確な違いがあったのは、調合アイテムの記載ページだった
「んれ? なんでベルの教科書にはレシピが書いてないの?」

零れ落ちた言葉を黙って聞いていたリアンは私とベルに断りを入れてから、クルッと本をひっくり返し、裏表紙を開いた。そこには書いた人の名前や本を印刷した会社なんかが記載されていて、それを見た瞬間、納得したようだった。

「ライムが持っているのは初版本だ。確か、この後出版社と執筆した著者の間でトラブルが起こり二版目の著者が変わったんだ。教科書として変わらず採用されているからてっきり中身も同じだと……ああ、ほら、ここを。著者が違う」

「あら、ほんと。ライム、少し他のページも確認していいかしら」

「いいよ。トランクは買い物に持って行った方がよさそうだね。余計なお世話かもだけど、買い物に行くついでに二人は調合機材買った方がいいんじゃないかなって。お金のあるうちじゃないと買いにくいし、今後使うもん。私はもうあるから、二人分でしょ?」

一人分必要がないのでその分が浮く。工房費用として置いておけば当面は困らないんじゃないかと伝えると二人は顔を見合わせた後、黙り込んだ。

しばらく無言で教科書の他のページも確認し終え、コクリとうなずく。

「教科書、ありがと。そうね……ライムのいう通り、調合機材もだけれど、初版本があるかどうか探さなくちゃ。これ、どう考えてもライムが持っている方を買うべきだもの」

「そうだな。一番街の書店に行ってみるか。あそこは品ぞろえが豊富だ。教科書は私費で出すぞ。入学時に揃えるべきものだからな……こっちの本は、売ってもいいが僕は一応置いておこうと思う。内容に差異があるのはわかったが、細かい部分の表現も確認しておきたい」

「私は売るわ。邪魔だもの」

ベルに本を持って行こうかと聞けば、頼まれたのでポーチに収納。ベルだけじゃなくて見ていたリアンまで驚いていたので、ポーチもトランクと同じ機能があると説明した。うっかり伝え忘れていたので、仕方ないのだけれども。

伝え忘れてごめん、と一応謝れば「大事なことだから普通はいわなくていいのよ」と『常識』を教えられる。どうやら高価なものは相手に価値がわからないようにするのが一般的らしい。盗まれたり、魔力認証付きだと書き換えのために殺される可能性があるらしい。

「ねぇ、ライム。よければ、最初に買った方がいい調合機材を教えてくれない？」

「教えるって……お店の人に聞いた方が確実だと思うんだけど」

これに黙っていたリアンが本を閉じて眼鏡をかけ直しながら口を開く。

「そんなことは百も承知だ。本来であれば授業後に購入しに行くのが最適解なのだろう。だが、授業の前に予習ができるならそちらの方がはるかにいい。何が必要なのか教えてくれないか」

そこまでいうなら、と調合釜へ視線を向ける。

二人に混ぜ棒があるのか聞けば、二人ともオーダーメイドで作ったそうだ。さすが金持ち。

「じゃあ、確実に使うものを買おう。まずは調合素材用のナイフ。魔力を通しやすいやつね。専用の調合用ナイフが無難かな。次に乳鉢と乳棒。素材用バット、素材用ボウルは絶対いる。特に素材を入れたり運んだりするバットやボウルは大目に買っておいても無駄にならないよ。後は、天秤計りだけど……今は大丈夫かな」

「必要ないのか？」

「いずれ買わなきゃいけないけど、調和薬を作るならまだいらないよ。品質をあげたり正確に計量しなきゃいけない調合をする時にはほしいけど、後でゆっくり選んだ方がいいと思う。それと瓶・保存容器もいるかな。あとは小鍋。これ、毒物煮詰めるのに使う」

「錬金術って想像以上に道具が多いのね。調合釜さえあればできるのかと思っていたけれど」

ハサミなんかも便利だよ、なんて話してから、三人で工房を出た。しっかり施錠し、ついでにベルが持っていた警備用結界を張っていくことに。

「錬金術の工房は高いものばかりだから持って行きなさいって二番目のお姉さまに言われたの。役に立ってよかったわ」

誇らしげにそう話すベルの言葉にうなずいて、チラッと振り返る。

これから三年間をともにする工房がどう変わるのかも少し楽しみになった。

五話　共同生活

よいしょ、と降ろしたのは麻袋。

中には土がついたままの小さなゴロ芋が入っていて、それを私はボウルへ移していた。

「ずいぶん小さいわね、これ。ゴロ芋だったかしら」

「ゴロ芋であってるよ。このサイズって売るのに向かないんだよね。大きい方が食べ応えがあるって理由みたいなんだけど、収穫したばかりの小さい芋っておいしいんだ。瑞々《みずみず》しいから適度に重たいでしょ？　皮が薄いから、皮つきでそのまま食べられるし」

気のない返事を聞きながら次に、木箱に入った二種類の野菜を手に取る。こっちも訳アリ品だ。

「キャロ根もマタネギも一応私も畑から持ってきているけど、よく使うから安く手に入ってよかった。キャロ根は細すぎて売れないって言ってたけど、これならぶつ切りでいけるし、そのままソテーにしてもいいでしょ。マタネギは二つくっついてるはずの球が取れちゃったから捨て値だったし。リアンって買い物上手だよね！　アッという間に半額以下だもん」

保存野菜が入ったボウルをベルに渡して、今度は葉物野菜や香草をポイポイ入れていく。私的に大収穫は、完熟したマトマだ。完熟させると甘くて味も濃厚になるからいくらでも食べられるので完熟してから収穫しているのだけれど、傷みやすいので販売するのはかなり厳しいはずだ。

「値切りの条件として『全部で』と口にした瞬間態度が変わっただろう。一種類ずつなら値引きには応じなかっただろうが、けっこうな量があったからな。廃棄するしかない商品を持って帰る手間と、安くても売り払うのとではどちらが得か、と考えて彼は後者を選んだだけだ」

脳裏によみがえるのは、笑顔でえげつない値引き交渉をする姿。本人いわく第一次生産者には肥料代や土地代、手間賃や運送費を加味して値引き交渉をしているとのことだけれど正直信用はしていない。

ちなみに商人が相手の場合は、身ぐるみ剥ぐんじゃないだろうかという勢いで値引きするので、ベルと一緒に距離をとった。

「今日はお肉メインにするね。魚が安ければ魚だけど……このあたりって魚が取れる場所とか少ないのかな。あんまりなかった」

「新鮮な魚は売られている時間が決まっているからな。昼には簡単な処理をして安値で売るから、鮮度を優先するなら早朝がいい。朝は朝で独特の雰囲気があるし、勉強を兼ねて足を運ぶのもいいかもしれないな」

「でも、明日は嫌よ。せめて明後日にして頂戴。明日は義務講習があるでしょう。朝はいつも通り訓練をして、汗を流してから行きたいの」

「私も明日はいいかなぁ。あ、でも帰りに商店街は見て回りたい。雑貨屋さんでレターセットとペンとインクが一本になった筆記用具ほしい」

「万年筆か。数年前にスピネル王国の技術者と共同開発したものだから、まだ値が張るぞ」

「う。い、いくら？」

「僕のはオーダーメイドだから金貨一枚程度だが、量産品なら銀貨五十枚といったところだな。細かな部品が多いから、量産品でもかなり高額だ」

さすがに高すぎたので項垂れるしかなかった。

「はー……諦めるしかないかぁ。いろいろ便利なものが多いけど、やっぱりその分高いなぁ」

そんな話をしながら必要素材をもって台所へ。私が調理している間、二人は今回購入したものを地下や使用場所へ配置しに行くことになった。本もそうだけれど、生活に必要なものを少し買いそろえたのだ。だいたい持ってきているけれど、新しい方がいいものも多い。共同生活なら特に。

一番量が多いのは、空き瓶だ。瓶はさまざまな調合で使用するので、同じ種類ではなく大きさも用途も違うものを安く買った。その代わりにすべて煮沸消毒をする必要があるのだけれど、たくさんの調合ができない今だからその処理ができる。処理済の瓶は手間がかかっている分、少し高い。工房スペースのまわりをチェックしたら、耐熱煉瓦に囲まれたものもあるようなので、その処理も頼んでいる。

「晩御飯だけどマトマと野菜のスープにヴォルフ肉の赤ワイン煮込み、揚げ焼き野菜でいい？」

「ライム、あなた……そんなにいろんな料理が作れるの？」

「作れなかったら聞かないってば……あ、傷のあるアリルがけっこうあったからジャム、今のうちに作った方がいっか。ベル、リアンー、蓋つきの瓶、煮沸消毒終わったら一つ貰っていい？　それにアリルのジャムを入れておくから、明日の朝パンにつけて食べよう」

夕方、急いで向かった市場で訳アリ食材を買ったので調味料含めても、三人前で一食あたり銀貨一枚以下に抑えられた。

時々投げかけられるベルの質問に返答しつつ、野菜を切って大鍋に入れていく。

コンロは四か所火にかける場所があったので、大量調理には向いているなと納得。さすが元宿屋。

野菜を入れて、花の種を絞った油を足し、野菜を炒める。スープ用の鍋にはソルトリーフという塩の代わりになる葉っぱを入れる。これ、安いんだよね。

「こっちは……うん、まぁ、練習ってことでこっそりね」

調合には魔力が必須。そして、魔力の扱い方は繊細かつ的確であるほどよい、とおばーちゃんの友達だった錬金術師が言っていた。時々、錬金術にかかわるいろいろなことを教えてくれたあの人を思い出す。今どこにいるのか、何をしているのかわからないけれど……おばーちゃんが亡くなったことを知らせる手紙が無事に届いていることを願った。いない人を待つのも、会いに来るのも大変だから。

赤ワインと潰したマトマや香草を追加し、時折ベルたちの様子をうかがいながら静かに魔力を流す。黒に近い赤の中で注いだ魔力が少しずつ野菜やお肉を溶かしていく。やりすぎると何もない液体になるので、ほどよいところで止める。

「煮る間に揚げ焼きして、できたらパンを温めて終わりっと」

慣れた作業だからかそれほど時間がかからなくて、最後の一皿をテーブルへ置いたのと同時に二階からリアンが、裏庭へ通じている廊下からベルがあらわれた。

「もうできたのか?」

「いい匂い……本当に料理ができてる」

「はい、座って座って。明日の朝に出す具入りオムレツは地下にあるから、明日適当に食べてよ。パンとスープもセットで置いてあるからわかりやすいと思う。みんな起きる時間バラバラでしょ?」

「確かに起床時間のことを考えてなかったな。明日以降、食事の時間についても話し合うか」

席について、リアンは一度地下に寄ってから瓶を三本持ってきた。瓶の色的にワインだなとあたりをつけて苦笑する。

それを知っているはずのリアンは私の前にもワイングラスを置いた。

「私、お酒は苦いから好きじゃないんだけど」

「安心しろ。君のは葡萄ジュースだ。一応、入学祝いを兼ねている。ベルは白ワインの方が好きだと言っていたから白にした。僕は赤だな」

飲みたかったら言ってくれ、と淡々とした声色と変わらない表情に思わずベルと顔を見合わせる。買い物中にした味見でお酒が好きではないと改めて実感したからだ。

意外だな、という気持ちが出ていたらしい。ふん、と静かに鼻で笑われた。

「僕は飲める口実があれば飲むぞ？」

「……酒飲みの首席合格者」

「まったく酔わないから安心してくれ。水みたいなものだ……恵みに。乾杯」

シレッと食事の挨拶をしてワインを口にしたので顔を見合わせ、仕方ないなぁと息を吐く。

トライグル王国でお酒は十四歳から許可されている。といっても、好き嫌いや体質の問題もあるから「飲むなら飲んでもいいけど」程度。

私は手を合わせて「いただきます」と一言口にしてから食べ始めたのだけれど、ベルとリアンが不思議そうにこちらを見ていることに気づいた。

「どうしたの？」

「ねぇ、『いただきます』って、自分で作った食事を食べるのに私たちに断りを入れる必要ないのよ？」

ベルの言葉で理解した。昔から食事の挨拶はこれだったから、不思議に思っていなかったけれど、言われてみると確かに奇妙に映るかもしれない。

「小さい頃からの『祈りの言葉』なんだよね。食事の前は『いただきます』で食後は『ごちそうさま』なんだ。おばーちゃんが食材になった命や作った人、かかわった人すべてに感謝する言葉だから、忘れず、欠かさず何かを食べる時はかならず言いなさいって」

不思議そうな顔をしつつも納得してくれた二人はのどを潤したからか、メインの赤ワイン煮込みにナイフとフォークを入れた。

「ん、おいしいわっ！　それに、温かいままの食事をしたのって騎士団に所属していた時以来よ」

「貴族ってふだん何を食べてるの？」

「パンや肉、魚、あとはサラダとか、スープかしら。基本的にライムが作ってくれたものに果物なんかが足されている程度ね。でも、食べる時には冷めているか温《ぬる》いかの二択。毒見の関係で、熱いものも冷ましてからもう一度味見をするの。温度の変化によって性質や香り、味が変わることもあるし効果が変わることもあるらしいから」

「め、めんどくさいんだね」

素直な気持ちを言葉にするとベルは肩をすくめてすぐに食事に戻った。所作は綺麗だけれど、スピードが速い。特にお肉料理が好きらしく、お代わりがあるかと聞かれたのでうなずいた。

「……本当にうまいな。夜にこういう温かいものを食べる機会はあまりなかったが、こちらの方が好みだ。このスープは店で食べるのよりもうまい」

軽く目を見張って、次々に口に運ぶ姿を見て首を傾げた。なんというか、リアンが食事をしている姿ってあんまり想像ができないのだ。細いし生活感がまったく感じられないからかもしれない。

「リアンはどんなご飯を食べてたの？」

「基本的に手軽なものを適当にという表現が一番しっくりくる。僕の家は全員同じ時間に揃って食事をする習慣がなかったからな。全員が仕事を持っていて終了時刻がバラバラな上に、相手の都合で商談が急に入ったり、逆に食事をとる時間がないほどのトラブルが起きたりで対応に追われるのも日常茶飯事だった。よく考えると、外出先で済ますことの方が家で食事をとるより圧倒的に多かったな。それに家で食べたとしても、書類整理をしたり帳簿をつけたり、本を読みながら携帯食料で済ませるのが日常だった。ああ、行儀が悪いのは百も承知だ。だが他者と食卓をともにしているわけでもなかったから特に気にも留めなかった」

話した後に「他の家がどうなのかは知らないが」と付け足して貴族だと言われても遜色《そんしょく》ない上品か

つ綺麗な食べ方であっという間に料理を胃に収めてしまうのだから、すごい。

家によって食事っていろいろ違うんだな、と感心しているとリアンが口を開いた。

「……スープはおかわりしても？」

うなずけばスッと音もなく立ち上がって台所へ行ったので、その姿を何気なく目で追いながら思わず言葉が零れ落ちた。

「リアン、細いよね。腰が」

「んぐ……ッ！　ち、ちょっと、そういう不意打ちしないで頂戴っ！　確かに羨ましいのを通り越して殺意が湧くくらいには細いけれど」

「入学式で見る限り細くて長い人ばっかりだったから、珍しくはないのかな」

男子生徒も女子生徒もどちらかといえば、打たれ弱そうな感じの人が多かったことを思い出す。寝不足でフラフラしていただけかもしれないけれど。

ワート先生も体力がなかったな、と思い出し、二人に質問をぶつける。

「ねぇ、リアンとベルって戦うの得意？」

実は聞くかどうか迷っていたことの一つが戦闘についてだった。スカウトに来たワート先生との雑談の中で『戦闘ができない錬金術師がほとんど』だと聞いたことを思い出したのだ。

「話し合いで自分たちで素材を集めるってことが決まったけど、外に行かなくちゃいけないでしょ？　となると草原とリンカの森ってことになると思うんだ。リンカの森には素材たくさんあるけど、モンスターだけじゃなくて魔物も出てくることがあるみたいだし。私はこの間、野良ネズミリスを杖でエイッってやったけどさ」

ちょうど食べ終わったので『ごちそうさま』をして食器だけを下げ、ワイングラスとぶどうジュースをテーブルに残したまま席を立つ。

戻ってくるとベルとリアンがそれぞれ腕を組んだり、テーブルに肘をついて俯《うつむ》いているので驚く。

「ライム、あなた今まで戦闘の経験は？」

ベルに真剣な口調で聞かれたので、首を振る。時々出てくる害獣やら害虫の排除しかしていないと話すと、ベルがグイッと残っていたワインを飲みほした。

「同じ工房で今後戦闘をすることもあるでしょうから話しておくわ。私の才能は【斧】よ。斧であれば大小問わずなんだって使えるわ。投擲《とうてき》用の斧も対象ね。あとは才能はないけれど一通りの武器は扱えるの。他には【怪力】や戦闘に関する才能がいくつかあることはわかっているの。詳細化鑑定をしてもらったから。その中に【錬金術】があるのよ。ハーティー家が騎士の家系だということは話したけれど、錬金術師は一人も輩出していない。だから、私は入学することになったってわけ」

ふん、とどこか投げやりな物言いと最後の方は自嘲を混ぜた声に、いろいろな事情があるんだなと改めて思う。貴族でも『お金があるから好きなことが何でもできる』というわけではないようだ。

話を始めたついでに、とベルが口の端を持ち上げて挑戦的な微笑を浮かべる。

「ねぇ、せっかくだし……まだしていない自己紹介しちゃいましょう。私はベルガ・ビーバム・ハーティー。ハーティー家の三女。父は当主を一番上の姉に明け渡して、元気に隠居しているわ。二番目の姉は才女としても名高い炎を操る魔術師よ。他にも戦略や政略に関することが得意。父と母はそれぞれ騎士の家系で、母は生まれをたどれば王家の血を引いているの」

ツラツラと語られる内容は、当人の口からきくと妙な現実味がある。時折ワインを口にするのだけれど、ベル自身、アルコールには強いとのことで酔っている感じはまったくない。

「幼少期に騎士団に所属するというのは、あくまで『ハーティー家』の方針。一般的なご令嬢とは違って自己防衛はもちろん、追撃・反撃・捕縛、討伐もできるわ。二人には先に言っておくけれど、目的は自由な生活。錬金術にそれほど興味はないの。以上よ、これからよろしくして頂戴ね？」

含みのある笑顔をひとつ零し、テーブルに肘をついたままピッとリアンへ人差し指を向ける。「次」と口にして黙り込む。指名されたリアンはため息一つ落として、眼鏡の位置を正し言葉を紡いでいく。

「リアン・ウォード。ウォード商会創設者の父と服飾関係の仕事を担う母の間に第一子として生まれた。幼少期は病弱で何度も死にかけていたこともあり、後継者は弟に譲った。病気自体はオランジェ様が偶然居合わせ、薬を処方してくれたので完治している。僕は体を動かすのは好きでも得意でもない。病気の治癒によって薬に頼らず生きていける体になったことから、後継者教育の一環で無一文のまま他国に放り出され、自力で数年間行商をして旅をした経験がある。まぁ、余談だな。次」

抑揚《よくよう》のない声で語られた、わりと想定外の話が始まって、あっという間に終わった。

戸惑っている間に私の番が回ってきた。

脳内で話題を整理する前に話を振られたので、思いつくまま話を始める。

「私はたいして話せることないんだけどな……んと、ライム・シトラールだよ。お母さんがカリン・シトラールでお父さんがレミン・シトラール。二人とも冒険者だったって聞いてる。私が三歳の時に両親が死んじゃって、おばーちゃんのオランジェ・シトラールとおじーちゃんのグルド・シトラールが面倒見てくれたんだけど、五歳でおじーちゃんが麓の村に出てきた魔物と相打ちで死んじゃって、おばーちゃんは九歳で死んじゃったから、シトラールは私だけかな。九歳から一人暮らししてるから家事は一通りできると思う」

他にできることとやしていたことを左手を開いて指折り数えていく。

採取や家庭菜園として草木の世話、採取物を加工して簡単な網籠を作る、とかその程度だけれど。

住んでいた場所についても簡単に話をする。これは全財産の件であらかた伝えたけれど、住んでいた場所の地方名を思い出したのだ。首都までの所要時間まで話をして、一息つく。

「このくらいかなぁ……？　あ、才能だけど【杖】と【錬金術】と【直感】の三つはわかってるよ」

以上、と締めくくるとリアンが少しだけ眉を寄せる。

どうかしたのかと聞けば「わかっている」という表現が気になったらしい。ここで麓の教会で使っていた機材が古く、多くても三つまでしか記録ができなかったのだと話す。もしかしたら三つだけかもしれないけど。

才能というのは、基本的に生まれた瞬間に授かるものらしい。でも、その数は人によって異なる。最初から『みんな同じ』ではないから、どうしようもないことはあるし、やりたい仕事に就くのがとても難しいってことも私が見聞きしたことないだけでたくさんあるはずだ。

「君の才能はそれ以外に【採取】【胆力】などがあり、わりと多い部類だといえる」

「……あんた、鑑定持ち？」

驚いたように声を上げるベルにリアンは無言でトン、と眼鏡の縁部分へ触れた。

「この眼鏡は【詳細鑑定】機能付きの特別製でね。父が偶然、商談先でこれを持て余している冒険者に出会いその場で購入したらしい。金貨二百五十枚の破格値だったとか」

金額に驚く私に補足として【鑑定】が付いたアイテムは最低でも金貨五百枚スタートで【詳細鑑定】であればさらにその値段は跳ね上がるという注釈が追加された。

「金額が抑えられたのは、この眼鏡がかなり強い視力矯正《きょうせい》能力を有していて『視力が悪い人間』しかかけられないという限定条件があったからだ。ものは試しということで持ち帰ったものが、僕に適合したんだ。視力も改善する上に魔力を流せば鑑定ができるものだから、買い取ったのさ。その時には受験が決まっていて、将来性を見込んだ父自ら金を払って壊れないよう特別な魔術を施した。魔力認証も当然しているから、僕が死なない限り所有者は僕だ。この眼鏡の欠点は、使用者自身の鑑定ができないという点だな。それ以外、便利に使わせてもらっているよ」

そうワイングラスに口をつける姿にベルが「それで？」と、どこか冷たい視線を注ぐ。

「リアン、あなたの才能は？」

そういえば聞いてない、と表情を窺う。隠していたわけではないらしく、するりと教えてくれた。

「僕の才能は【錬金術】【槍】【薬剤耐性】【毒無効】【見極め】【捕縛】などだ」

「槍、ねぇ…？　まあ、いいけれど。ライム、あなたはこの後調合をするって話していたでしょう、本当に調合するつもり？　素材は？」

詳しく話をしていなかったな、と最後のジュースを飲みほしてからポーチに手を入れる。

取り出したのは、まだ処理をしていない調合素材だ。

「今回は【アオ草】と【水素材】で調和薬に挑戦しようかなぁって。明日、学院で教わるのもきっとこれだと思う。おばーちゃんもこれは絶対に切らさないようにしてたし」

「調和薬か。基礎三薬と呼ばれるほど頻繁に使われる調合素材の一つだな。すまないが、ライムの持っている教科書をもう一度見せてくれないか」

「いいよ。調合前に私も再確認したいし」

教科書を広げると座っていた二人が隣へ移動し、ベルが左側、リアンが右側へ立った。

黄ばんだ教科書を捲るとすぐに『初めて調合するアイテムのほとんどが、この調和薬である』という記載があったけれど読み飛ばし、肝心のレシピ部分を確認する

【調和薬】調合時間目安：使用素材により異なる 分類：薬
材料：水素材＋素材
解説：一般的にどのような素材からでも作れる基本中の基本。
　手順：釜に素材を入れて魔力を込め、三十分程かき混ぜ加熱する

たったこれだけだ。

隣で絶句する二人に、私は苦笑して教科書を片付ける。

今の教科書はコレすらも載っていないのだから、本を書いた人は意地悪だなと思う。

「なんとなくわかってるし、調合しよっか」

「いや、たった一行の手順確認で作るって正気？」

引きつった口元とかすかに震えたベルの言葉を綺麗に聞き流して、素材とともに調合釜前にある長い作業机へ。アオ草は採ったままの状態だったので、下処理をすべく大きめのボウルに水をたっぷり注ぐ。この時、一緒に調合に使う水を……と思ったのだけれど、量がわからない。

「今まで、適当にいれてたからなぁ……メモはしてたはず」

失敗したくなくて、ポーチに手を入れて家にあったノートや羊皮紙の類を片っ端から取り出していく。メモは毎回、適当なものに書いていたから……と自分の雑さを悔やみつつ、ひたすら取り出しては分類。いらないものはポーチに入れ直して、と繰り返していると二人から「食器を洗ってから調合を見せてほしい」と頼まれたので了承。

「一応まとめていたような……ん？　古い手帳？　おばーちゃんのかな？」

これが私物だとしたら、ヒントになりそうなことが書いてあるかもしれない、と開くことを決めた。

申し訳なさはあったけれど、日記だったら閉じてポーチにしまえばいいだけだ。

手帳の大きさは縦十七センチ、横十センチほどのそこそこ大きな部類に入るし、すごく分厚い。五センチは余裕であるぞ、と革紐を解く。手帳自体に厚さがあるので小型の本のようにも見えた。表紙と背表紙には魔石が三つとそのまわりを囲うように金糸で刺繍され、魔石は完全に色褪《あ》せていた。

「見た目と触った感じが違う……?」

くったりとした表紙に見えるのに、芯があってしっかりしているのだ。それに粗末に見えるのに革紐で結んでいただけでなく、さらに革ベルトでしっかり縛られているのも気にかかる。

改めてひっくり返したり背表紙部分を見たりするけれど、どうにもわからない。

「……あれ。開かない」

ベルトの部分がどうしてもゆるめられない。というか、ゆるめる場所が見当たらなかった。けれど、錆《さ》びた平らな金属部分があることに気づく。

もしかして、と指をナイフで切り血液をつけ、魔力を注ぐと表紙部分の魔石が淡く発光した。

「魔力認証式の手帳って……」

日記じゃないよね、と疑いつつ開けば『幸運も不幸も作りだすのが錬金術です』とたった一行。

見慣れた文字は、おばーちゃんと私の二人しか理解できないニホンゴという不思議な言語。

生前『この世界でこれが読める人は、おばーちゃんと同郷の人。でも、私は二度と会えないだろうからライムが覚えてね。覚えて、私が生きていた証としてひっそりと使い続けて』と言われていたのだ。繰り返し。

何を言ってるんだろうって、思ったし正直今でもよくわからないけれど、この言語は便利だ。最初の言葉からして、日記ではないだろうと一枚紙を捲る。

**【調和薬】** **調合時間目安：十〜三十分（素材による）　最大調合量：十回**
材料：水素材（一）＋素材（一〜二）
説明：素材はなんでもよし。つけたい特性とか吟味してうまくかけ合わせることが大事。
　祝福された〜とかそういうモノもつけやすい。違う素材同士を組み合わせる時に使う
準備：泥・土・枯れている、傷ついているなど素材の状態を確認してから調合すること！
　品質が上がると高レベルの特性をつけやすい。葉っぱ類は大きさを揃えて入れる
　鉱石の類は細かくすると調合時間短縮
手順：釜に素材を入れて魔力を込めながら、素材がなくなるまでかき混ぜ加熱する。沸騰《ふっとう》
注意

書かれていたのはレシピだった。それも、調和薬の。

「分量書いてある……単位、えっと、水素材はこの表記だとカップ四分の一で素材は十グラムから二十グラムってことかな」

水の量を調合用の計量カップに表記通り準備し、素材もしっかり水洗いし、水気を乾いた布で吸い取り、傷んだ葉、変色した葉を取り除く。同じ大きさに切りそろえて準備ができた。

調合釜の横にあるサイドテーブルに素材を置く。そして、保存用の瓶と液体を掬《すく》う調合用レードルもばっちり準備。

「よ、よし。杖はちゃんと綺麗にしたし、道具もよし。後はタイミングを見極める……だったかな」

調合釜の下に備え付けられた火力調整用のペダルを踏みながら火力がどのくらいなのか確認。調合中に調合釜の中から目を離して火加減を確認することはできないからだ。

「家にあるのと同じ設置型の調合釜でよかった……女神の水が温まったら始めようかな」

火をつけっぱなしにして、私はポーチから調合用エプロンを取り出した。

小さなころにおばーちゃんから貰ったので、ほつれたり、汚れたり、穴が開いて直したりもしたけれど着心地はばっちりだ。なんの皮を使っているのかは知らないけれど、分厚くて丈夫な素材で熱湯がかかっても熱くない。胸の部分にポーションをいくつかひっかけられるようになっているのもお気に入りポイントの一つだ。念のために手袋も調合用手袋に替える。こっちはトランクから見つけた新しいものだ。手袋は基本的に薄手のものを使うようにしている。指先での感覚っていうのがわりと大事なんだよね。分厚い手袋は鉱石とかそういうモノを扱う時に使う。

ベルとリアンに声をかけると少し待ってほしいと言われたので「調合用のエプロン持ってたらついでに持ってきて」と返事をして、深呼吸。

「先生は、ちゃんと杖を使えばできるって言ってたもんね。大丈夫、大丈夫……た、たぶん！」

調合釜は二つの真新しい釜に挟まれた一番古いものを選んだ。古い調合釜ほど丈夫で、魔力馴染みがいいと聞いていたから。

指先の震えが止まって、喉が渇いていることを実感できた頃に足音が二つ。

「見学させてもらうぞ」

「私、調合を見るのははじめてなのよね」

「いやいや……駄目だとは言ってないけど、最初から見る気満々だったよね？」

じとり、と見つめると二人は「今言ったからいいだろう」「ライムも最初から見学者が付く想定だったじゃない。そうじゃなきゃとっくに調合始めてるわよ」なんて言うので笑ってしまった。

「そりゃ、そうだけどさー……ま、いっか。たぶん見た後すぐに調合するだろうから、調合用のエプロン先に着ちゃってよ。爆発はしないと思うけど、万が一もあるし」

「ば、爆発することもあるのね……よかった、服を着替えてきて」

ほっと胸をなでおろすのは、真っ赤な裏地の見るからに高級そうな黒地に金の細かい刺繍が入ったエプロンを身につけたベル。服も丈の短いスカートと長いブーツから、白いズボンに変わっていた。確かに肌の露出は控えめにとか言われたような？　なんて考えているとリアンが服を整えたところだった。

「リアン、真っ白だね」

「何だその感想は。あまりゴチャゴチャしたものは好きじゃないんだ」

ふぅん、と返事を返しながら少し変わった服を観察する。

首元までしっかり覆うタイプの白衣に近いエプロンだ。色が白いから汚れが目立ちそうだなと心配になった。一部、青い布が使われていてお洒落ではあるけどね。調合中に飲むポーションなどを差しておくホルダーベルトは腰に装着するタイプのようだ。利き腕にも腕につけるタイプのものがあり、これは便利そうなので、お金が稼げるようになったら私も買おうと思う。

「白って洗濯大変そう」

「裏面に汚れ防止の魔術陣を刺繍してあるから洗えばすぐに落ちる」

なにそれ便利すぎない、と思わず口にすればベルも同じ刺繍が裏面にしてあるのだとか。さすが金持ち。

「それじゃ【調和薬】の調合を始めるね」

気合を入れて、まず手を伸ばしたのは水素材。今回は魔石から出した水だ。

量をしっかり量ったから大丈夫、と心の中で呟いてできるだけ水が跳ねないよう静かに調合釜へ注ぐ。しっかり入れ物が空になったのを確認し、次に切りそろえたアオ草を投入。

調合釜の中でプカリと浮かぶアオ草を目視後に、杖の泡だて器部分を下にして突っ込む。

ちゃぷ、というかすかな水音がやけに大きく聞こえたけれど、肺にたまった空気をしっかり入れ替えて、ゆっくり魔力を握った杖に流す。杖を伝って徐々に魔力が調合釜全体に行き渡る、そんなイメージを頭に浮かべながら。

今回使った素材のアオ草は、植物素材の中でも二番目に初心者向きと言われている。

一番扱いやすいのはエキセア草という薬草だ。これも採取でいくつかストックがあるけれど、アオ草が一番多いのでアオ草から使うことにしたのだ。

「意外に簡単そうね」

「基礎というだけあって工程は少ないな。その分、素材選びが重要になりそうだ」

まじまじと釜を覗き込む二人に口の端がゆるむ。

昔、私もよく調合してる横で釜を覗き込んでいた。揺らぐ水面、滲む色と光。不思議で美しい反応……それらをもう一度見てみたいと頭の片隅で考えながら、握った杖で大きくグルグル混ぜる。

「今思い出したんだけど、難易度にかかわらず、最終的な仕上がりに影響するのって混ぜ方と魔力の注ぎ方なんだって。私、この魔力の注ぎ方が下手みたいでよく失敗しててさ……今日はうまくいきそうな感じ。魔力が注ぎやすいからかな」

「杖は基本的に魔力を通しやすいように作られていますから、当然よ。そもそも、ライムは何を使って調合していたの？」

「そのへんに落ちてる木の枝」

「……それは、失敗するだろう。誰がどう考えても。基本的に、木は一部を除いて加工をしないと魔力を通しにくい素材として有名なんだが」

「えー？　おばーちゃん、普通に何もないとき適当な棒で作ってたけど」

鮮明に覚えていて、その上おばーちゃんにも真似してみなさいと言われていたから、私は木の棒で調合していたのだ。

絶句している二人を放置し、鼻歌交じりで混ぜること体感で五分。リアンいわく約十分。

「あ。アオ草から少し色が滲んできた」

釜の底に沈んでいたアオ草の切り口から淡い黄色が滲んだ気がして、混ぜ方を少し変える。このまま魔力を注ぎ続けるのは、なんだか危ない気がしたのだ。

大きく混ぜるだけだったのを、ぐるーぐるるー、みたいなリズムに変えて様子を見る。

じわじわと溶けた葉が消えたのは二十五分たった頃。透き通った淡草色の液体を保存瓶に入れるのだけれど、一回分なのでレードルで一度だけ掬う。零さないように注意を払いながら、そぉっと注ぎ入れ、コルク栓をしたら完成だ。

分厚い硝子《がらす》越しに見える瑞々しい淡草色は心なしか輝いて見えて、ほぅっと息が零れ落ちた。

正真正銘、はじめて、一人きりで作ったものだ。

「……やった、完成したっ！　みて、ちゃんとできたよ【調和薬】」

「本当に、できるのね……調合釜に入れて混ぜるだけで」

「はじめて見た……こうやってできるのか」

ほら、と興奮して二人の顔を見上げる。二人の視線は、まるではじめて調合を目の前で見た昔の『私』みたいにどこか惚《ほう》けていて、でも確かに手にある調合アイテムを捉えていた。

時間がたつにつれ、惚けるほどの高揚感や興奮が、別の熱へ切り替わる。

だからポーチの中からアオ草を取り出して二人の前に差し出していたのかもしれない。

「二人とも、やってみなよ！　せっかくだしっ」

最初は仲良くする気も、できる気もしなかったけれど……こうやって『同じ』感情を見つけてしまったら、たくさん話したくて、共有したくてたまらなくなった。

戸惑う二人の手に必要なアオ草を握らせる。

「どうせ明日調合するけどさ、でも、どうせなら今やろう！　私ももう一回作って……あ、品質！　ちょっと測定しに……」

「品質はAだ。特殊効果は【薬効＋】と出ている」

「ほ、ほんと？　嘘じゃない？」

「嘘をついてどうするんだ。信じられないなら測定するといい」

「し、信じるけど。信じる、けど……私、品質Aの調合アイテム作れたんだ……す、すごい、よね？」

信じられない、と手の中にある瓶を見つめる。

今までずっと爆発しかしなかった。時々爆発せずに完成しても濁った汚い色の、廃棄手前といった風なナニカ。とても使えそうになくて、唇をかみしめながら捨てていたのに。

目の高さまで持ち上げて、魔石灯の明かりに透かしてさまざまな方向から嘘じゃないよね、と確認。

「ね、ねぇ……ライム。その、これ……いいの？」

申し訳なさそうに、でも手放す気はないとしっかり握られたアオ草を見て締まりのない笑顔を浮かべている自覚はある。やりたい、という気持ちが十分に伝わってただひたすら、嬉しい。

「まだあるし、見たらやってみたくなるよね。やっぱり」

へらっと気の抜けきった顔で答えるとほんの少し頬を赤らめて、視線を彷徨わせていた。

どうぞ、と再度口にする前に反対側からニュッと何かが突き出された。

「うわっ？　え、リアン、なに？」

「素材代だ。大鉄貨一枚。通常であれば三本で銅貨一枚と大鉄貨一枚になる。もし、その、あと二本融通してもらえるなら銅貨一枚追加で支払う」

「いや、いいよ。別にどこでも採取できるし」

これはどこでも取れる素材だ。現に教会裏で畑の整備をしている時にもアオ草は採取できている。

「ダメだ。受け取ってくれ。そうでなければ僕はこれを使えない」

「そう、そうね……ライム素直に受け取って頂戴。今後のためにもちゃんと」

二人にお金を強引に渡される形で素材を売った。数には余裕があったから、追加で二本渡し、合計で銅貨三枚の臨時収入に。

下処理の方法を伝えたので、二人は私が伝えたとおりの処理をしていた。ベルが素材を切る手が若干怪しかったけれど、それでもまぁ、二人は調合準備を終えてそれぞれの調合釜の前に緊張した面持ちで立っている。

私は追加で調合をしてみようと十本ほどアオ草を取り出して下処理。手帳に書いてあった最大調合量っていうのが気になったので、実験するのがいいだろうと判断したのだ。

この先、お店を開くのだから、一つ一つ作るより、一度にたくさん作れた方が時間の節約になることは間違いない。

よし、と気合を入れて瓶もしっかり準備。真剣な顔で調合釜と向き合う二人に挟まれ、先ほどと同じ手順で調合を開始した。

ふあぁ、と欠伸《あくび》をしながらノロノロとベッドから起き上がる。

昨日は、いつもより夜更《よふ》かしをしてしまった。目をこすりながら、いつも通りに普段着を着ようと床に足をつけ、ようやく実感がわいてくる。

「そっか……工房生になったんだっけ」

ベッドから降りてすぐ、目につく位置にかけた錬金服を見てそんなことを呟く。

今日は学院で先生の授業を受けるのだ。その後、ちょっとだけ街を見て回る。それで、と指を折りながら記憶を手繰り寄せ、今日やることを整理しながら、もそもそと服に袖を通した。

「顔、洗わなきゃ……それで、えっと……み、ミント！　うわわわ、ミントが待ってるかもっ」

我に返って身支度もそこそこに工房を飛び出す。全力で走って、坂を駆け上がり、焦りもあって到着地点である教会前にたどり着くころには軽く息が上がっていた。

「あ、ライム！　よかった。ふふ、急いできてくれたんですね」

「お、おはよ……ご、ごめんね。待ったよね」

呼吸を整える私に近づいてきたミントはゆるく首を振った。四時半は過ぎているけれど、五時にはなっていないとのことだったのでほっと胸をなでおろす。よかった、と一言告げてミントの手伝いを買って出た。二人でやった方が掃除は早いからね。

教会前の掃除を終えた後は、畑の点検だ。

「わ、昨日よりきれいになってる！」

「実はあの後、子どもたちがきて畑がきれいになっていることに気づいたんです。それで、種まきをしてたっぷり水を上げて……元気に育ってくれればうれしいんですけど」

「こっちも耕そうか。こっちだけじゃ狭いもんね」

「いいのですか? あの、それなら、私も一緒に」

「うん、一緒にやろう」

道具をとってきます、とパッと明るく笑ったミントを見送って、一足先に草を刈る。昨日も回収できたので、今日も是非、香草や薬草のたぐいを確保したい。

それから少しの間、マトマを六本植えられる程度の面積を耕し、私たちは教会裏でのんびりご飯を食べていた。

「うう、おいしいです」

「口に合ってよかったよ。できる限り、ここにきてもいいかな? 雑草刈りもとい採取をかねて」

「ふふ。ええ、もちろん。私もたくさんおしゃべりしたいですけど、やらなくちゃいけないことがたくさんあって……私のいる教会って、シスターの数が必要最低限なんです。孤児は毎年一定数入ってきます。出ていく子もいますけど——仕事を紹介するのがけっこう難しくて。やりたい仕事があっても、他の子どもと違って、保護の観点でどうしても一定の年齢にならないと住み込みが許可されないので」

どういうことなのか聞いてみると国が作った法律と教会独自の決まりごとが枷《かせ》になっているらしい。孤児が理不尽な目に遭わないよう配慮されているのに、状況によって不利になる可能性があるそうだ。

「都会も都会で大変なんだね。全員、やりたい仕事とかできればいいなって思うけど、そんなことしてたら必要な仕事に人が集まらなくなるってこともあるだろうし、うう……難しい」

もし、自分に錬金術の才能がなかったらどうなってただろう、なんて考えて『あの場所』にいたらずっとあのままだっただろうなという確信がある。だからミントっていう友達ができたのも、はじめて尽くしでも楽しめているのも、全部望んでいた錬金術師の才能のおかげだ。

「ええ、本当に。やりたい仕事といえば、ライムの方は順調ですか？」

「よくぞ聞いてくれました！　ミント、これみて！　昨日、こっちで初めて作って大成功しちゃったんだよ。【調和薬】っていう一番簡単な錬金素材なんだけど、これがあれば回復薬が作れるんだ」

大きな目を瞬かせるミントに昨日のことを話す。一連のことを感想を交えて話したのだけれど、ミントはくすくす笑いながら安心したように微笑んだ。

「ふふ、よかった。ライムが楽しそうで。そのお二方とも仲良くなれそうなんですよね？」

「最初は印象最悪だったけどね。高慢ちきな上流貴族のお嬢様と皮肉で嫌味な首席眼鏡だもん。でも、なんとかやっていけそうなんだ。錬金術を専門に学ぶところだからかな？　なんだかんだで錬金術への興味があったみたい。私、今まで一人っきりで調合に挑戦して、ずーっとうまくいかなかったから誰かと一緒に錬金術について考えるっていうのが楽しくてさ。これから何か困ったら、私でよければ相談に……って、あれ？　あそこにある剣って誰か使ってるの？　この間は見なかったけど」

ほら、との物置の一角に農具と一緒に立てかけてある大きな剣を指さす。どう見ても本物だ。

私の身長ほどもある長さと柄。刃にあたる部分は分厚く幅広でなかなかの迫力だ。

教会に剣があることに驚いて観察していると、ミントが慌ててその剣を手にとった。

「ご、ごめんなさい。ちょっとバタバタしていてしまうのを忘れてたんです。軽い運動を兼ねて素振りを……途中で畑に野良ネズミリスがいることに気づいて、周辺を見て回ったので時間が」

うっすら頬を染めつつ慌てて大剣をどこからか出した鍵で物置小屋の裏にある鍵付きのドアに差し込む。やけに厳重なその場所に剣を収めたのだけれど、ちらりと見えたのは槍や杖などのさまざまな武器。

「え、えーと……シスターって剣も使えるんだ？」

「嗜《たしな》む程度には。教会は避難所になることもありますし、保護している子どもたちや避難してきた人を守らなければなりませんから研修を受けるんですよ。ふふ、ライムったら、そんなに驚かなくっても」

「いや、驚くよ！　麓にあった教会の人は戦えなくて、時々村の男の人たちが交代で護衛したり周囲の弱いモンスターを退治してたもん。まぁ、村の教会にいたのはけっこうなお年寄りだったから、武器自体使えなかったのもわかるんだけど」

村にあった小さな教会にいたのは、年老いたシスターと孤児になってしまった数人の子どもだけだ。

小さな村とはいえモンスターはでるし、病で若くして亡くなる人もいたからそれは仕方がない。

「戦えないシスターもたくさんいますよ。でも、適性があると判断されたり自分から申し出ると才能に応じた武器を扱う訓練を受けることができます。シスターにも元は冒険者という方も少なくないですし」

戦うシスターってなんかすごそう。

もしかしたら、ミントって私より強いんじゃ……？　なんて考えが浮かんだけれど、考えないようにブンブンと頭を振って浮かんだ考えを消した。

再度、施錠をしたミントに坂まで見送られ、私は工房へ帰るべく足を動かす。

なんというか、最後の最後に知ってはいけない秘密を知った感じで落ち着かない。

そんなことを考えつつ、工房に着いてすぐ、裏庭へ。

許可をもらって引っこ抜いてきたアオ草を軽く耕した畑に植える。

「えっと、水はっと……」

井戸から水をくみ上げる作業に悪戦苦闘していると洗い場の方からリアンがジッとこっちを見ているのに気づいた。目があった気がするのでヒラヒラ手を振ってみると、こちらへ寄ってくる。

「何をしてるんだ、君は」

「おはよ。いや、アオ草を教会の裏庭から毟《むし》ってきたから、植えてみようかなぁって。あって損はないでしょ？　緊急で調和薬がいるのに手元にない！　みたいな状況にならないとも言えないし」

じっとアオ草を見つめていたリアンが、あごの下に手を当てて何かを考えているようだったので放っておいて、自宅から持ってきた苗に水をたっぷりかけておく。

「薬草はこっちだから、これはここがいいかなぁ。広がらないやつだし」

小さな移植ゴテをポーチから出して、移動。ポーチから出した苗をそっと植える。

「待て。それはなんだ？」

「ん？　山胡椒の苗だけど。ほら、胡椒もどきって呼ばれるやつ」

「……はじめて聞いたんだが」

「あれ？　知らない？　これ、私の住んでたところでは一般的に使われてたんだ。胡椒高いから、これで代用してた。胡椒の木って、温度管理とか育てるの大変でしょ？　でも、これ偶然見つかったんだけど、胡椒みたいに使えてどこにでも根づくから便利なんだよ。一年に一度、植える場所を変えてあげなきゃいけないから面倒だけど、植え替えるとたくさん種をつけるから、面倒でも毎年やってる」

他にもいくつか持ってきたんだけど、苗を植えてもいいか聞けば、学院で受講後に話をしようと言われた。それもそうか、とうなずいてひとまず水やりを済ませる。

リアンがやれやれ、と工房へ戻っていくのを確認して、植えたばかりのアオ草一株に聖水をかけた。

実は、聖水で育てたアオ草には必ず『神聖』という特性が付くのだ。これが付いていると販売価格が二倍になるんだよね。ある程度大きくなってから資金調達を兼ねてしていたのだけれど、麓に行くのが一か月に一回だから水の調達が大変だった。

畑でやることができたな、と頭の片隅で考えながら手を洗って朝食の準備へ。スープなんかは昨日のものでいいとのことだったので、簡単に塩漬け肉を焼き、きれいに洗った野菜を何種類か、マトマのソースともう一つのソースを作る。

「えへへ。手持ちが切れてから、ずっと食べたかったんだよね」

リアンに頼んで買ってもらったのは、他国から輸入される『ショウユ』という調味料。他にも何種類か独特の風味を持つ調味料を購入してもらった。輸入品だから少し高かったけれど、食べたら二人も気に入ってくれると思う。

ショウユを使ったソースは、想定通り気に入ってくれた。これはおばーちゃんから教えてもらった味付けだ。香ばしさとしょっぱさ、甘みのバランスがとてもいい万能ソースだ。

食事を終え、時間に余裕をもって学院に向かうことに。

街を歩きながら気になったのは、妙に人が多いこと。まだ早朝なのに、と思っているとリアンが二番街を指さして教えてくれた。どうやら、毎朝早朝から十時くらいまで朝市が開かれているらしい。一番街はもちろん、二番街も露天商が並ぶのだという。一番街は営業時間の関係で朝九時までしか開かれていないので、まずはそちらを見に行くのだとか。

「あとは、月に一度『満月市』と呼ばれる夜市が開かれる。売られているのは明るい時間に売れないものが多いな。酒の類や呪いのアイテム、夜に有効な効果が付いた武具、魔道具は灯りのたぐいが多い。キャンドルのたぐいも人気だったはずだ。夜会用のドレス生地なんかも掘り出し物として売られているとがある。月明かりで色合いが変化するものも数多くあるからな」

「へぇ、いいなぁ。一度見てみたいかも。素材もある？」

「ある。素材系は夜の方が買いやすいかもしれない。冒険者ギルドで安く売りだしたりもしているし、直接販売をする冒険者もいる。昼間より自由度が高いのが満月市だ。自由と言っても騎士が多く出ているから犯罪行為はあまりないが」

リアンいわく、違法なものを取り扱っている場合は間違ってもこういう大きな街ではやらないそうだ。特にトライグルと青の大国と呼ばれるスピネル王国は、騎士や見張りが非常に多い。寂れた町や国境付近などの逃走しやすい場所を選んで行われるのだという。

「そっか……冒険者が多いのは依頼を見るためだよね？」

「帰ってきた人間も多いが……それより急ぐぞ。昨日のうちに、時間指定で講義の予定を入れておいた。ワート教授を指名したが了承の返事をもらっている」

「……なにそれきいてない」

「言ってないからな」

しれっと返されてぬぐぐ、と歯噛みしているとベルが口元を扇で隠しながらため息交じりに一言。

「どうでもいいけど、アンタたち妙に目立っているわよ。朝からよくもまぁ、そんなにポンポン会話ができるわね」

やれやれ、と首をゆるく振るベルの綺麗な赤髪が揺れるけれど、そういう言い方をするなら私も言いたいことがある。

「起き抜けに大斧振り回して『軽い準備運動よ』って言った人に言われたくないんですケド」

「これればかりはライムに同意せざるをえないな」

「うるさいわね、枝みたいな体してる男よりマシよ」

「枝……薪ではないもんね」

「おい、そこ。納得するな。君こそもう少し賢い顔をしたらどうだ」

むっとして言い返しているうちにあっという間に学院に着いた。

学院にはまったく生徒がおらず、エントランス部分も静まり返っている。周囲を見回している私をよそに、リアンは迷いなく受付へ。ワート教授の手紙を提示し、説明を受けてさっさと歩きだす。

「ちょ、待ってってば」

「あと二時間で生徒が登校してくる。それまでに学院を離れたい」

穏やかそうな表情を張り付けているものの、声色に温度がないせいでいろいろとチグハグだ。リアンの背中を追いかけて必死に足を動かす。リアンとベルは背が高い。ついでに二人ともどうしたのかってくらい足が長い。歩幅がそもそも違うのでついていくと小走りになるんだよね。けっこう大変なのだけれど、この二人はさっさと進んでしまうので腹が立ってきた。

そのうちマント引っ張ってやる、なんて思いながら二人を追いかけて教員棟へ。

「ここ、入学試験の時に来たよ。ワート先生の部屋ってあそこだよね」

「そういえば君はスカウト生だったな」

「ワート教授、来ましたわよ」

開けて下さいまし、と私とリアンが会話している横でノックをするベル。時間は、と懐から懐中時計を出したリアンいわく約束の三十分前だという。早すぎたね、と思わず零せばリアンも「別の場所で時間を潰すか」なんて提案をしたのだけれど、ベルはどこまでもベルだった。

とんとんとんとん、とずーっと一定の間隔でノックをして、それが徐々に強く激しい音へ変わるのは容易に想像がついた。実際、そうなっていたし。

「っ、ちょっと、まて！　中でまて！」

耐えかねたのか、ガチャっと扉が開かれ中から、寝起きらしい先生がよろよろしながら出てきた。

きょろきょろと廊下を見回し、誰もいないことを確認。私たち三人を招き入れて、深いため息一つ。

「いいけどな……さすがにもう少し配慮をしてくれ。いや、ぎりぎりまで寝落ちしてた俺も悪……くないな。まだ学院生は授業開始にもなってない」

「そんなことより、今日の講義は何をなさるのかしら」

ちらっと室内を見回したベルが先生の研究室を見回す。

先生も自由なベルをみてあきらめがついたのか頭をかきながら、欠伸をして椅子を三つ、作業テーブルのところに並べる。

「はー……わかったわかった。講義始めるぞ。今日は【調和薬】の調合をする。素材は……」

「ワート教授。【調和薬】ですが、こちらを」

リアンが瓶を置いたので私たちも瓶をテーブルへ置く。

昨日作ったものの中でも一番いい品質のものだ。

「……これは？」

「昨日、工房で作成しました。僕とベルさんが現地点でA品質、ライムさんはS品質ですね。レポートはこちらにまとめています」

さらりと瓶横に丸められた羊皮紙。

いつの間に、というのが正直な気持ちだったりする。

「レポート？　そんなの書いてたの、リアン」

「教授、レポート提出は必要なのかしら？」

レポートを受け取ったワート先生は呆然とその場にたたずんでいるだけだったのだけれど、やがて我に返ったのか頭を抱えてその場に座り込んでしまった。数分待ってそっと肩を突いてみたけど、動かないので二人に助けを求める。

「こういう場合ってどうしたらいいと思う？」

「どうもこうも、一応授業という形ですし……待機するしかないでしょう」

「まずは座るか。時間の無駄になりそうだから、帰ったら取りかかれる新しい調合アイテムを探すぞ。教科書の最初の方に載っているものなら作れるかもしれない」

「二人の教科書はまだ届いてないし、私ので確認しよ。今確実に作れるのは【調和薬】だよね」

うなずくのを確認して次のページに。調和薬の次に載っていたのは【初級回復薬】の文字。

これは、と思わず手が止まる。

「素材だけで言えば、いけ……ちゃうよね？　だって調和薬は手元にあるし、アオ草は私が持っているのも学院が用意したのもある、水素材は聖水とエンリの泉水があるし、普通のお水もある」

「作り方は……水素材と調和薬を熱し、アオ草を入れて魔力を注ぎながら混ぜるってこれだけ？」

ぺらっともう一枚捲ってみるけれど別のアイテム名が書いてあったので本当にこれだけの工程しかないのだろう。不安になったので、そっと形見の手帳を開く。知らない内にレシピが増えていた。

**【初級体力回復薬】調合時間目安：十五分　最大調合量：五回**
材料：調和薬（一回分）＋アオ草（一）＋水素材（調和薬の三分の一）

説明：冒険者者騎士御用達の回復薬代表。飲むと即時体力が回復。かけても効果がある。

回復量は少なめなので体力が多い人は複数同時に服用する必要あり。

混ぜ方と魔力の注ぎ方で品質が変化するので基礎練習に向く。

準備：水はできるだけ品質がよく汚れていないものを使用する、毒成分がないことを確認。

アオ草は葉っぱに合わせて茎も捨てずに入れること。

手順：調合釜に水素材、調和薬を入れて混ぜながら加熱。

この時少量の魔力を流し込むことでアオ草の馴染みがよくなる。

沸騰後に素材を入れて素材がなくなるまで魔力を注ぎ加熱する。沸騰禁止。


「……試しに作ってみる？　失敗しても先生がいるから確認もできるし」

そっと提案をすると二人は少し考えてからうなずいた。

念のため手順を三人でもう一度確認して、おばーちゃんから聞いたという体で『魔力の注ぎ方』も伝えておく。手帳に書いてあったことだけど、元はおばーちゃんのレシピ帳だしね。

教室の作業テーブルに用意してあったアオ草はちょうど三人分。基本的にアオ草の分量は調和薬で使う量と同じだ。茎を捨てないように二人に話して、アオ草の長さを揃える。

水は失敗したくないので品質のいいエンリの泉水を使う。品質が高いものを使えば多少の失敗もカバーできるはずだから。

「調合釜、一個しかないから私が先に調合してもいい？」

うなずいてくれた二人にお礼を言ってワクワクしながら調合釜の前へ。

初級体力回復薬専用の瓶はポーチにいくつか入れてあったので、三人分を取り出してそれぞれに渡しておく。調合釜のまわりにいくつか調合に必要な道具の中から目当てのものを探す。

計りもあったし、乳鉢乳棒といった基本的なもの、そして混ぜ棒なんかもあった。

「あ、レードルみっけ。じゃあ、さっそく作るね」

一度深呼吸をして気持ちを落ち着けたら、レシピ通りに水素材として選んだエンリの泉水と調和薬を入れて加熱する。ここの調合釜も工房のものと同じタイプだったのでありがたい。

じっと調合釜の様子を見ながら、調和薬の時と馴染くらいの魔力を注ぎつつ、混ぜていく。

「いまさらだけど温度計もあるね。二人は温度計つけてやってもいいと思う。私このままやっちゃうね。沸騰状態はわかりやすいからなくてもいけるし」

「そうね、私たちは確認しながら調合した方がいいかも。百度でしたわよね、沸騰の温度は」

「記録も細かくつけたいところだが、まずはきちんとしたものが作れるかどうか」

特に気負った感じのないベルの声と硬いリアンの声が対照的すぎて思わず笑いそうになる。

少しの間、魔力を注ぎつつ調合釜の中をかき混ぜていると、調合釜の底から細かな泡が立ち上り始め、やがて大きさと量を増し、あっという間に沸騰した。

火を止めるかどうか迷ったけれど、強火から弱火と中火のあたりまで調節し、アオ草を投入。

表面上は穏やかになったけれど、湯気をたてる調合釜の中を覗き込みながら注ぎ込む魔力の量を増やした。注ぐ魔力は、調和薬の二倍程度。

大きく、ゆったりと混ぜていくにしたがって調合釜に沈んだアオ草から揺ら揺らと色が出てくる。

調和薬は品質S品質のものを使ったので薄黄緑だったのだけれど、その中に濃い緑がジワジワと溶けだし、広がり、そして馴染んでいく。

色が溶けだすにつれ元の素材が徐々に小さくなっていくのが少し面白い。

「あ、全部なくなったから魔力切るね。ホカホカの熱々のまま注いでいいんだよね、コレ」

冷やすとは書いてなかったので、レードルで掬ったものを瓶に移す。漏斗《ろうと》を挿しておいてくれたらしくとても注ぎやすかった。

「ありがとう、漏斗挿すまで気が回らなかった」

「かまわない。次、ベルが調合してくれ。僕はライムの調合したものの情報を書き出す」

「わかったわ。ライム、注意事項はあるかしら」

「特にないけど、最初は調和薬と同じくらいの魔力を注いで、アオ草を入れてからは二倍くらいの量を注いでみた」

わかりましたわ、と返事をした後ベルも調合釜へ向かいあった。

少しの間ベルの様子を後ろから窺っていたけれど、名前を呼ばれた方へ顔を向ける。

リアンが書き終えたばかりの羊皮紙を私に差し出して、淡々と品質を告げた。

「品質Sの初級体力回復薬だな。【薬剤効果＋】と【体力回復＋】がついている上に、エンリの泉水の効果なのか【魔力回復：微】の効果もついている」

「鑑定ありがとう。でも、これはちょっと店では売れないよね。作れるのがわかって嬉しいけど、品質はCで統一して売りたいし」

「そうだな。水素材を井戸水や魔石の水に替えて、調和薬はBかCで作ってみるか。何度か組み合わせを変えてみて全員が品質Cで作れる組み合わせを見つけたら、あとは量産しておくだけだ。アオ草の採取が課題になるな」

調合素材の採取まで考えなくちゃいけないから、けっこう大変だよねぇなんて話で一度会話を終え、漏斗を瓶にセットしておく。基本的に同じ液体を注ぐ場合、道具は洗わない。というのも、水で洗うと水が残ってしまうことがあるからだ。違う液体を注ぐとかならきちんと洗って完全に乾かしたり、拭いたりするのだけれど。

「っできましたわ！」

はあ、とレードルで慎重に中身を移し、コルク栓をしたベル。リアンは流れるようにその手から瓶を抜き取り、鑑定。羊皮紙に私の時と同じ形で結果を書き込んでいく。

「ベルのは品質Aだな。魔力色の影響があるのかもしれない。特殊効果はなし。次、僕が調合する」

同じ方法で調合したリアンも品質はSだったけれど、魔力回復の特殊効果はつかなかった。

三人とも回復薬が作れたということで、内心すごく安堵していたのはここだけの話だ。

「先生、先生！　調合終わったので帰っていいですか？」

「あ、ああ……いや、ちがう！　よくない！　おまえら、入学したのは昨日だろ！　昨日の今日で回復薬を完成させるなんて聞いたことがないぞ」

「聞いたことがなくっても、作れないとお店に商品置けないから作れてよかったんじゃないのかな……あ、この後買い物とかもしたいので帰りたいんですけどいいですか？　品質低かったり失敗したら何が悪かったか聞きに来ます！」

「そうね、それがいいわ。私も質問などがあったら手紙をしたためますので返信してくださいな」

「レポートは後で提出します。それでは」

しっかり三人で頭を下げ「おじゃましましたー」と一言断って退室し、呼び止められる前に部屋から出た。ドアを閉めた瞬間先生の声みたいなのが聞こえた気がするけど、話があればドアを開けて追いかけてくるはずだ。

買い物を終えて工房に戻ったらリアンにレポートの書き方を教わる、という話に落ち着いた。一応はじめての授業だからレポートは出しておいた方がいいってことみたい。

「一時間くらいで授業が終わってよかったね」

「工房に戻る前に購買部へ寄って行かないか？ ここでしか買えない素材もあるし」

「賛成っ！ まだ他の人もいないし、パパッと買い物して商店街に行こうよ」

購買がある場所を窓口の人に聞いて、エントランスの奥にある扉を潜った。その先には、大きな教室というよりも、ギルドのような雰囲気の場所があり、複数のカウンターが間隔をあけて配置されていた。各カウンターには『学生課』や『申請窓口』『購買部』などと書かれていて、壁には巨大な生徒用掲示板などと書かれたコルクボードがずらりと並んでいた。

「うわぁ、ひっろ……カウンターも長い！ あ、あそこにデッカイ鉄鉱石があるよっ」

「あら。あのカウンターにあるのって錬金鉄のインゴットよね。安かったら買い占めて武器でも作ろうかしら。私、新しい斧がほしいと思っていたから運がいいわ。さっそく購入して武器屋に行きましょ。ぶん投げて使うタイプの小斧がほしいのよ。どのくらいインゴットを使うのかしらっ」

走り出そうと地面を踏み込んだところでグンッと首に巻いている布が引っ張られて、たたらを踏む。

「ちょっと何するのよ！」

「ぐえってなった！」

「はぁ……順番に回るから目立つような行動は控えてくれ、本当に。ベルも少し落ち着け……貴族令嬢の皮が盛大に脱げているぞ」

「……ち、ちょっと我を失っただけよ。仕方ないじゃない、錬金鉄なんてめったに売っていないんだもの！　完成した武器じゃなくて、素材から選んで私だけの武器を作りたかったのよずっと！」

腰に手を当てて怒ってるベルを横目に「順番に回るならいいか」と私は納得した。

ベルが大人しくなってから、宣言通り順番に店を回ったのだけれど、リアンが購入したのは一年生で必要になる、でも市場では出回りにくく高値が付くものばかりだった。

「ああ、これとこれは弾いてください。品質が悪いので。こちらのは、店頭に並べるには少々品質が悪すぎるかと。早急に値引き販売してしまうか破棄するべきでしょう」

どの店でも容赦なく、自分のお眼鏡にかなわなかったものを弾いていくので、徐々に購買部の売り子さんたちの表情が青くなっていく。

最後に、レシピ本を売っていたので少し見せてもらったけれど、どうにもわかりにくかったのでお礼を伝えて返却。最後は巨大な掲示板の依頼を見ることに。

「学院にあるだけあって、下処理を省く者もいるようだな。ああ、最終学年か。それならまぁ、わからなくもないが……ライム、そこの依頼はやめておけ。利率の計算がおかしい。調和薬の提出でわりがいいのはこれとこれだな。ライム、君がまとめて作ったものを売ろう。おそらく色が付く」

わかった、と依頼書を剥がし、依頼受付窓口へ持って行く。

ポーチから昨日作ったばかりの調和薬を提出。一つは、一本で銀貨四枚。もう一つは二本で銀貨七枚という依頼だ。品質高め、と書かれていたのでA品質とS品質で提出。銀貨十一枚にかわった。

他によさそうなものがなかったので学院を後にしたのだけれど、敷地から出たタイミングで鐘が響き渡る。

青く澄んだ空と朝独特の白い太陽光に目を細めた。

「授業開始に間に合ってよかったわね。今日はこれから冒険者ギルドへ行って登録して、武器屋を覗くことになっているでしょ？ 他にも一番街を歩いてライムのレターセットを買ったりするんだったかしら。ああ、せっかくだし、いくつか商品を並べる時に使うラベルも買っていきましょ。インクもいろいろな色があった方が見栄えがするわよねぇ」

急に生き生きしだしたベルを見て、先ほどの購買部での暴走を思い出して反射的に片腕にしがみついていた。このままだと、びっちり買い物に付き合わされて調合時間が消える。

「えっと、まだお店の商品もまともに調合できないわけだしさ、早く回復薬調合たくさん作らないとマズくない？ 武器屋と冒険者ギルドは明日に回そうよ」

「む。まぁ、それはそう、ね……仕方ないわ。ライムは他にほしいものなにかあるの？」

「果物がほしいかなぁ。レシナとか。昨日はデザートまで作れなかったけど、作り置きしておきたいかなって。リアンがお砂糖買ってくれたし」

「僕が買ったのではなく工房の金で買ったんだが、まあいい。それなら、ウォード商会へ寄らないか。レターセットは商会でも買えるぞ」

「いいね、そうしよう。小麦粉もできれば買い置きしておきたいかな。毎回買いに来るの面倒だもん」

話がそれないうちに善は急げ、とベルの気を会話で逸らしつつ、一番街を進む。貴族のベルと私たちじゃ基本的な金銭感覚が空と地面くらい違うのだ。

調合の時間も考えて、ウォード商会へ寄ったら帰ろうと決めたところで、前方からエルとイオを見つけた。向こうも私に気づいたみたいだったので、駆け寄る。

「ライム！　うわ、こんなところで会えるとは思わなかった」

「二人ともその制服、似合ってるね！　なんだかすごく久しぶりに会った気分だよ」

「確かにライムさんの言うように久しぶりに会ったような気がします。手紙もありがとうございました。開店したら是非知らせてくださいね。もうすでに庶民騎士の間では話題になっていて……」

そうなの？　と驚きつつ二人と話しているとトントン、と肩を叩かれる。

顔だけ振り返るとベルが少し不機嫌そうに私を見下ろしていた。

「ねぇ、ライム。その二人は誰かしら」

「あ、ごめん。この二人は騎士科の友達。私が素材を持っていたのも、二人がリンカの森に付き添ってくれたおかげなの。エル、イオ。この二人が手紙に書いた『工房生』のベルとリアンだよ」

二人は顔を見合わせてからペコリと腰を折った。それはベルに対しての礼だとわかる。

リアンに対しては、気軽によろしくと口にしているけれどなぜか握手はしていない。

「なぁ、ライム。少し時間があるなら、オレらと少し来てほしいんだけど……難しい、か？」

「私は別に大丈夫だよ。ねぇ、二人とも。私、ちょっと行ってきていいかな？　用事が終わったら急いでウォード商会に行くから。ね？」

お願い、と両手を合わせて二人に頭を下げると数秒の沈黙の後、静かな声が返ってきた。

「……かまわないわ。なんなら、買うものをリストにして頂戴。代わりに購入して、先に工房へ戻っているから」

「え、いいの？　えっと、ちょっと待ってね。今メモするから」

「僕が書くから、必要なものを言ってくれ。ほら」

「わ、ありがとう。ええとねー、工房で使うものは小麦粉とミルの実、ドライフルーツ、果物のたぐいかな。あ、木の実が安ければそれも。乾燥パスタがあれば買っておいてくれると嬉しいかな。あとは私物でレターセットとインクをお願い。ペンはあるんだけど……たくさん入ってて、いっぱい書けるのがいいな。羊皮紙が安ければそれもほしい。暇なときに植物のスケッチをしたり、学院に図書館があるって話だからそのうち写本に行くつもりなんだ」

指折り数えて必要なものを伝えるとリアンは、胡散臭い笑顔を浮かべて一つ一つメモを取っていく。この二人、人目に付く場所では貴族や優等生としての振る舞いを徹底しているようだった。

さきほどの武器屋でのやり取りは例外中の例外なのだろう。

「わかった。あとは必要そうなものや買い得なものがあれば購入しておくよ。できるだけ早めに戻ってきてくれ……では、失礼」

眼鏡の位置を正してリアンが一礼。それに続く形でベルも「ごきげんよう」と一言告げ、歩き出す。

二人の後ろ姿は人込みであっという間に見えなくなった。エルやイオへ意識を戻すと二人とも複雑そうな表情で二人が消えた道の先をじっと見つめていた。

「何かあった？　変な顔してるけど」

「あー、いや……ライムって友達作るのうまいなと思ってさ。話しながら歩こうぜ」

こっち、と行き先を指さすエルにうなずく。

「用事って何？　何か買うの？」

「いや、実はさオレたちの先輩に会ってほしいんだ。ってのも、学院でも貴族じゃないオレらを気にかけてくれてる人なんだ。んで、その先輩がライムのことを知って会ってみたいって言ってて……」

「その人は三年生で来年卒業だから学院にはほとんどいないんだよ」

三年生になると錬金術師と召喚師は国家試験がある。

もちろん、騎士科も国家試験があるのだけれど、それとは別に学院内での卒業パフォーマンスの一環ということで勝ち上がり式トーナメントがあるそうだ。三年生のみで行われるその試合のために、一年の内の半分を武器や装備を揃えるための資金集めや素材集め、道具を揃えるという行動にあてなくてはいけないそうだ。

「なるほどね。二人なら遠慮しそうなのにって不思議だったんだけどそういう事情があったのか」

「悪いな。買い物途中だったってのはわかってたんだけどさ……お、いた！　おーい、フォリア先輩」

ひらっと手を振ったエルの視線の先には、道具屋の前で立っている一人の女性。

立っている場所は店の前だったので、店名を確認すると『リック・ハーツの道具屋』とある。

名前を呼ばれたことに気づいたらしくこちらへ顔を向けた。

「待たせてすいません。さっき、偶然会った新しい友人を紹介するんで許してくださいっ」

「いや、私もつい先ほど来たばかりだから気にしなくていい。でも、驚いたな……まさか話題の錬金術師殿を連れて来てくれるなんて」

純粋な驚きに満ちた言葉を紡ぐ彼女は、近くで見るとあからさまに美人だった。

エルやイオが身につけている騎士科の制服に女性用の鎧、長いマント。何より、短く切りそろえられたサラサラな金髪と落ち着いた紅色の瞳がすごく様になっていてかっこよく見えた。

こんな都会っぽい、と表現すべきかわからないけれど、凛とした雰囲気を持つ人を見たことなかったからそっと感動した。

「こっちに来る時に、フォリア先輩がライムに会いたがっていたって話はしてます。ただ、どういう理由で会いたいって言ってたのかはオレたちも聞いてないからわからなくて。あ、そうそう、フォリア先輩は、一年の時から実技も筆記もずーっと首席なんだぜ」

「え、実技と筆記の両方で一番なの？」

「おう。それに加えて現地実習もな。んで、親父さんが聖白騎士で上流貴族なのにオレらのことよくわかっててさ、オレが騎士見習いとして働いてたところに時々顔を出して手合わせしてくれたりして……」

なぜか胸を張って自慢げなエルの話に相槌を打っていると、女性にしては少し低い声が。

「こらこら、あまり持ち上げても何も出やしないぞ。エル、イオ。こちらから呼び立てるような真似をしてしまって申し訳なかった」

困ったように眉尻を下げていた彼女は、話をある程度のところで区切り、私に向かって優雅な騎士の礼をして見せた。再び顔を上げた時、彼女は嬉しそうに微笑みかけ、パッと直立不動に。

「お初にお目にかかる。私はフォリア・エキセア。貴族籍は持っているが家庭環境が複雑なんだ。正式な名前を名乗るのは控えさせてもらっていいかな？　フォリア先輩って呼んでもいいですか？　フォリアと気軽に読んでくれると嬉しいよ」

「科は違うけど先輩だし、フォリア先輩って呼んでもいいですか？　私はライム・シトラールっていいます。家名だと目立つのでライムって呼んでください。今年始まった工房制度に参加して今は工房生やってます」

「ああ、もちろん。学科は違ってもライム君は同じ学院の後輩だからね。学科を越えて仲良くしてもらえると嬉しいよ。それはそうと、二人は彼女に一番街で紹介は終わっているかい」

「まだです。紹介しに行こうとは思っていたのですが、なかなか……」

「入学試験後はやることが多いからね。でも、ちょうどよかった」

萎縮《いしゅく》するイオにフォリア先輩がポンポンと軽く肩を叩いて私へ手のひらを差し出す。

驚いたものの自己紹介の後だったこともあって、しっかり握り返すと「おや」と一言。

「エスコートはいらなかったかな？」

「よろしくねの握手じゃなかったんですか?」

「……いや、そうだね。ライム君の方が正しいよ。これから、数軒、店に案内させてほしい。一番街にある店はどれも国が認めた、国内外の誰に見せても恥ずかしくない品質と腕を持っている。道具屋や雑貨屋といった直接道具を作って販売していない店も、一流の経営術や話術はもちろん、人としても非常に優れた方ばかりでね……それだけ一番街に店を連ねるというのは、素晴らしくも難しい」

お店をやるという話を聞いて手助けをしてくれるつもりなのだろうかと考えていると、フォリア先輩は少し言いにくそうに周囲を見回す。

「君が店を開くというのは知っているんだ。だから、そうだな……よさそうな理由をつけて知り合っておきたかった。私はお抱えの錬金術師がいない。今年卒業するにあたって親しい錬金術師を作っておきたかったんだが……どうにも、信用ができなくてね。錬金薬は体内に取り込むものだ。信用できない人間が作ったものを口にする気にはなれなくて……エルやイオが称賛する君ならば、と思ったんだ」

店の前にいると邪魔になるね、と苦笑してエルとイオの二人もともない近くのベンチへ。ハンカチを引いてそこに座るよう一言告げ先輩は私へ微笑む。

「少し話をさせてほしい。ライム君はピーチェは苦手かな?」

「ピーチェ、好きですよ。甘くておいしいし、あんまり日持ちしないから熟したやつは食べて、あとは乾燥果物にしてました。おばーちゃんが、ですけど」

「へぇ。オランジェ様が作られたなら相当においしいものだったんだろうな。オランジェ様は料理人や美食家としても有名だ。エル、イオ、少し離れるからココでしっかり護衛を頼むよ」

「うっす」

「任せて下さい」

パッと返事をした二人とともにその背中を見送っているとポツリと後ろから声が降ってきた。護衛を兼ねて二人が立ちっぱなしなのに気づいて座るように言ったのだけれど、彼らは首を横に振る。

「フォリア先輩は、確かに貴族なんだけどさ……あの人、すごい努力家なんだ。女性騎士はだいたい、王族の護衛になるって話しただろ？　でも、あの人は近衛部隊と女性王族近衛部隊の両方に所属することが決まっててさ。王様の信頼もだけど、女王様や諸外国の女性王族からすごく人気で『是非』って熱望されて……重圧はオレらの想像が及ばないくらい、すごいと思う。でも、ああやって笑ってる姿を見ると負けてられねーっておもうし、役に立てるなら立ちたいって思うんだよな」

「女性だという理由で騎士として認められないと主張する人も多くいます。僕らの同期生に女性騎士を目指す人もいますけど、何度か一緒に訓練をして驚いたことも見直したこともたくさんありますよ。視野が広いから戦い方が予測できないんです。なにより精神的に強い。その辺の貴族騎士なんて足元にも及ばない」

「心が強いって、死なないために絶対必要な素養なんだよ。そりゃ人間だから弱ることもあるだろーけどさ。帰還率だけ見ても顕著《けんちょ》でさ。仲間が死んでも、最後まで大切なもののために立ち向かえる強い心を『騎士道精神』の一つって習うんだけど、フォリア先輩は最初からできてて、あの人と訓練したり会話するといろいろ浮き彫りになって……反省するんだよな。今じゃ、オレらみたいな庶民騎士の大半がフォリア先輩に憧れてるんだ。貴族騎士は反発してるやつ多いけどな」

二人が言うには、一度反省した生徒はみな、飛躍的に能力が上がるそうだ。それは直接戦闘力として反映されることもあるけれど、それ以前にマナーや人への接し方といった精神に与えるものの影響がとても強いのだという。

「僕は、入学式で先輩に指導してもらうまで……内向的な姿勢が治らなかったのですが、考えを改めてからずいぶんと見晴らしがよくなりました。僕だけじゃなくてエルも、僕の友人もみんな先輩には最後に勝ってほしい。だから、どうかお願いします」

ただでとは言わない、なんて言い募るイオと真剣な顔でうなずくエルに私は少し困ってしまった。躊躇していると、目の前に木製のカップがあらわれて肩が跳ねる。

「こらこら、無茶を言うな。それに、本来私が頼まなくてはいけないことだからね……もちろん、心遣いはありがたいが。ほら、これを飲んで落ち着きなさい。あそこの店は人気店だから少し並ぶが、どれもおいしいんだ」

護衛ありがとう、と口にしてエルとイオを私の横へ座らせる。

立ったまま飲ませてもらうよ、と言いながらカップに口をつける先輩は本当にやることなすこと、無駄がない。

「うん、相変わらずおいしい。一番街に来るとつい、買ってしまうくらいお気に入りでね」

差し出されたのは木のカップに入った液体。色はやや黄色みがかった乳白色で、器の中で揺れるたびに甘くいい香りが漂う。驚きはしたものの、そっと口をつける。少しとろみがあるのに滑らかに口の中に流れ込んできた。

「エルとイオには悪いけれど、私は幼い頃から男に紛れて剣を振るっていたから、密かにこうやって女の子同士で話をするのが夢だったんだ」

「え。でも、フォリア先輩は学院で女生徒と一緒にいるじゃないですか」

「まぁ、エルの言う通りなんだけどね……妙なことに私から声をかけても顔を赤くして倒れたり、走って逃げられてしまうんだよ。女の子やご婦人には優しくするよう心がけているんだが」

やれやれと肩をすくめて本気で原因を探すようにカップの中を見つめて小声で思い当たる『悪いと

ころ』を口にする姿は妙な親しみが湧いてきて、そしてどこか可愛らしい。

「それってフォリア先輩がキラッキラしていて、その辺の騎士より騎士っぽいから、緊張するのかも」

「キラキラ? まぁ、髪は確かに太陽の光をよく跳ね返すような色をしてると思うが」

「金って目立ちますよね。私の髪もすごく光を反射するから気持ちはわかります」

「いやいや、君の場合は色自体が珍しいし私の髪とは比べものにならないさ……それよりほら、冷たいうちに飲んでくれ。実はこういったものを人にすすめるのははじめてなんだ。いつも出歩くのは先輩たちばかりで男向けのモノが多いからな」

確かにおいしいものはおいしいうちに、と思い直し、カップを傾ける。

再び、口の中に広がる瑞々しくトロリとした濃厚なピーチェの甘みと仄《ほの》かな酸味のあるアリルの爽やかな甘み。サラッとしてるのはレシナ水が入っているんだと思う。

「これ、すごくおいしいですね。ピーチェの味って、甘みも香りも立つから、飲み物にするとクドくって飲みにくいのに、アリル果汁とレシナ水を合わせてるから、後味もサッパリで……これ作った人、すごいなぁ」

「私からすると一口でそこまでわかるライム君の方がすごいぞ」

やや切れ長の綺麗な瞳にまじまじと見つめられて誤魔化すようにへらりと笑う。左右でエルとイオが呆然と「え、これアリル果汁はいってんの?」「う。ただおいしいとしか思わなかった」なんて呟いていて、身じろぎ。

「お、おばーちゃんの料理食べてたら自然に。今思うと何かの実験されてたような気もするんですけどね、まっずい薬飲まされたりとか」

おばーちゃんは料理をするのが好きだった。それだけではなくて、よくわからない薬を作って孫である私に飲ませ、反応を見ては……時々お腹をかかえて笑ってたりした。たぶん、死なない程度の毒とかもあったんじゃないかな。おかげで腐りかけのモノ食べても何ともないんだけど。

他愛のない話をしながら、カップの中身を飲み干すとそれをフォリア先輩が回収してお店へもっていく。なんでも、器を返すと器の分の代金が戻って来るらしいのだ。

今度ベルたちも連れてこよう、なんて考えていると小さな咳払い。

「それで、私がライム君に会いたいと思っていたのは……君が作る錬金アイテムをあてにしたいと思ったからだ。挨拶として言葉を交わしただけで、君がとても『いい子』なのはわかったからね」

「でも……私、入学したばかりで希望のアイテムが作れる保証はできないですよ？」

「私は自分の勘を信じていてね。ライム君ならそれができるだろうと思っているんだ。私がほしいのは回復アイテムだ。できれば中級回復薬だと嬉しい」

ニコッと笑う先輩に思わず噴き出した。キラキラしているだけじゃなくて、ちゃんと生きてる人間で、エルと同じタイプの人間だとわかったから。

「わかりました、じゃあ早めに回復薬の調合できるようにならなくちゃ、ですね」

「うん、よろしく頼むよ。じゃあ、個人的な下心の話はコレで終わり。次は、そうだな……一番街にはたくさんの店がある。ただ、錬金術関係のアイテムは錬金術店にしかないんだ。便利な薬、非常時に有用なアイテムなんかが多くあるのにもかかわらず、だ。実際、騎士としても店に回復薬が並ぶと助かるんだ。もちろん、そこまでしてくれとは言えないし、頼めない。でも紹介だけはしておきたくて」

「うーん、わかりました。できるかどうかは本当にわからないですし、断ることもあると思いますけど、それでもいいなら……挨拶だけでもいいんですか？」

「あ、ああ……もちろん」

狼狽えている先輩にどうかしたのかと視線を向けると、はにかんで小さく「受けてもらえるとは思わなかったから、想像以上に嬉しくてね」と答えた。この人はキラキラしていて可愛い人だなと認識を改める。ニコニコしていた二人も鐘の音が聞こえた瞬間になぜか顔を青ざめさせて、慌てて立ち上がった。どうしたんだろうと思っているとその場で駆け足をしながら叫ぶ。

「悪い、ライム！　先輩もすいません、オレら、うっかり仲間内で打ち合いの約束してたんです！」

「本当にスイマセン！　く、全力で走れば間に合うので先に失礼します！　夕食全員分はキツいっ」

急げ、と走り去る後ろ姿を呆然と見ているとフォリア先輩が懐かしそうに目を細めて「新入生ってどうしてこう、同じことをするんだろうね」なんて、クスクス笑う。続けて「懐かしいけど、私はやったことがないから少し羨ましいよ」と肩をすくめた。二人でエルたちの背中を見送って、彼女は先ほどいた店へ戻るべく立ち上がる。

私も敷いていたハンカチを返しながらエル達について聞いてみた。

「今から走って二人とも間に合うのかな？　けっこう遠いけど」

「間に合うさ、二人とも足は速いから」

フォリア先輩は背筋を伸ばし私に向かって手を差し伸べる。その姿を道行く若い女の子たちが目撃しては、華やかな高い声とともに目で追いかけていた。

「こうやってみると、賑やかですよね。この通り」

色とりどりだし、と思わず口にすると周囲に視線を走らせたフォリア先輩が、そうだね、と同意して「うろ覚えの知識で申し訳ないけれど」と前置きをしてから周囲へ視線を向けた。

「トライグル王国にある店は定められた〝看板〟を掲げる決まりがある。この看板のお陰で、他国の人も武器屋と道具屋を間違うことがないんだよ。宿屋ならベッド、武器屋なら剣といったようにわかりやすいしね」

「言われてみれば確かに。でも、店の種類がわかっても特定の店を覚えるのは大変そうですね」

「簡単だよ。店を区別するために異なる色のタペストリーをかけているからね。タペストリー以外にもカーテンや店の屋根なんかも塗り替えていたりするから色さえ覚えてしまえば問題ない」

言われて気づいた。丈夫な煉瓦を敷き詰められた商店街を彩るのは、花壇や魔石灯だけはなく、個性豊かな看板と色とりどりのタペストリー。

「元々、このタペストリーは壁掛けやカバーなどに用いられる室内装飾用の織物、という認識だったのだけれど、王が『観光客にも優しい街に』ということで取り入れたのさ。タペストリーと同じ色で店のハンカチなんかも売っているから『これと同じタペストリーの店へ』なんて一言添えるだけで、待ち合わせもできる」

いろいろ考えられているんだな、と感心していると看板についても話してくれた。看板は店の壁に直接設置するものと、ドアや店の前に出すものの二種類。店の前に出しているのは、遠方からきた人や文字が読めない人のために用意しているのだという。これは自由設置だから、ない店もあるよと指さされた方を見るとフォリア先輩の言う通り、ない店もあった。

「……すまない。これから行くどの店も〝庶民〟出の錬金術師とつながりを持ちたいと昔から言っていたんだ。この街に限らず錬金術師は……その、高慢な者が多い。ライム君のことを噂で知って……常連の私に是非と頭を下げてきてね。本来なら断るべきだったんだ。けれど、店側の気持ちもよくわかるし、自分のためにもなるからと受けてしまった」

貴族出身のフォリア先輩なら下手《したて》に出ずに強引に連れて行くことだってできるし、何も言わずに案内してしまえば済んだだろうから、これはフォリア先輩の優しさだと私は思う。

「黙って連れて行くことだってできたのに教えてくれるんですね」

「これは私の事情であって、君にとって必ず利になるという保証ができないから話しておかなくてはいけないと改めて思ったんだよ。私としても錬金術師とのツテはほしいいし、黙って連れて行くことはできる。ただ、ライム君には……打算や裏工作のような隠しごとはしたくなかった。私は、そういうことが苦手で、できなかったから騎士の道を選んだんだ」と自嘲しながら教えてくれた。

そもそも貴族というのは、体裁や振る舞い、噂や駆け引きをして相手より優位に立つことが重要視されるらしい。

「フォリア先輩はそういうふうにするより、こう、実力で直球勝負しようって持ちかけてくれる感じがします。堂々と」

「そう、かい？　それははじめて言われたけれど、嬉しいよ」

フォリア先輩は、貴族らしい振る舞いができるけれど情に厚いし、誰かを貶《おとし》めることを好まない性格であることは、少しの間しか時間を共有していない私でもわかった。

まぁ、やろうと思えばできちゃうんだろうけど、やれると理解した上でやらない人だ。

「みんな、誰だって裏工作みたいなことをされるのは好きじゃないと思います。でも、言わなくてもいいことをしっかり伝えてくれたことがすごく嬉しいです」

人と暮らしていた期間が短い私はたぶん、人の気持ちを考えるのが苦手だ。

おばーちゃんのお客さんを見てきた経験で『なんとなく』大丈夫な人か、信用できるのかどうか判断しているし、今のところ外れたことがないけれど、知らないことや言いにくいことをきちんと教えてくれるのはすごくありがたい。

「お店紹介については、知り合いが増えるだけで私にとっては利益になるんですよ。だって首都初心者でいろいろ教えてくれる人は多い方がいいので」

人によって伝え方が違うから、と笑いながら軽い調子で伝える。

邪魔にならないように建物の横にいるとはいえ、人に見られている感覚は常にある。

一度言葉を切って、さっきから妙に緊張した面持ちで言葉を待つフォリア先輩に本音を告げる。この人は本当かどうかを感じ取ってしまう人だろうし、誠実な対応をしてくれたのだから、こっちもそういうふうに接したい。

「私、貧乏ですからね。店の人にツテがあれば割引とか値引きとかオマケとかお得な情報とかもらえるかもしれないでしょう？　日々の節約は大事なんで」

グッと両手を握りしめて力強く力説する。首都というだけあって、モノはいい。ただ、高い。

今のところ収入を得る手段がほぼないので、普通に買い物してたらあっという間に借金まみれになるのだ。回避できるなら草刈りでも何でもやるつもりだ。

「そ、そうか……ええと、その、私からもいろいろと頼んでみるよ」

そんなに金に困っているとは、なんて呟きが聞こえてきたけど気にしない。

実際、食費も光熱費もほとんど必要としない生活からの都会生活なのだ。

正気に戻ったらしいフォリア先輩が小さく咳払いをして、チラリと建物へ視線を向ける。

「行こうか。時間をかけてしまって申し訳なかった」

フラスコが描かれた『道具屋』の看板と綺麗な深紅の布地に金糸で花の模様が縫い込まれているタペストリーをしっかり頭に刻み込んでから、彼女の後を追い、店内へ。

「道具屋さん……私、ここに入るのはじめてです」

「そういうことなら説明させてもらうよ。道具屋は日用雑貨や街の外へ出る時に必要なものを扱っている。最近は、雑貨を多く扱う店も増えたね。基本的に、専門的な道具や食材以外はだいたいここで揃えられるから、けっこうな頻度で通うことになるんじゃないかな。学園で使える『手紙』も扱っているから、学院の休日は生徒で賑わうことも多い」

「なるほど。日用品とかほとんど持ってきてないしここで揃えるしかないか……作れるもの以外」

「それなら交渉してみるとしようか。おそらく、かなり値引きしてくれるだろう」

先行投資というやつだな、とフォリア先輩は小さく微笑む。

正面からそれを目撃して、喉がきゅっと締められるような感覚に陥った。美人の微笑はすごい。

はじめて入る店に少しだけ緊張と独特の高揚感を味わいながら私は、先輩の背中越しに店内の様子を窺う。扉からは括《くく》り付けられた鐘がカランカランと軽快な音を立てている。

「うっわ、すごい……！」

店内は思ったよりも広く見えた。

通りから見たときは一軒家と変わらない大きさに見えたのだけれど、奥行きを広くとっているらしい。壁に並ぶ商品棚は多く、置かれている商品も想像以上に豊富だ。

扱っているものも道具屋というだけあって多く、わかりやすいようにそれぞれの種類に応じて大まかに分けられている。商品を見ているうちに手前にあるのは手頃な価格の生活用品、奥に行くほど高い商品を置いているのに気づいた。

武器屋と同じ盗難の危険を減らすための工夫なのだろう。

フォリア先輩は颯爽《さっそう》と店内を進み、わき目もふらずカウンターへ。

年季の入った床板の上を歩きながら掃除が行き届いていることに感心していると、運よくお客さんがいない店内にフォリア先輩のよく通る声が投げられた。

「リック店主はいらっしゃいますか。フォリアです。噂の錬金術師の卵であるライム嬢を紹介したく」

先輩の視線の先には、扉。おそらく奥は居住スペースになっているのだろう。

少し感心しながらまわりを見渡してみると商品棚には、たくさんの野営用の道具や生活必需品たちが並んでいる。意外だったのは、能力を上げる効果付きの装飾品があったことだ。

装飾品は、頑丈な魔力板ケースに入っていたのだけれど。

夢中になって置かれた商品の観察をしている私は、人が一人増えたことにまったく気づけなかった。

「おお……！　噂には聞いていたが、これほどまでに見事な双色の髪を持っているとは」

アイテムに集中していた意識を引き剥がしたのは、落ち着いた四十代男性の声。

慌てて声の方へ体を向けると濃いこげ茶色の髪を後ろに流した優しそうな細身の人が立っている。

「失礼。私はリック・チョークス。リック店主とかリックさんと呼ばれることが多いですが、呼びやすい呼び方で呼んでくださいね」

よろしく、とカウンターの奥から差し出された手を握る。固く、しっかりとした手を握って脳裏に浮かんだのはお爺ちゃんやお母さんの手。

お爺ちゃんは騎士だったけど槍、お母さんは主に剣でほぼすべての武器を使っていた。

リックさんの手にあるマメは、最近できたものじゃなくて馴染んでいる。

「もしかして、リックさんはお店やる前に冒険者か何かしてましたか？　槍とか使って」

「！　ほぅ、手を握っただけでわかるのですね。騎士科の生徒でも入学前の生徒ならわからない子も多いのですが……身内に誰か槍を使用していた人が？」

「実は騎士だったおじーちゃんが槍を使っていて、お母さ……母も一通りの武器を扱えたので、手を握った時の感じで何となく」

話していくうちに何だか自信がなくなってくる。

感心したように私を見るリックさんの視線に耐えられなくなった。

「リック店主。こちらが今年錬金科に入学するライム・シトラール嬢だ。店主らが切望していた良識ある錬金術師の卵であることは私の方で確認している。是非、いろいろと融通してやってほしい。腕の方はまだわからないが、入学を許可されたのだからある程度のことはできるようになるだろう」

「シトラール、というとオランジェ様の血縁の方ですかな？」

「一応、オランジェは祖母にあたりますけど、おばーちゃんみたいな一流の錬金術師になれる保証はないですよ？　そりゃ、割引とか値引きとか物々交換とか嬉しいですけど」

期待させるのが申し訳ないのと、期待に応えられない不安からそんなことを口走るとリックさんは目を丸くした後朗らかに笑い飛ばした。

「今から自信満々に『保証』を口にするような方々は余程の才能があるか、自惚《うぬぼ》れていらっしゃるかのどちらかですよ。あなたのような方に出会えた私はとても運がいい。『リック・ハーツの道具屋』へようこそお越し下さいました。商談室にご案内しても？」

「すまない、リック店主。この後、他の店にも紹介をと考えているんだ」

「そうでしたか。では、手短に済ませましょうか。といっても、少しお話がしたいのでお茶一杯分付き合って下さい。ハーツ、悪いがお茶と摘まめるものを。大事なお客様が見えたんだ」

リックさんが一度カウンターの奥にある扉を開け、奥にいるハーツという人を呼び寄せる。

聞こえてきたのは優しそうな声。おそらく奥さんだろう。

返事を聞いたリックさんは、チラッと私を見て声を潜め、カウンターの横にあるタペストリーへ手をかける。立派なタペストリーの下には、扉。驚くとリックさんは悪戯《いたずら》が成功したような、でも自慢げな表情で教えてくれた。

「実は、ここが商談室になっているんですよ。是非ご案内したかったのですが、またの機会に。大事な話をする際にしか使わないので、存在を知らないお客様も多くいらっしゃるのですよ」

「おばーちゃんは嫌なお客さんだと家の前で追っ払ってたから、商談室なんてはじめて見ました。隠し部屋みたいでカッコイイですね」

「いやぁ、そういう反応をしてくれるのはとても嬉しいです。僕はこの部屋作るのにかなり資金を使ってしまいまして、妻のハーツには怒られてしまいました。今はとても役に立っているので、昔話にしてくれていますが」

緊張をほぐすためか、いろいろと話しかけてくれるリックさんと会話をしているといい香りのお茶が目の前に置かれた。

「これ、アルミス茶ですね。少しキシキシの葉、はいってますか？ 清涼感のある香りがかすかに」

「おお！ 気づかれましたか。いやぁ、気づいてくださる方はすくないのですよ。妻のハーツが喜びます。よければどうぞ、こちらもつまんで下さい」

差し出された手作り感のあるお茶とクッキーに頬がゆるむ。ありがたくクッキーを一枚齧るとサクッという食感とともにほろりと崩れる。よく見ると二種類あって、ほどよくざくざくとした歯ごたえのものも用意されていた。

「んー！ おいしいです。これ、食感が違うクッキーを二種類も用意するってけっこう面倒なのに……こっちの白い方はバタルをたくさん使うし、こっちはしっかりと練って休ませなくちゃいけないから作る手間がすごそう。甘さもちょうどいいし、練りこまれてる香草がすごくいいバランスですね」

お茶もおいしい、といえば扉の奥から小さな物音が聞こえて首を傾げた。

「妻のクッキーは首都で一番おいしいですが、こうも素直に褒めていただけるとは……のどを潤したところで確認させていただきたいのですが、フォリア様からはなんと聞いていますか」

「え？　ああ、錬金術師と知り合いになりたかったたっていうのは聞いています。お店に錬金アイテムを置きたいっていうお話も」

「ええ、その通りです。道具屋という性質上、薬は置いています。ですが、それは薬師の薬です。薬師の薬も非常にありがたいのですが、錬金薬と違って即効性がない。即効性のある薬が少しでも、本当に一つや二つでもかまいません。わずかでもいい、それがあれば助かる命が増えるのです。だからどうか考えて下さいませんか」

　熱量が、すごかった。これほどに人から懇願《こんがん》される事態になるとは考えてもいなかったので、動揺して狼狽えているとフォリア先輩がそっと助け船を出してくれた。

「リック店長。ライム君は、入学が決まったばかりで、今日はじめての授業を受けたばかりなはずです。回復薬は、全員作れるようになるといわれていますが早すぎますよ。重圧になりかねません」

「ッ……そう、でしたね。すみません、実は……弟の子どもが毒を受けて解毒が間に合わず亡くなりまして。僕の下に一縷《いちる》の望みをかけて飛び込んできたのです。ですが、うちには薬師の薬しかなく、結局間に合いませんでした……弟は僕のせいではないと言ってくれていますがね、どうしても、自分が許せなくて、情けなくて。頭を下げてでも、高い金を払ってでも錬金術師から薬を買っておけばよかったと心から思いました……実際、その後に錬金術師の元へ行って薬を卸してほしいと頼んだのですが、にべもなく断られましてね」

　情けない、申し訳ないと喉に何かが詰まったような、そんな声で項垂れる姿を見て、単純に助けになれたらという気持ちになった。

「絶対に、できるって返事はその、できないです。私は学院生じゃなくて、今年始まったばかりの工房制度っていうのを利用してるんです。まだ、自分がどこまでできるのかわからないので……」

「そう、ですね。申し訳ない。商人としても大人としてもみっともないところをみせてしまいました」

ゆるく首を振って取り繕うような笑みを張り付けた姿に、思わず手のひらをきつく握っていた。

おばーちゃんのところに来た人を思い出したのだ。

助けられなかった命はいくつもあった。絶望を喉から絞り出すように頽《くずお》れた母親や無力を嘆きひたすら詫び続ける父親、金がなかったからと自分を責める人、おばーちゃんや私にやり場のない悲しみをぶつけることで何とか立っている人……本人以上に、こういうのはまわりが苦しいことが多いのだと私は知っていたので、これで話は終わりだと伝えることは、したくなかった。

できなかった、ともいえる。

「回復薬がたくさん作れるようになって私たちの工房を開いてから、同じ工房の二人にも意見を聞いた上で改めて話をするっていうのはどうですか？　私、田舎から出てきて、なんにもわからなくて、商売のことだって微塵《みじん》も知らないんです。助けになりたい気持ちはありますけど、錬金術師になれなかったら元も子もないし……ここでキッチリ返事ができなくてごめんなさい」

無知は罪だとリアンは言っていた。ああ、本当にそうだなぁと頭の片隅で実感しながら、頭を下げる。情けないのと申し訳ないのとで、自分に腹が立っていた。

「本当にまた話ができると考えていいのかな」

「はい。私から、仲間二人に話をします。私も早くいろいろな調合アイテムを作れるように頑張ります」

錬金術は、誰のために使うのかまず考えろとおばーちゃんは言っていた。

私に才能があるとわかった時から、ずっと。

静まり返った店内にはじめに響いた音は扉があく音だった。

パッと視線を向けるとトレーに何かを乗せた優しそうな女性がリックさんの後ろにたたずんでいる。

「こんにちは、私はハーツ・チョークス。リックの妻兼副店長をさせていただいています。ライムさん、どうか、今後ともよいお付き合いをよろしくお願いいたします。あなたのような錬金術師の方をずっと、ずっと待っていました。これは、私から……ごめんなさい、お口に合うか心配で聞き耳を立てていたの。気に入ってくださって嬉しいわ。ご迷惑でないなら食べて下さるかしら。今朝焼いたばかりなのよ」

可愛らしい布に包まれたそれを私は両手でバッチリ受け取って、口元がゆるむ。

真剣で真面目な話し合いの最中だってわかってはいるけれど、クッキーみたいな甘いものはほとんど食べられなかったのでまさかお代わりが貰えるとは。

「ありがとうございます！　大事に食べます」

「ふふ。何かあってもなくても、気軽に来て頂戴ね。ほら、リック。早く済ませて、この後、お二人は用事があるのでしょう？」

ポンッと固まっているリックさんの肩を叩いたハーツ夫人は再び扉の向こうへ身を隠してしまったのだけれど、ちらっと私を見て小さく手を振ってくれた。可愛らしい人だったな、と小さく手を振り返しながら考えていると名前を呼ばれた。

「失礼。取り乱してしまい……ライムさん、どうかこれをお受け取り下さい」

ハーツ夫人が持ってきたのは、高そうな小箱だった。その小箱をパカリと開いて、中身を取り出し私へ差し出す。

「……これは？　カードみたいですけど」

「首都モルダスに出店しているいくつかの店で使用できる〝認定カード〟です。フォリア様にもお渡ししていますが、正式名称は『大商会特別許可認定書』といい、加盟店で買い物をする際、お会計時に三割引～五割引させていただいています。他にも特典がありまして、店主と話をしたい時に提示していただけるとスムーズな交渉ができるようになっているのも特徴です。加盟店の一覧は……まぁ、必要ないでしょう。タペストリーにこのマークが入っていればお得に買い物ができますよ」

差し出された手の平には、天秤と天秤の左皿にコイン、右側に六芒星《ろくぼうせい》が刺繍された白いハンカチがあった。

これなら覚えやすい、と納得して手を伸ばしそうになったのだけれど、寸前で疑問が一つ。

「あの、なんでそこまでしてくれるんですか？　割引は嬉しいです。でも」

フォリア先輩から紹介されたから、ってだけじゃちょっと納得がいかない。

おばーちゃんの孫だから期待されてるとしても、実力未知数としか表現できない錬金術師の卵に配慮する理由に思い当たる節がまったくないのだ。思い切ってたずねるとリックさんだけではなく、フォリア先輩も驚いていた。

「おばーちゃんの孫だからって理由が一番近いかな、とは思うんです。でも、私が一流の錬金術師になれる保証はないですよね。話だって、ちゃんとするって約束しましたし……こんなふうにお得なカード渡すのは変だなって」

「なるほど。確かに言われてみるとそうですね。実は、あなたと仲良くなっておくことで有利に進む交渉が多くあります。保証がないといいましたが……もし当てが外れたとしても我々にとっては何の損害にもなりません」

「でも三割引きとか五割引って……」

「高くつくものもありますが、そういった素材を扱えるようになるのは錬金術師としての腕が上がった頃でしょう？　ですから高い素材を扱えるようになったということは……我々にとっても利があるということです。もちろん、依頼のお願いをすることもあるとは思いますが強制ではありませんし、無理を言うつもりもありません。お得なカードを貰ったとでも思っていてください」

柔らかな笑顔を浮かべて素早くカードを握らせたリックさんは、魔法紙を私の前に置く。

そこには『武器屋』『防具屋』『雑貨屋』の店名と店主の名前が記されていた。

「このカードの適用者はあくまでライム嬢だけです。そういう契約を結んでいただきたい。契約といっても君に不利なことは何もない。この契約は僕ら店側の計算間違いや意図的な詐称《さしょう》を防ぐためのもの。違反すれば即監査が入って罰金と周囲からの信用失墜につながる」

なるほど、とうなずいてサインをした。

「ありがとう。フォリア様、この後はどこへ？」

「武器屋と防具屋へ……と言いたいところだけれど、ライム君はもうガロス武器店には立ち寄っているとエルたちから聞いたよ」

「となると『オロス防具店』ですね。ガロス殿は防具も武器も作っているのですが、基本的に武器店にいます。防具屋の仮店主は弟子であるアーロス殿ですよ。時間がないのであれば、この後少し仕入れの話をしなくてはいけないので僕から話しておきましょうか」

「助かります。是非、お願いしても？　私は雑貨店に顔を出します。彼女を送っていかなくては」

キリもよかったのでお別れをしていると、ほしいものが脳裏に浮かんだ。

今だけでなくこれからの私が困らないように買っておいた方がよいものといえば、これだ。

「すいません、古本を扱ってる店ってありますか？　このあたりの植物図鑑とか。学校に資料があるとは言い切れないし、あったとしても貸出のものを採取に持っていくのは禁止されてるかなって」

「確かに図書館の本は持ち出しは禁止だったたな。書き写す手間も時間も省けて、採取にも持っていけるなら買っておいて損はなさそうだし……寄るかい？」

「是非！　あ、でも、値段って」

「新品は最低で銀貨六枚、最高で銀貨十五枚程度だね。あくまで一般的な本は、と注釈がつくけれど」

「さ、最低でも銀貨六枚？　確実に、完全に破産へ向かう金額……！　確認だけ、させて下さい」

おばーちゃんも言っていたけど、本は基本的に高い。

なにせ紙自体が高いから仕方ないのだ。紙は調合で作られるのだが、一定の品質と劣化防止や劣化無効といった長期保存に適した効果を付けるのが決まりになってるそうだ。

インクも同じように調合でつくるから高い。

おばーちゃんが普通の紙に書いて、長期保管や防腐処理効果のついた薬品に浸し、特殊なアイテムで一気に乾燥させるって手段を使ってある程度価格が落ちたらしいけど、高いものは高いのだ。

「中古になると出回っている量にもよりますが辞典や図鑑ならば比較的多いので状態によっては銀貨三枚程度で買えるでしょう。一軒だけカードが使える新古書店があり、そこを利用していただければ銀貨二枚程度に抑えられるかもしれません」

聞いた瞬間に、両手を挙げて叫ぶくらいには嬉しかった。

リックさんもフォリア先輩も生温い視線と笑顔を向けていたけれど、こちらとしては安いに越したことはないのだ。私たちが退店する際は夫婦で見送ってくれて、なんだかくすぐったい気持ちになった。

古本屋へ向かうことになったので、大人しく彼女の横を歩く。

「ライム嬢はハーツ夫人にとても気に入られたようだな。彼女が手製の菓子を渡すのは特に気に入っ

しい。

しかも女の子限定で渡してくれるらしく、フォリア先輩は自分以外に貰った人をはじめて見たら

で、その証みたいなものが手作りのお菓子。

彼女が目をかけた人間はリックさんたちにとって有益もしくは好ましい人物なんだって。

フォリア先輩いわく、ハーツ夫人は少し特殊な力の持ち主らしく人の資質を見分けられるんだとか。

「え？　そうなんですか？　誰にでもあんな感じで親切なのかと」

た人間だけなんだ」

「あまり気にしなくてもいい。さて、早めに終わらせようか。ライム君にも都合があるだろうしね」

「はい！　よろしくお願いします」

案内役を進んでしてくれるフォリア先輩に感謝しながら、大きな商店街を進む。

昼時を少し過ぎた時間だからか人通りもある程度落ち着いて、冒険者や騎士の数が減っていた。

チラホラと同じくらいの歳の子が親と一緒に買い物をしているのを見かける。

騎士科に入学が決まった、と嬉しそうに話しているのが聞こえて口元がゆるむ。

最初は嫌だったけど、今はこれからの生活が楽しみになってきて、自然と足取りも軽くなった。

「まずは『雑貨店』に行って軽く挨拶をした後に『新古書店』か」

「はい。あ、できれば買っておいた方がいいものを教えてもらえれば嬉しいです。消耗品なんかは買わなきゃいけないので」

出費が、と思わず嘆くと彼女はかすかに口元を緩め、優しく私の髪を撫でた。

「今は本当に必要なものだけにしておいた方がいいよ。取り置きなんかもしてくれるからね」

方針が決まるとそこからは早かった。

お昼で飲食店が混む間、他の店は比較的客足が途絶えていたっていうのも大きいだろう。

まず、少し道を戻ってから『ジール雑貨店』で店主のジンゲロンさんと看板娘だという二十代前半のローリアさんに挨拶をした。

ここでは生活に必要なものをフォリア先輩から聞いて購入。

次に『オグシオ書店』に行ったんだけどそこの店主はオグマ・クファシンというお爺ちゃんだった。

「ほぅ、双色の髪を見たのははじめてじゃが、綺麗なもんだのぉ」

ひどく楽しげにカウンターから私を見て店主のオグマさんは微笑んだ。

店内の窓はカウンターの横に小さいのがあるだけで、明かりはもっぱらランタン型の魔力灯を使っているらしい。

「オグ爺、こちら錬金科に入学が決まったライム・シトラール嬢だ。先ほどリック店主から〝認定カード〟を貰ったから買い物と紹介をしようと思って寄ったんだが……」

「シトラールといえば、オランジェの孫か何かかの？　まぁ老いぼれには関係のないことか……お嬢さん、ええと、ライムといったか。ウチでは主に古本を扱っておるが、新書もあるぞい。ほしい本があれば取り寄せることもできるが、前金は貰うから受け取りに来るのを忘れんようにな」

古びた木製のカウンター越しにワシのことはオグ爺と呼んでおくれ、と付け加えてからカウンター下から古本を数冊取り出して私の前に並べていく。

「今年の教科書で古本は二冊しかないんじゃ。他のものは入って早々に売り切れてしまってのぉ。ほれ、庶民でも受験はできるじゃろ？　新品は高くて手が出しにくいが、古本なら少し頑張れば……ということでこの時期はよく売れるんじゃよ」

「あの、じゃあこの周辺の植物図鑑とかってありますか？　できれば、あーと、銀貨二枚くらいで」

「ちぃと古いのでよければ何冊かあるのぉ」

少し待っておれ、とオグ爺は椅子から立ち上がって店の手前の方へ。

どうやらそこには日常使いができる本などが多く置かれているようだった。

「あ、本以外にインクや紙も売ってる」

「本屋ではインクや紙、写本用の白紙本を取り扱っているはずだが……君のところでは違ったのか？」

不思議そうなフォリア先輩の視線を受けて、思わず目が泳いだ。

そもそも、本を買う習慣がなかったんだよね。

売ってるところなんてなかったし、文字が読めるってだけでかなり珍しかった。

おばーちゃんが時々村の子どもや文字を覚えたいって人に教えてたけど。

「私が育ったのってここから片道一ヶ月かかる場所にあって、さらに山を登らないといけないので本屋ってなかったんですよね。本はおばーちゃんが持ってるのとか、おばーちゃんが書いた本くらいしか読んだことないし」

「ライムはずいぶん遠いところから……いや、そうでもないのか。優秀な錬金術師になると学園側が判断した場合はどんなに遠方でも迎えに行くと言われているしな。実際、片道三ヶ月ほどのところからスカウトをしたという事例も過去にはあったと聞いたこともあるよ。だが、まぁ、本屋がない村や町がないのは珍しくないのか。授業なんかで遠征をすることがあったが小さな場所では本屋はあまり見かけなかった気がする」

「基本的に本とは無縁の生活ですもん、村人って。さすがに教会や鍛冶屋なんかだと一冊二冊は置いてあると思いますけど」

教会っていうのはどんな小さな村にも一つはあって、シスターや神官様は善意で文字や簡単な計算を教えていることもある。

まぁ、教会に行くのはお使いの時くらいだったけど。

「待たせたのぅ。銀貨二枚だとこの二冊じゃな」

「内容が錬金術師向けなのはどっちだかわかりますか？　採取したり調合するときに詳しい内容が載っているほど助かるんですけど」

「それならこっちの『緑の大国・植物全集 上』がいいかのぅ。上巻であるコレには首都モルダス全域の草や花、木なんかについても書いてあるぞ。中巻と下巻はそれぞれ第二・第三首都全域を網羅しておる」

「じゃあ、これを買います。学園でどんなことを教わるのかもわからないし……くぅっ、必要経費の見通しが立たないってホント辛い」

「ははは、実際、騎士科もそれなりにかかるから備えておくに越したことはないだろうね」

財布から断腸《だんちょう》の思いで銀貨二枚を出した私は古びた本を受け取った。

紙自体は日焼けしているけれど、内容はきちんと読めるし状態はかなりいい。

高価なものだから雑に扱う人が少ないっていうのもあるんだろうけど、そもそも状態保存の効果付きだから論文とかレポートじゃない限り劣化はしないものらしいし。

あ、もちろんおばーちゃんからの教えだけどね。

無事に最後の買い物を済ませた私はフォリア先輩に工房前まで送ってもらうことになった。

この間にいろいろな話をして、フォリア先輩も外へ行った時素材があればいくつか採ってきてくれるという。期待はしすぎないでほしい、と言われたけれど、気にかけてくれる人がどれだけありがたいか。

そろそろオヤツ時、という時間になっていたので、早足で歩いていたのだけれど、工房に向かうまでの住宅街で遊んでいた子どもたちの視線が突き刺さって、思わず苦笑してしまった。

少し奥の方では、親らしき人たちが洗濯や食器洗いをしながら会話を楽しんでいる。

「うわぁ！　お姉ちゃんの髪すごーい！」

「うわ、ホントだっ！　ねぇ、なんで二つも色あるの？　なんでー？」

近くで遊んでいた子どもがわらわらと集まってきて、好奇心でキラキラした目を私の髪へ注ぐ。

中には本物かどうか確かめようとして手を伸ばす子もいた。

それに気づいた世間話真っ最中だった主婦たちの数人が慌てて駆け寄ってくる。

顔が真っ青なのは私が腕輪をしていることと錬金服を着ているからだろう。

「それ、ほんもの？　どうやったら二つの色になるの？」

「この髪は生まれつき。綺麗でしょ」

駆け寄ってくるお母さんと思われる人たちにも聞こえるように少し大きな声と笑顔を浮かべて言い切ると子どもたちは顔を見合わせ、うん、とうなずいた。

私の答えを聞いて満足したのか手を振ってさきほどまでしていた遊びに戻っていく。

お母さんたちが慌てて頭を下げていたけど気にしないように伝えてから、歩みを再開。

足取りは重くないけど、改めて自分の髪色が珍しくって人の注目を引くことを認識した。

「大人気だね、ライム君」

賑やかさをその場に残して、工房へ向かって歩みを進める中でポツリと柔らかい声。ゆらゆらと揺れる魔石ランプに照らされた横顔を眺めて歩く道は、都会と思えないほど静かだった。

「あの、先輩……私の対応、大丈夫でしたか？」

「すまない。それは、どういう意味かな」

心のどこかで不安に思っていた言葉が滑り落ちて、口にした自分が一番驚いていたと思う。フォリア先輩は唐突《とうとつ》な私の言葉に戸惑っていた。

「実は、人とたくさん話すこと自体が久しぶりなんです。首都に来る前にワート先生が家に来てくれた時は一か月ぶりに人と話をしたっていう感じで……それで、ちゃんと相手に私の言いたいことが伝わってるのかなって心配になっちゃって。エルやイオは、騎士見習いとしていろんな人と会話したり、対応したりしているから、平気だと思うんです。けど」

思い出すのは、子どもやその親への対応。間違ってないだろうか、何か言っちゃいけないことを口にしていないだろうか……と一度意識がそちらへ傾くと、もう気になって仕方なかった。

「なるほど、そういう意味だったのか。そうだね、私が見る限り、ライム君の対応はいたって一般的で好意的にとらえる人が多いように思う」

「それならよかったんですけど……うーん、都会のルールとかいっぱい覚えなきゃ」

はぁ、と息を吐く私の肩に手が乗る。

手の主は言わずもがな、フォリア先輩。先輩はただ静かに微笑みながら私の肩をポンポン、と数回叩いた。小声で「肩の力を抜くといい」と囁かれ、知らず知らずのうちに力が入っていたことに気づいた。

「あ、あはは。ごめんなさい」

「気にしなくていい、君は可愛い私の後輩だからね。先ほどの心配を解決する一番手っ取り早い方法、知りたくはないかい？」

「知りたいですっ！　え、そんなのあるんですか？」

「あるとも。たくさん会話をすればいいのさ。君は今、一人で暮らしているわけではないだろう? 同じ屋根の下にいる限り、毎日顔は合わせるだろうし、いろいろな話をしてみるといい。こういういい方はあまり好きではないが、君はその工房で一番『理解しがたい』存在だと思う。なんせ、住んでいる環境がまるで違っているはずだからね。自分のことについては話をしたのかな?」

簡単に自己紹介をした、という話をするとフォリア先輩は星がチラチラと主張し始めた空を見上げて、数秒。

「じゃあ、好きな食べ物は? 嫌いなことは? 趣味は? 好みは? どうかな、君はこれらを話したのかな」

フォリア先輩の言葉で、自己紹介や工房に関すること、錬金術のことは話したけれど、自分のことはほとんど何も話していないことに気づいて足が止まる。先輩は数歩先を歩いていたけれど、振り返って私に手を差し伸べてくれた。

そっと私も手を伸ばして、しっかりと手袋をつけた手に自分の手が包まれる。

握った手は手袋越しなのにじんわりと温かかった。

「話してごらん。私もそうしてるんだ。まだライム君とはゆっくり自分のことについて話していないけれど、そのうち話をさせてほしい。一人は確か貴族で、もう一人は商家出身。おそらく、君が自分のことを話さないと向こうも自分のことを話しにくいはずだ。プライドも、そして家柄的にも自分のことを話しがたい環境で育っているだろうからね」

「そういう、ものですか?」

「うん、そういうものだよ。やってごらん、悪いようにはならないと思うから」

半信半疑ではあるけれど、話すということになれるためにも悪くないと切り替えてうなずく。

ご飯も作らなきゃいけないし、好きなものや嫌いなものから聞いてみるのも悪くないなと小さな目標ができたところで、ナデナデと頭を撫でられた。

「ライム君はわかりやすくていいね。きっと、同じ工房の二人も安心して話ができると思う。私たちのような相手の立場やなんかを気にする人間にとっては、相手が何を考えているのかわからない状態が一番怖いんだよ」

「うーん……フォリア先輩が言うならそういうもの、なんですよね？」

「はは、そうだよ。そういうものだ」

深くうなずいて、そして先輩が指さす先には工房。

ポツンと暗闇の中で暖かな光を放っているのを見るのは不思議な気持ちになるものの、どこか安堵感がある。自分の家に帰ってきた、みたいな気持ちが湧き上がってくることに戸惑う。

一人で暮らしている時、あまり感じなかった感覚だからだ。

手を引かれて歩くうち、あっという間に工房の前へ。ドアの前でフォリア先輩はヒラヒラと手を振って私に背を向けた。

「え、入っていかないんですか？」

「私は送り届けただけだからね。まだ始まったばかりの君たちの間に入ると邪魔にしかならないから、遠慮させてもらうよ。次にここに来るときはお店が開いた時か三人の仲が深まってからかな」

じゃあね、と別れの言葉を残してきた道とは別の道を行く後姿をしばらく眺めていたけれど、ふと我に返った。

「っ、た、ただいまー……？」

そっとドアを開けると鍵はかけられていなかったらしく、抵抗なく静かに開いた。

顔からそっと工房内に入ると、二人の姿がなかったのでなんだかホッとして、ドアをしっかり施錠。

ふう、と息を吐いて工房にある時計を見ると五時を少し回ったところだった。

ご飯作らなきゃ、と真っすぐ地下へ向かうと地下に保存しているものを確認していたリアンと遭遇。

「た、ただいま？」

「……おかえり。ずいぶんと遅かったな」

「う。ちょっといろいろ話をしてて……これからご飯作るね」

パスタでいいかな、と聞けば素っ気ない返事が返ってくる。

気まずさを覚えつつ、必要な材料をポーチから出した編み籠へ入れていると、いつの間にかリアンが近くにいて思わず飛び上がる。

「びびびびっくりしたぁ！　な、なに？」

「今はやることがない。下準備くらいなら僕でも手伝える。どれを持って行くんだ」

こちらを一度も見ないで投げられる言葉に目を見開くと一瞬だけ視線が合った。

パッと逸らされたので何を考えているのかまではまったくわからなかったけれど、ありがたい申し出に違いはない。じゃあ、遠慮なく、と野菜が入った籠を手渡す。

「え？　あ、いいの？　じゃあ、これとこれをお願い。パスタはクリームっぽいのとオイルっぽいのとトマトのとどれがいい？　味付け」

どうせなら好みを聞いてみようと質問したのだけれど、不可解そうな表情を浮かべて黙っている。

「決められないならマトマとミルの実でマトマクリーム味にするけど」

「待て。どうして質問にない味になった」

「思い付き？　だって早く答えてくれないから。パスタだけだとお腹すくかもしれないし、腸詰も焼くかなぁ。食べる？」

かすかに眉を寄せたままリアンがうなずいたので、追加でいくつか食材を網に入れ一階の台所へ。

本当に手伝ってくれると確認が取れたのでマタネギのみじん切りを頼んだまではよかったのだけれど、リアンは見た目にたがわず、細かかった。

「みじん切りは何ミリ単位だ？」

「適当でいいんだけど……え、料理したことあるんだよね？」

「切ることとくらいはできるが、調合でも何でもしっかり計らなければだめだろう。料理であれば加熱時にムラが生まれると聞いたことがある」

ラフな格好だったので、エプロンは持っているか聞けば「調合用ならあるが」と戸惑ったような言葉が返される。

さすがに料理を作るのに調合用のエプロンは向かないので、ポーチから使っていない普通のエプロンを取り出した。

「よければそれ貰ってよ。昔、うちに販売に来た人がくれたんだけど、一つあれば十分だし」

薄黄緑色に染められたエプロンには、裾にシンプルな葉っぱ付きのレシナの実が刺繍されている。

集落に来た行商の人が大量に持ってきたエプロンを何気なく見ていて、見つけたのだ。手に取った瞬間、どうしてもほしくて売る予定がなかったキノコをいくつか放出し、手に入れた。そのオマケでくれたのが青みがかった灰色のエプロン。こっちにも同じ刺繍が施されてる。糸は薄黄緑色だけど。

「これ、二つで一つのセットなんだって。左右で並ぶと裾の外側に刺繍があるでしょ。偶然見つけて思わず買っちゃったんだ。自分のためにはじめてした買い物だったから少し思い出深いっていうか」

「一目ぼれしてまで購入したなら、予備として持っておけばいいんじゃないか？」

「私がほしかったのはこっちの黄緑のやつ。それは男の人用で大きいんだ。ほら、サイズ違うでしょ」

着てみてよ、と言えば黙ったままエプロンを着用した。

リアンが着ると長さもぴったりで少し悔しくなった。脚が長い。

「さっそく料理を開始だね。リアン、手を洗ったら野菜を切る手伝いして」

バッチリ料理人のような格好で、ぎこちなく台所をうろうろする姿に苦笑する。家庭の事情は知っていたけれど、手つきも少し怪しいのでどんどん面倒になってきた。

「……あのさ、ベルも呼んでいい？」

調理の手を止めた私を訝し気に見るリアンに、私の調合用作業机にまな板と包丁、野菜を運んでほしいと伝える。「なぜだ」と聞かれたので「食材の切り方を教えておく」と短く答え、洗い場から戻ってきたベルに声をかける。

二人が並んで私の前に立ったのを確認して、ピッと人差し指を立てた。

「今日から、私と一緒に夕食準備をしてほしい。っていっても、二人に頼むのは食材を切る作業。調理が私の役目なのはわかってるけど、二人ともたぶんこのままだと調合の時に大変だよ」

できるだけ真面目な表情を心がけて、伝えるけれど料理と調合がイマイチ結びついていないようだ。

リアンは片方の眉をピクリと跳ね上げ、ベルは優雅に小首をかしげている。

「調合の時によくある指示でさ『何ミリ程度』とか『何センチ程度』ってのが出てくるんだ。もちろん一番いいのは毎回キッチリ計測しながら切ることだけど、大量注文が舞い込んで急がなきゃいけない状況だったら、そんなことしてられないでしょ？　だから、素材をまとめて切るんだけど、包丁やナイフで素材を切り慣れていないと時間がかかりすぎる。今はまだ基礎の段階だけど腕が上がると投入直前に何センチに切る、みたいな指示も出てくる。その時に慣れないせいで失敗するのは素材がもったいないから、慣れるまで野菜の下処理だけ手伝ってくれると嬉しい。慣れてきたら私一人でやるし、食事の下準備を手伝ってもらう以上、私も掃除や洗濯は一緒にできる時は手伝うよ」

　これでどうだ、と腰に腕を当ててフンッと胸を張ると二人とも想定外だったらしく、戸惑っていた。

ただ、最初に納得したのはリアンだ。調和薬の調合をした際のことを思い出したらしい。

「確かに、一理あるな……そういうことならしばらくは共同生活に慣らすという目的を兼ねて、役割はおおよそ程度の認識にとどめ、それぞれ何かする時は声をかけ合う……という方向で動くか」

「そう、ね。掃除は三人皆でいっせいにやりましょ。洗濯は別で。ライムは私と一緒に洗って頂戴」

「わかったよ。ただ、料理の手伝いは一人ずつでお願い。きっと二人同時には見られないから」

料理初心者は何をするかわからないし、料理は火を使ったり刃物を使うから安全にやりたいのだ。

二人が納得してくれたところで、すでにエプロンをつけているリアンと今日は作ることになった。

ベルは私たちが夕食準備をしている間に、廊下の掃除をするそうだ。

「よし、じゃあさっそくマタネギを切るよ。説明するの面倒だから、一緒にやってみよう」

「あれだけ教えると言っておいて、説明を放棄するとはどうい……いや、何をするつもりだ君は？」

目の前にまな板と半分にしたマタネギはすでに用意済みだったので、包丁を握ってもらい、テーブルとリアンの間に入り、リアンの手ごと包丁を握る形で切り方を教えていく。おばーちゃんから最初に教わった時は、私が小さかったから後ろから抱え込むような感じで教えてもらえたけれど、リアンもベルも私より背が高いのだから仕方がない。

「ほら、よそ見しないで包丁はこうやって持つ。人差し指伸ばして持っちゃだめだよ。んで、包丁の基本はこうやって動か……リアン、腕に力入れないで。やりにくいってば」

「こ、口頭説明してくれればできるッ」

上から降ってくるリアンの抗議に付き合っていると調理時間が延びるので聞き流す。少し離れたところで拭き掃除の準備をしていたベルが噴き出し、笑い転げている気がするけれどこっちは必死だ。

「リアン、ごちゃごちゃうるさい。時間かかりそうだから体で覚える！　はい、次の野菜はキャロ根ね」

「うるさ……いや待て、いつの間に切り終わった？　気づいたら終わって……おい、ライム！　早……いや、その前に密着しすぎだ」

「後ろから抱え込めないいんだから仕方ないでしょ。ほら、口より手を動かして、しっかり食材を見てってば。指、切っちゃう」

「いや、君のむ……あー……いや、とにかく、この状態だと手元がよく見えないんだ。わかるだろう？」

「ハイハイ。覚えるまでコレでやるつもりだから、嫌なら早く覚えてね」

そう言い切ればリアンはやっと静かになった。今回使う野菜をすべて切り終わった後、切り方を覚えたかどうか聞いたのだけれど「あー」だの「いや」だのイマイチ煮え切らない返事しか返ってこなかったので、あと数回はやらなくちゃいけなさそうだ。

ちなみに、ベルはベルでいろいろと壊滅的だったのでしばらく特訓することになった。

この日の夕食は、私も含めて二人ともいい意味で他人行儀じゃなくなったというか、遠慮がなくなった気がする。

食後に三人でソファに座り、エルやイオ、そしてフォリア先輩とのことを話したのだけれど、二人とも複雑そうな表情をしながら「相手を知る」ということの重要度を理解してくれたらしい。

わからないことはすぐに聞こう、と話をまとめて妙に慌ただしくも、新鮮な一日が終わった。

身支度を整えて、自室に引き上げる。

静まり返った部屋の中は、月明かりで薄く照らされてどこか幻想的に見えた。

「あ、魔力を空っぽにしないとね」

ポーチから取り出したのは使い終わった色なしの魔石たち。

ぎゅっと握って自分の中にある魔力をすべて注いでいく。半分ほど注いだところで、石からピキッとヒビが入った音が聞こえてきた。

「あっちゃー……これはもう使えないか。仕方ない、粉にしちゃおう」

割れたいくつかの魔石を別の袋へ移し、そこに手を入れて粉々になるまで魔力を注ぎ続ける。昔から続けていることなんだけど、この粉になったものも調合に使えるらしいので大事に取ってあるのだ。

私の魔力が空になる頃に魔石が粉に変わったので、大事に分けてしまっておく。

フワフワとした魔力切れ特有の感覚と全身の倦怠感にはもう慣れてしまった。

「初級体力回復薬は調合できるようになった、けど次は何を作ろう。お店に並べるのが一種類だと格好付かないし……毒消し、とか？」

月明かりが一番強く差し込む出窓の方へ移動して、教科書と手帳を手に取る。

ランプをつけるのはもったいないので、月明かりの下で教科書と手帳を開いてみた。

「……あれ？　手帳に書いてあるレシピが増えてる」

学院で確認した時は間違いなく【調和薬】と【初級体力回復薬】しかなかった。なのに、いくつかのレシピが増えているのだ。

慌てて教科書を捲りながら照らし合わせてみたけれど、共通しているのは毒消しくらいで後はほとんど見たことはあるけれど教科書にはないものだった。

「この錬金パンっておばーちゃんのレシ、ピ？　って、うわ、作成者名がある。オリジナルレシピには名前が付くのかな」

慌てて教科書に載っているアイテム一覧をチェックしたけれど、そこには書いていない。
おばーちゃんのオリジナルレシピにだけ名前が書いてあるのかな、と首を傾げつつ手帳を捲ってい
く。最後のページにはいつの間にか私の名前が刻まれていた。
「新しいのは【錬金パン】【錬金クッキー】【オーツバー】【アルミス軟膏】【アルミスティー】の五つ
か。錬金パンとクッキーは家でも作ってたし、調合してみようかな。鑑定してもらいたいし」
自分で作ってた時は、測定器を使うことすら思い浮かばなかったが、今はリアンがいる。
錬金術で作った食べ物が売れるのかはわからないけれど、店における可能性だってあるのだ。スカ
スカの棚よりも、いろいろなものが置いてあるお店の方がいいよね、と考えて手帳をパタンと閉じ、
ポーチに手帳をしまう。
ふわぁ、と欠伸を一つ零して、ひやりと冷えたベッドへもぐりこむ。
今までとは違って充実した毎日が送れるような、そんな気がして口元がゆるんだ。
新しい友達や知人ができた。それにはじめて見聞きすることも多くて、全体的にせわしなかったけ
れど、心地よい疲れと充実感がある。
「明日は、なにをつくろうかなぁ……」
目を閉じて、どこか懐かしい気持ちとかすかに感じる人の気配に安心しながら、眠りに身を委ねた。
灯りが消えた工房の横で、ぽんやりと一つの明かりが灯ったのはそれから数分後のこと。
首都の夜は、想像よりも静かで、わずかに開けた窓からしっかり夜の匂いがゆっくり室内を満たし
ていく。

二巻に続く

# 書籍版特典ショートストーリー

IZUMI
いずみノベルズ

## 始まりの裏側で

静かで、時折強い風が吹く夜だった。

窓外の音に意識を半分向けながら、クレソン・ワートはインクとペンが一体化した画期的な万年筆という道具を手に、真剣に耳を傾ける一教員を装っていた。

興味も関心も共感すらもわかない無駄なご高説を聞き流し、表情だけは真顔で固定。タイミングを見極め適切にうなずくことを欠かさず、いつも通りの時間を消費していたが、話の流れが変わった。

廊下からかすかに聞こえる足音。ご高説を垂れ流す、副学長やその取り巻きの化石じみた貴族主義の教員たちは気づいていないが、同じく飽き飽きしている人間は気づいたようだ。

ちらりと一瞬視線を交わし、かすかにうなずく。

かすかな金属音の後に蝶番《ちょうつがい》が小さくキィッと鳴いてようやく耳障りな声が止んだ。

「……学院長先生？　今日はご欠席なされると」

「至急、決めなくてはならない議題ができた。すまないな、少々長くなる。先ほど、街で食事とワインを注文してきた。学院関係者が運んでくるまで、王命として託された内容を簡単に話させてもらおう」

最初は『また』トラブルだろうと高《たか》をくくっていた全員が姿勢を正す。一瞬、動揺が走り空気が騒《ざわ》めいたが、あくまで一瞬だった。

学院長が中央に位置する立派な学院長席へ着く。

次期学院長の座を狙っているというピング副学長へ、学院長が懐から丸められた魔法紙を取り出して渡した。

「さて、まず王命について詳しく話そう。国の施策《しさく》として『工房実習制度』を導入することになった。王は近年の錬金術師及び召喚師の犯罪率上昇を非常に憂《うれ》いていらっしゃる。同じ立場や地位の人間ばかりが集まると、価値観が凝り固まり、思想が停滞することが多い。そのため、常識や価値観が違う者を学院で教育することが決定された」

この発言に異議を唱えたのは、学院長と副校長の次に勤続年数が長い爺さんだった。

彼は性根がひん曲がったような、というのは悪意がある見方かもしれないが、実際『貴族至上主義』の教師の代表格という一面を持つ教員だ。

学院の教員側にも、派閥というものは存在する。

主に過激派・中立派・保守派の三つに分けられ、それぞれ代表的な教員がいるのだ。

過激派と呼ばれる連中は貴族至上主義者とイコールで、中立主義は事案によって支持するか否かを判断している。保守派は可能な限りは現状維持する方がよいと考えている場合が多い。ここで注意すべきなのは過激派と保守派が敵対関係にあることだろう。このような思想は家による影響が大きい。

それをふまえて学院側は派閥をどう扱うか憂慮《ゆうりょ》する。問題行動は圧倒的に過激派が多いが、血筋を考慮すると無碍《むげ》にできない。

数で言えば、中立派が多いが過激派、保守派と仲良くするうちに思想が偏《かたよ》ることもよくある。

正直、学院教師でも過激派、保守派の教員同士は仲が悪い。ついでに言えば、過激派教員と新人教員及び教員助手も良好とは言いがたい関係性で、俺はどちらかといえば中立派だ。

「異なる価値観や常識ということは、他国から優秀な生徒を編入させる、もしくは留学させるといった制度を作られたのですかな？」

それは違うだろ、と頭の片隅で考えたのは若い職員。ただ、それ以外は同じようなことを考えていたらしい。

学院長に向けられた視線の中には「それならばいいのではないか」というような雰囲気が見受けられる。

その中で学院長は表情一つ変えず、ちらりと発言者を一瞥《いちべつ》し目を伏せた。

「我が国ではすでに留学制度は取り入れていたであろう。当時は君もいたはずだが？ もちろん、留学制度から交換留学制度に変更された経緯なども知っているだろう」

「……そうでしたな。では、どのような施策《しさく》を？」

ふん、と鼻で笑うような態度をとっているのを不快に思う教員は思いのほか多かったようで、保守派の代表教員が「不遜《ふそん》が過ぎますな」と一言。中立派の代表も「品位が疑われるような態度はどうかと思いますがね」と追撃。

「彼も動揺しているのだろう。この場には手本を示すべき生徒もおらぬ、大目に見よう」と学院長。黙って頭を下げたのをみて、骨の髄《ずい》まで貴族だなと感心した。

「話を戻そう。具体的に言ってしまえば、庶民錬金術師の登用。将来的に貴族籍を持たない錬金術師を増やしたいと王はおっしゃっている。これは、ほぼ貴族で構成されている現在の錬金術師の調合アイテムが市井《しせい》に広まっていないことが大きく上げられるな。また、横暴な態度の錬金術師が非常に多い。冒険者はもちろん、騎士は錬金術師の奴隷ではない。大きな思い違いをしているものが多いのだ。そうでなければ、奴隷落ち錬金術師が増えることはあるまい」

これを聞いて「確かにな」と納得したのは、庶民とかかわっている教員だ。

特に中立派や保守派の教員は、庶民の友人や知人と深い交流をしているものも多く反応はよかった。

明らかな嫌悪や表情からごっそり感情が抜け落ちた過激派連中を見て思わず口笛を吹きそうになっ

たが堪える。

「身分の違うものへの対抗意識があれば、犯罪行為に安直に走る者など、そうおるまい。万が一そういう人間が出たとしても、国の将来のために振り分けが進むと考えると、益しかない……違うかね？」

「そ……そうですな」

ちらり、と反対であることが一目でわかる連中へ一瞥をくれた学院長は、次いで視線を教員を目指す助手たちへ向けた。彼らは自分たちが何か言われるのだろうと背筋を伸ばす。

「助手として我が学院で働く君たちも、そろそろ実践が必要になる。時が来たら、手伝ってもらうことも増えると思うが、自分のできること、したいことなどを再確認しておいてほしい。教員も人間である。だが、人間が人間を育《はぐく》み、ともに成長するのだ。教育とはそういうモノであると心得よ。諦めることはたやすいが、心と息を殺し耐え忍ぶことは確実に君たちの糧《かて》になっているはずだ。人を育てるには、忍耐力もいる」

はい、と返事を返した彼らの声はかすかに震え、そして熱と水気を帯びていたが誰も触れずに聞き流した。

満足げにうなずいた学院長は、中堅と呼ばれる教員へ視線を向けた。

「貴族籍を持たない者が錬金術師になった際の不利不便を最小限に抑えるため、早急に整備を進めなくてはならない。そのために、国は法の整備を迅速《じんそく》かつ優先的に行っていると王から聞いている。もちろん、それは工房実習制度を導入する我が校でもすみやかに取りかからねばなるまい。学院とは違った形での学習ははじめての試みになる。実施するだけでも大きな苦労や重圧に耐え、進めなくてはならなくなるであろう。だが、その分得られるものは大きいと考えている……そこで、志願者がいればこの場で挙手を。いないようであれば、推薦を」

会議室に集まる教員たちに視線を巡らせた学院長から目をそむけた者はかなり多く、上流貴族の年寄連中や過激派に足を突っ込んでいるやつらは軒並みやる気がないようだった。

その中で、目があったのは同期のやつらだ。

その目と表情には迷いが見て取れて、目が合った瞬間にどこか安堵《あんど》が浮かぶ。それを見るに、自分自身も同じような表情をしているのだろうと見当がついた。

どうしたもんか、と悩んでいると学院長から、話を受けても特別手当は現時点では付かないこと。しばらくは学院の講義と並行して受け持つことになるということの二点を伝えられる。

奉仕活動かよ、という思いがまず浮かんだ。忙しいのだ。これでも。

教員ではあるが、その前に研究者でもあるので個人の研究はもちろん続けている。その研究資金の援助などがあれば多少考えたが、無償だという。

完全にオーバーワーク。仕事のし過ぎ。プライベートほぼなし。最悪だ。

ないな、と即座に判断を下したのは俺だけでなく、迷いがあった教員も全員同じ顔をしている。

「……いないようだな。では、推薦したいものはいるか」

想定内だ、というような響きを伴った学院長の言葉にピリッと緊張が走る。

そして、そう……俺は確かに見たのだ、過激派や年ばかり重ねたやつらが中堅であり、実家が中流階級以下の教員を見据えたのを。真っ先に名前が挙がったのは俺だった。

「学院長、儂はクレソン・シラガラ・ワート教授を推薦させていただこう。彼の講義は非常にわかりやすく、彼自身も非常に生徒から慕われていると聞く。受け持っている講義も比較的少ない。勤続年数もそれなりにあるし、新制度にもうまく対応できる実力があると儂は見ておる」

このクソ爺、と言わなかった俺は非常に偉い。偉いのでとっておきの酒を帰ったら煽って寝てやると心に決め、ニコリと貴族的笑顔を張り付けた。

大変光栄です、と言葉を返し「評価していただけるのは非常にありがたいのですが、買いかぶりすぎです。勤続年数の長さや錬金術師としての知識が豊富な方の方が相応《ふさわ》しいと私は思っておりますよ」と言い返す。

働け、クソ爺。お前仕事の八割を助手に押し付けてやがるだろ！　とは思っても口には出さない。

ニコニコ笑っていると相手の額にわかりやすく青筋が。すると次々に年寄りどもが中堅を生贄《いけにえ》にし始め、結局、賛成多数で中堅教員が担当することになっていた。

満足した顔で退室していく年寄りどもと難を逃れた過激派連中や他の連中を見送って盛大に息を吐く。

やってられるか、と椅子の背もたれに体重を預けたところで、パンパンッと乾いた音が二つ。

「副学長、悪いがこれの複写をお願いしてもいいかね。王から預かった重要な書類なのだ」

「ええ、もちろん」

重要な書類を預かったというプライドをくすぐる言い回しを受けて、大いに機嫌がよくなったらしい副学長も続いて部屋を出て行った。戻って来るまでは三十分はかかるだろう。

それをしっかり確認した学院長は、机の引き出しから盗聴防止、防音結界を同時に展開する魔道具を取り出して魔力を込めた。そして書類を俺たちに渡す。

「まずは署名を頼みたい。これから話す内容は当事者にしか伝えられないことになっている」

ピリッと引き締まった空気に、軽く書類に目を通しサインをした。書いてあるのは、この場で話した内容を他言することを禁ずる、というもの。ペナルティはかなり重たいので、契約を結べばもう引き返せない。引き返す際は、いろいろな覚悟がいることになるし、監視も付くだろう。

わかってはいたが、サインをしないという選択肢もなかったのだ。

「全員分あるようだな、よし。これから副学長や退出した教員には絶対に口外してはならん。誰かが知っておった場合は、自白剤を飲ませ、有罪であった場合は犯罪者として即首を落とす」

「王様のお言葉ですか？」

誰かがそんなことを口にすると学院長はしっかりうなずいた。

顎の下を撫《な》でながら、話をまとめたらしくそれを紡《つむ》いでいく。

「まず、給料としての金は出ない。ただし、協力費として研究資金は出る。工房実習を受け持っている場合は全額、学院が負担し、免許更新も『必要な成果を上げている』とみなし、自動で行う。義務になっているアイテムや研究結果の発表を兼ねるそうだ」

「それは……ずいぶんと気前がいいですね」

「王は錬金術師が必要だと考えていらっしゃる。オランジェ・シトラールという貴族籍を持たない錬金術師が貴賤《きせん》に関係なく手を貸し、時に協力する姿を間近で見たことがあるそうだ。王妃様もオランジェ様やキョウ様、カミール様が作った薬や化粧品で救われたと公言しているし、王族はオランジェ様のような錬金術師を、と考えていらっしゃるのだ。王と王妃、そして第一、第二王子は実際に彼女と会話をしている。オランジェ様は他国の王族にも人気があったからな……現国王お二方と統黄国の皇帝との親交もあったようだ」

「その、オランジェ様はそれでも貴族籍を持っていなかったというのは本当ですか」

同僚の一人がそうっと質問をすると学院長はふっと表情をやわらげた。

懐かしいものを思い出すような、そんな視線で質問した教員にうなずく。

「彼女は正真正銘、貴族ではなかったよ。貴族をあまり好いていなかったし、王族に対しても『対個人』として接していた。それが王たちには新鮮で、ある種の救いだったようだ。常に重責を負わなくてはいけない身で、周囲は自身に対して必ず首を垂れる。彼女の考え方は斬新で『学びに貴賤を持ち込むのは、未来のない国の特徴だ』と言い切った。だから、学校がたくさんできたんだ。面白いだろう」

ははは、と朗《ほが》らかに笑った学院長はつづけた。

「正直な話を言えば、私は若いものに工房生をまかせたい。学院の教師は貴族でありすぎる。あれでは変わらぬ。あれでは未来はない。変わることや失敗をおそれていても進めぬ。どうか、頼めないだろうか……おそらく、最初の一年は厳しい状況が続くだろう。だが、期末の成績者発表を行う頃にはある程度基盤ができ、学院の業務と兼務ではなくなる。是非、引き受けてほしい。タイミングをみて、数の多い君たちが賛同し、実際に動いてくれればと強く願っておるのだが、無理強いはできない。生半可《なまはんか》な気持ちや志では未来を紡ぎだすことはできん」

学院長の言葉で場の空気が変わった。

実際、大変は大変だろう。この上なく。学院で教鞭《きょうべん》を振るう古株たちの嫌がらせもあるだろう。

「……工房実習制度の担当、受けさせていただきます。融通《ゆうずう》も利かせていただけるようですしね」

「おお、ワート教授。ありがたい、やってくれるか」

俺を皮切りに、同期が二名、助手たちが我先に声を上げる。声を上げなかった同期も、来年度であれば手伝いたいと意思表示をしたので学院長はしっかりとうなずいた。

それから簡単に工房生は入試試験の上位者とスカウト生二名に絞る」

「スカウト生……ですか。今年は二名もいるので？」

俺の言葉に学院長はうなずいた。一人は下流貴族で珍しく戦闘を得意とするものらしい。心根が真っすぐで、冒険者然として人助けを特別だと思わず動けるのだと言い切った。問題は、もう一人。

「王直々にスカウトせよ、とのことだった。その子はオランジェ・シトラール様の孫で、冒険者カリン・シトラールの娘だ。王によると大変珍しい双色の髪を持っているという。まだ誰も接触していないのでどのような性格なのかもわかっておらん」

なんだそのとんでもない爆弾は。

ひくり、と口の端が引きつる感覚を覚えた俺と同じように室内がざわつく。

有名人の子息子女、そして孫などは基本的に碌《ろく》なのがいない。頭を抱えたくなる気持ちをぐっと堪えたところで、名前が呼ばれる。嫌な予感しかしなかった。

「ワート教授」

「……はい。なんでしょうか」

「すまないが、彼女の元へ赴《おもむ》きスカウト制度についての説明を頼みたい」

「そ、そういったことは女子生徒から評判のいいマレリアン教授が相応しいかと」

「申し訳ないが僕は授業や社交界の関係が忙しくってね」

この女たらしがここで断るんじゃねぇよ！　と、口には出さない。大人なので。

「では、同性のアーティ・カント教授では？」

「ひぇ……ッ！　わ、私にはそんな重大な役目はとてもじゃないですが無理ですぅ！」

半泣きで必死に首を振る二人に裏切られた気分で思わず視線を向ける。サッと視線を逸《そ》らされ思わずこぶしを握り締めたが、残っているのは貴族至上主義者よりの思考を持つ同期と俺の二人。ここまでくると、諦めがついた。

「……お受けします」

「それはありがたい。馬車や宿の手配、旅費などはこちらで負担しよう……そろそろ副学長が戻るな。

結界を解除する。結界を張ってからの話はせぬように」

音もなく結界が解除され、学院長が工房制度についての具体的な話を進めていく。それに耳を傾け、時に質問をして間をつないでいると副学長が戻ってきた。

王からの決定書を全員が受け取ったところで解散になったため、全員が素知らぬ顔で部屋を後にする。

会議室から離れて自分の研究室へ足を向けると後をついてくる二つの足音。

「教授、少々お話が」

「わ、私もいいでしょうか」

「ダメだと言っても来るでしょう……早く入れ」

周囲に生徒はいないが、会話を聞かれたくないので研究室に招き入れ、即座に盗聴防止用の結界を張る。

散らかってきたな、と他人事のように考えながら、立ち話でいいなと念を押す。

基本的に業務連絡や仕事以外ではお互いの研究室に足を踏み入れることはないのだ。

「で、なんだ?」

「もう知っているとは思うが今年の受験生は貴族籍を持たない子が今までより多い。それほど多くの子が受かるとは思えないが、優秀な子もいるだろう。王から庶民錬金術師を増やすようにという指示が出ている以上、庶民の子を養子にとることは難しい。となると、排除へ動くものもいるはずだ……少し迷ったが、サポートという形で工房制度にこの一年は付くつもりだ。私の仕事は知っているだろう？」

「ああ、知ってるとも？　国家の犬とも呼ばれる潜伏錬金術師様っつっても、知ってるのは俺とアーティくらいだがな。お前さんに関しては調べなきゃよかったと心から思うぜ」

はぁ、と大げさにため息をついてみせると無駄に整った唇を持ち上げてフフン、と鼻で笑う。この男の一挙手一投足はすべて計算されつくしたものだ。女性に優しい優秀な肩書を持つ男をねめつけると「羨《うらや》ましいかい？」なんてわざとらしく髪をかき上げるのでうんざりした。

「まだ尻尾は掴んでいないが、違法性のある薬物の発見が相次いでいる」

「チッ！　また禁止錬金薬か」

「あの、そのことについてなんですが……国境付近で禁止錬金薬を服用して廃棄された奴隷や子どもが多く見つかっています。赤の大国カルミス帝国と青の大国スピネル王国のどちらの国境でも見つかっているので、組織的なものだろうって父や兄から警告が来ています。実際、赤の大国と青の大国にある錬金学校で逮捕者がでているとか」

「学生が作っている、と」

「教えたのは学院の教員だったそうです。あの、うちは大丈夫でしょうか」

女性にしては高い背をもつ、ひょろりとしたアーティー・カント教授は、少し珍しい貴族だ。

祖父が功績を挙げて一代で成り上がったのである。けれど、当事者である祖父は病気で寝たきり状態。親の代からペナルティとしてミドルネームを凍結されているため、まわりの貴族たちから舐められている。それに加え性格的に気弱なところがあり、周囲を気にして、常にびくびくしている。

そんな彼女は、危険に対する嗅覚が鋭い。私は時折意見を聞くようにしていた。

じっくり言葉を交わせば高い志を持った人柄であると容易にわかるのだが……。

「今のところ、俺には何も情報は入ってないな」

「そうですか……学院長が近年、錬金術師や召喚師の逮捕者が多いって話していたのも事実ですしね。大きな事件ではなくとも、貧しい村や集落で詐欺に近い商売をしている錬金術師がいるそうです。といっても、これは他国出身の、って言葉が続くのですが……最近の生徒を見ているとトライグルで起こっても不思議ではないなぁって」

はぁ、と心底疲れたようなため息を吐く姿に、確かになぁとふだんの授業風景を思い出す。

生徒たちは教員にも家柄を求める。もちろん、教員という仕事についているので、家柄だけでなく能力や財力、そして人脈も。中流貴族や下流貴族だった場合はあからさまに馬鹿にしてくるのだ。

失敗の理由をこちらのせいにされるのも日常茶飯事。結局は自身の実力で、そういう生徒は最終試験にも受からないが、それでも腹が立つことは変わりない。

「教師っていったって俺らも人間だからな。アレが世に出て人の上に立つのかと思うと、この国は大丈夫なのかと思うぜ。ひとまず、授業もあることだし今夜あたり集まるか……アーティーんところでもいいか」

「いいですよ。二人とも研究室も私室も汚いですしね。あ、騎士科と召喚科の同期にも声かけていいですか？　あっちもあっちで愚痴がたまってるみたいなので、高いお酒持ってきてもらいましょ」

「……なかなかに君はしたたかだよねぇ。ふふ、じゃあ俺も早めにいろいろ切り上げて参加しようかな。ツマミを持参するから混ぜておくれ」

三人で会話を終え、俺たちは通常通り授業へ。

その日の夜、あれやこれやと話をしたのだが、最終的には酔いつぶれて翌日、酔い覚ましの薬を飲む羽目になったのはいつものこと。

衝撃的な学院長からの発表で、学院や自分の人生が大きく変化することをこの時の俺はまだ知らない。

不規則に紙を捲《めく》る音と鉛筆が紙の上を滑る音が響く。

全員無言。呼吸音すら掻《か》き消されるほど無音は、かれこれ数時間以上続いていた。

俺は自分の前にあった答案用紙の採点を終えた。

この答案用紙の採点は、人の人生を大きく変える可能性がある。それだけは、国家試験や卒業試験を体験してきた過激派の連中ですら理解しているので、わざと正解にする、不正解にするという行為はしない。見張られている、後で採点をし直すという手段はあるが、不正をした人間は問答無用で解雇されるのでそういったことをしないという現実的な理由もある。うっかりミスであれば仕方がないがそれが続くと、即自白剤服用コースなので教員は必死だ。時間と、そして自分の集中力に、多くの将来がかかっている。

◇◆◇

一段落したことで張り詰めていた緊張が大きくゆるむ。気づいたら、肺の底にたまっていた緊張感や重圧が口から出ていた。首を左右に倒しながら、ずっと同じ姿勢を保っていた背筋をぐっと伸ばす。

学院には、さまざまな部屋があるが教員にとってもっとも入りたくない部屋の一つが『採点室』と呼ばれるこの部屋だ。長机と背もたれのない椅子。盗聴防止用結界、人避け結界を展開する魔道具が二つ。錬金科の教員が全員入るだけの広さ。それ以外は本当に何もないこの部屋で、ひたすら数千人分の答案用紙を採点する。この部屋は基本的に入試の時にしか使われないので「今年も来たかー」という気持ちにはなるが、基本的には入りたくない。

歩き方を忘れたんじゃないかと思うほどおぼつかない足取りで、部屋を出る。

やっと声を発することができるので、思い切り深呼吸をして近くの壁に全力で凭《もた》れかかりながら、ずるずるとその場に座り込んだ。

「……あと三分の一か」

最後にまとめた用紙を提出したが、あの書類の山はもう一巡全員で採点をしないと終わらない量だ。

ウンザリしつつも、手洗いと水分補給を済ませ、再び重圧を感じる部屋のドアを開けた。

出入り口付近にあるテーブルに立ち寄れば、死んだ目をした助手の一人が書類の束を俺に差し出したので無言でうなずく。残っている答案用紙はちょっとした塔のように見えて、目頭をもみながら割り当てられた自分の席へ。

ダラダラしていても時間は確実に溶けていくのだ。

追い込まれて仕事をするのは好きではないが、入試試験は基本的に最終日の決められた時間に結果が発表される。本当に時間がないので、置きっぱなしにしていたペンをとる。

サラサラとすでに頭に入っている解答と照らし合わせ、合計点数を計算しそれを記入。別に用意されたリストに名前を確認してから点数を書き込んでいく。

ごく稀に、テスト用紙に名前を記入していない者もいる。その場合は採点をしない。無駄だからだ。

入学筆記試験の時だけは、古株教師だろうと副学長だろうと学院長だろうと関係ない。事務も総出で答え合わせをして、割り振っていくのだ。今年は作業が早く、発表の一時間前に作業がすべて終了した。

「っ……おわった」

ぐったり、と机に突っ伏したのはその場にいた全員だった。この時ばかりはふだん、ふんぞり返っている上流貴族の爺さんたちも肘をついたり顔を隠すように机へ伏している。背もたれがないのを忘れてひっくり返りそうになっている者もいたが、誰もが共感しかできないので揶揄《からか》う者はいない。

しばらくゆるんだ空気の中で、深い息を吐いたのは学院長だった。

「ご苦労だった。確認作業の後、結果について話をする。休憩時間はおよそ一時間だ」

この声で教員はこの教室を後にする。残るのは学院長と副学長、そして確認作業をしなくてはいけない助手たち。

悪いな、と軽く手を上げるとそれを見ていたらしい数人が軽く頭を下げた。

中堅と呼ばれる立場にいるからか、助手たちとはよく話をする。愚痴じみたものもよく聞くがその中でも準備の多さと手順の多さに毎回へきえきとしているらしい。

「やあ。ご一緒してもかまわないかな」

「おー。せっかくだし、食堂に行くか。ふだんは学生専用みたいになってるしな」

「ですねぇ。期間限定のスイーツとかあるみたいですし。せっかくだし、助手の子たちにも買っていきませんか?」

「割り勘なら。軽食でいいか」

「飲み物は、少し難しいだろうから軽食とスイーツにしようか。疲れている時は甘いものがいいからね」

生徒がいない校舎内は静かで歩きやすい。

入試試験や長期休暇でしか味わえない独特の雰囲気はなかなか悪くない、なんて話をして食堂へ行くとキッチンで椅子に座り休憩していた職員がぱっと立ち上がった。

食堂は、いっせいに生徒が座ることもあるのでかなり広い。厨房《ちゅうぼう》併設型ということもあり、長いカウンターの向こう側には三か所の調理カウンターと一か所の大きな食器洗浄場がある。

奴隷も多く働いているが、さまざまな事情を抱えた料理人も多い。

「よぉ、センセがた。入試試験の採点やらなんやら忙しそうだねぇ」

ケラケラ笑うのはどっしりとした体躯《たいく》の女性。

ここには女性の料理人が多い。女性の料理人は他国では少ないが、我が国ではかなりの人数を誇っている。一度子供を出産し、旦那を事故や魔物被害などで亡くした人も多く働いており、生徒たちは完全に胃袋を掴まれているので文句を言うことはないし、非常に話がしやすいのだ。

上流貴族の過激派と呼ばれる子どもも、そっと手紙を渡して相談したりしているらしい。厨房のみならず、学院で働くすべての職員が魔力契約により『他者に相談内容を漏らさない』という制約を結んでいるから安心感もあるのだろう。頼れる大人、というのが身内にいないことも貴族社会では比較的よくあることだ。

教員や家人、そして同期生の前では『上流貴族』でいなくてはいけなくとも、将来ほぼかかわることのない市井の人間にだから話せることも多くあるのだ。それによって助かる命はもちろん、自分の道を切り開く決断をするものも毎年、一定数いる。外国から留学に来た生徒もこれを知って驚き、そして相談をして自国に戻ってから腕っぷし一つで子どもを育てる母親の支援を……と政策を提案するものも少なくないという。

「こんにちは。ラベリ・リーフさん。お勧めの食事を三人前と助手の子たちに差し入れしたいんですけど、なんかありますかね」

ちらっと厨房を見ると数人が俺たちにヒラヒラ手を振ってくれる。この人たちは朗らかで、そして強い。

ひねくれた貴族奴隷も彼女たちにもまれて仕事をすると一年ほどでそこらにいる普通の青年に変わるのだ。

「ラベリでいいよぉ。まったく、センセがたはいっつもかたっ苦しいったら……今日は、おばちゃんたちしかいないんだ。気楽にしとくれ。今日はいいサーモスとヨワドリの肉がはいっているよ。お勧めはヨワドリかね。脂で皮目をパリッと揚げ焼きにしているからジューシーな仕上がりさ。ソースは柑橘《かんきつ》ソースだ。サラダとパン、スープはゴロ芋の冷製スープだ。デザートが食べたいなら、今日はとっておきだよ」

とっておきっていうのは、と聞き返せば親指でとある一角で汚れ物を洗うか細い背中を指す。

「リャロの【シュガープディング】がちょうど三つ残ってる。酸味のあるベリーといくつかの果物のソースをかけて食べるんだが、どうだい？」

そういや、聞いたことがあるな……と考えていると隣にいたアーティがすごい勢いで食いついた。すでに財布を出しているし、なんならカウンターに乗り込むほどの前のめり。

「それを！　わたし、ずっとずっと食べたいと思ってたんです！　三つ！　二人が食べないなら私が全部食べるのでください！」

「ははは。それだけ元気なら大丈夫だね。たんと食べておくれ。で、メインはどうする？」

「じゃあ、俺はヨワドリで。シュガープディングも貰えるか」

「私はサーモスにしようかな。朝、肉を食べたからね。シュガープディングは是非いただくよ」

「ワート先生もフラン先生もひどい！　私もワート先生と同じヨワドリで……ええと、助手の皆さんへの差し入れは三人で金額を割るので会計時に一緒に払います」

「毎度！　皆、注文が入ったよ！　ヨワドリが二、サーモス一でシュガープディングは三つだ！　軽食はサーモスサンドにして、甘いものはベリーとクミルの一口パイをリャロがちょうど冷ましているからそれでかまわないかい」

なんだそのおいしそうなもの、と顔を見合わせてうなずく。

「パイは俺たちにも持ち帰り用で」

注文を聞いたラベリさんは笑いながら、はいよ、と厨房へ引っ込んだ。

俺たちは適当な場所へ座り、フゥ、と改めて息を吐く。

長い木製のテーブルと背もたれのない椅子。

同じようなつくりなのにこうも気持ちが違うのはなぜだろうなとぼんやり考えていると水が浮かべられた水が三つ用意されて驚く。

「あ、アノ、おつかれサま、でス。サービス」

新しく入った奴隷なのだろう。びくびくしながら水を置いてピャッと走りさるので、慌てて「ありがとな！」と声をかけると飛び上がって、ペコリと一礼。嬉しかったのか、先ほどよりも走るスピードは出ていた。

「可愛いですねー……生徒もああだったらいいのに」

「ははは。癖の強い生徒が多いですからね。ま、とりあえずコレで乾杯！」

フランの合図でグラスを軽く合わせ冷えた水を飲む。

氷を出せるものは少ないので、氷が入っているだけでもかなり嬉しい。

「っはー……しっかし、今年は受験者が多かったな。毎年増えてる気がするんだが」

「ですよねぇ。うーん、受験資格がある年齢の内は毎年挑戦する、ということもわりとありますし、仕方ないですよ。あ、でも去年は不作年だったたって」

「ええ、その通りです。去年は通常時の三分の一しか才能持ちがいなかった。来年度は今年の二割減、再来年度は五割減という予測値が出ていますからね」

錬金術師の才能を持った子どもの数は国がすべて管理している。

なので、毎年受験するおおよその人数が把握できるのだが、才能持ちが極端に多かったり少なかったり、がわりとよくある。

大きな窓から差し込む柔らかで眩《まぶ》しい日差しにみなめをほそめていると、フランが口を開いた。その口元は楽しげにゆるんでいる。

「で、ワート先生？　例の生徒はどうでした」

これが聞きたくて来たことはわかっていたので、諦めて小規模用の盗聴防止用結界を張る。

そのうちわかることではあるが、情報を渡したくない人間はいるのだ。

「あー……逞《たくま》しかったな。いろいろと。ただ、懸念《けねん》していたタイプの人間ではなかったから、組む相手次第になるとしかいえないってところがまた……完全に運頼みなんだ。俺としてはスカウト生を問答無用で工房生にしてくれるのは非常に、心から、最大級に助かる。ある程度予測ができるからな……過激派連中とは確実に水と油状態だ」

「そ、そこまでですか？」

「善良だがいろんな方向に偏って、もう独自の形になってるっつーか……まぁ、オランジェ様が亡くなってからたった一人で、山で生活してたって話を聞いた時は、疲労が吹っ飛んだけどな。十にも満たない子どもが重い小麦粉だのなんだのを買うために内職して、それを自分で何日もかけて運ぶんだぞ？　想像しただけでもうダメだったわ」

俺の話を聞いてにやついた笑顔をひっこめたフランと完全に思考停止しているアーティをみて、乾いた笑いが漏れた。今回の試験結果次第では、俺はさらに頭を抱えたまま床の上を転がることになりかねないのだ。

「金がねぇってしょぼくれる顔を見た時はもう、支援してやるからって言葉が出かかったね。有名人

計画も出てこなかったわ！」

の非常識田舎娘が出てきたんだぞ。わかるか、おい。今までにないタイプどころか想定外すぎて教育

の孫だって聞いていたから、傲慢《ごうまん》なガキが出てくると思ったら、いろんな方面で手に負えないレベル

「そ、そんなに？」

「平均月収を知らない。相場を知らない。常識を知らない。なのに、錬金術や素材、生活に関しての知識がある。手先もわりと器用で、よく働く。ついでに言えば休むことをほとんどしない……どーなってんだ。それに、錬金術以外にも知っていることの振れ幅がひどいな。時間の関係で詳しく話はできなかったが……面倒見のいいやつと同じ工房になってもらわないと俺が非常に困るッ」

「そ、そうか……それは、なんというか祈るしかないね。ああ、食事ができたようだ」

結界を解除してくれ、といわれ大人しく解除しカウンターへ足を向ける。

トレーを持ち、大きな紙袋を受け取って席へ戻ると、飲み干した水が補給されていた。

ホカホカとおいしそうな湯気を立てる食事を切り分け、味について感想を交わし、それからスカウト生の話題は出なかった。

どうせ、会えばわかるのだ。

若干疲労感を引きずりながらも、採点室へ向かう。

他の教員が来る前にそっと室内の様子を窺《うかが》えば、タイミングよく学院長と副学長がいなかったので助手たちに持ってきた軽食入りの紙袋を渡す。

「これ、いいんですか？」

「おう。俺たちからの差し入れだ。飯も食わずに作業するのはキツいだろ。俺らも手伝うから、手の空いたやつから食っちまえ。飲み物がなくて悪いな」

「いえ！　おい、まずは今手が空いてるやつ、裏でサッと食ってきてくれ。戻ってきたら交代。ワート教授、アーティ教授、フラン教授ありがとうございますっ」

腹減ってたんです、と照れくさそうに笑うのは今年入ったばかりの新人だ。おう、と肩を叩けば飛び跳ねるように休憩中の仲間の元へ。

微笑ましく思いつつ、切りのよさそうなところに声をかけて、確認を代わる。

そんなこんなをしていると、よい時間になったので机の位置を直し、会議ができる形へ。

これから入試結果を含めて合格者を決定する大事な話し合いになるのだ。

ここで難しいのは匙加減《さじかげん》。

圧倒的に優秀なものはいいが、そうでない者もいる。その場合は、家柄・人柄・試験結果・将来性を加味して合否の判断をしなくてはいけないのだ。

どうしたもんか、と一足先に複写してもらったプリントを受け取って指定席へ腰を下ろす。

数分後にはゾロゾロと休憩から戻ってきた教員たちが入ってきて、最後に学院長が姿をあらわした。

「ふぅ……皆、ご苦労だった。では最後の踏ん張りどころだ。まず、筆記試験の結果を頼む」

はい、と返事をしたのは副学長。

さすがに疲れが見えるが、いつも通りシャンと背筋を伸ばし、クイッと眼鏡を押し上げた。

「筆記試験は学院はじめて満点を取った者が出ました。満点はリアン・ウォード。二問不正解でマリーポット・スイレン。第三位は八問不正解でジャック・ザバイ・ヘッジ。第四位は……」

次々に読み上げられる名前の中にあった庶民出身は満点と二問不正解の二人。続いて読み上げられた魔力検査の結果もリアン・ウォードの名前が一番に読み上げられ、上位十位以内にマリーポット・スイレンも名前があったため、この二名は合格確定となった。他にも上流貴族が複数名、成績上位に含まれていたが過激派はかなり少なかったので、ほっとした人間は多いだろう。

悪くない結果に安堵していたが、順位決めの際に過激派の教員が進行を遮ったため、室内が物々しい雰囲気へ。

「首席合格者は『大商会』でもあるウォード商会の倅《せがれ》でしたな。そちらは問題ないとして、次席はジャック・ザバイ・ヘッジにするべきでは？　彼は筆記も魔力検査も問題なく高レベルでクリアしている。一番近くにいる上流貴族は、ナスタチューレ・メドゥ・クレインズか。この家は駄目だな……次、は……ハーティー家か。これも駄目だな」

ふむ、とまるで王のように次々と判断していく様を呆れた目で見ている教員がほとんどだが本人や同じ過激派の教員たちは気づかない。

「合否を判断するのは、私だが？」

呆れたようなため息とともに向けられる冷たい視線に、ようやく彼らは気づいたらしい。

学院長が声を上げたことで止まっていた作業が再開。

点数別に名前をリスト化しているとドスドス足音を立てて部屋を出て行った。その後を追って取り巻きが数人室内を出て行ったが、採点作業はすでに終わったので問題ない。

嵐が去った後のような清々《すがすが》しささすらある空気感の中で、学院長がパンパンと二回手を叩く。

「さて、採点ご苦労であった。これより試験結果を加味し、合格者の番号と名前を読み上げていく。記録係はよろしく頼む。先生方は自分の教え子になる可能性もあるのでチェックだけはしておくように。上位三十名程度は工房実習制度を利用する可能性もあると考えておいてほしい。では、読み上げる」

サッとメモを取るのは助手二名。間違いがないかを確認するためにかならず二人で記録は行うことになっている。

一通りそれを聞いて、該当者の名前に丸をつけながら、俺は工房制度を利用する可能性がある合格者の名前を指でたどる。中流貴族が多いとはいえ、下流貴族も数名混じっている。さらに、スカウト生は片方が特殊な立ち位置にいる庶民で、もう一人は後ろ盾のない下流貴族。

大変そうだなこれは、と他人事のように考えて、ため息を一つ。

採点室から見える窓の外は、憎たらしいほどに晴れ渡っていて、今すぐ仕事を放り出して昼寝がしたくなった。

「まぁ、やれることをやるっきゃなさそうだな……今年も」

教育の現場は、生徒たちが見ているよりも、面倒で身動きがとりにくく、時に呼吸もしにくい。

だが、教育者である以上、教え子たちがどうか、よりよい未来をつかみ取れることを祈る、なんて柄にもない想いがジワリと腹の底から沸き上がる。

賑やかな一年がまた、始まるのだ。

# あとがき

ライムというキャラクターの第一歩がこの一巻です。

現代社会では夢を追い続けるのは結構大変で、生活と両立しながらとなると、難易度がぎゅんっと跳ね上がるよな……と、夢であり趣味でもあった創作活動を通じて実感していました。

「もしかしたら」「こうだったら」と夢を見ては「ダメだった！」とガックリ肩を落とす……これを数えるのが面倒になる程度には繰り返してきた自負があります。

そういった実体験もあり、せめて……努力すればしっかり報われるような話が書きたい、という気持ちを抱え書き続けてきました。ついでに自分の好きなことをぎゅっと詰めて、押し込んでいるうちに共感して下さる読者の方が一人、また一人……と温かい言葉を下さって、自分だけではなく色々な人と一緒に楽しみたいという気持ちが育ったのだと思います。

お陰様でこうして『第一歩』が皆様の元へ届けることができました。正直「今の状況、宝くじ当選よりすごいのでは？」というキツネに抓まれすぎている感じです。つまむどころか引っ張られてます。

長くなりましたが、まだまだほんの一歩。ということで二歩目、三歩目とお付き合いいただき、出来ればライムと共に一緒に世界を感じて、味わって、満喫して頂けると幸せです。

最後に見守ってくれた家族、見つけて育てて下さった読者の皆様、声をかけて下さった出版関係の皆様、本当にありがとうございます。そしてこれからもよろしくお願いします。

二〇二五年二月　ちゅるぎ

著者紹介

## ちゅるぎ

自称：眼鏡フェチ代表。ホラー、ファンタジーが好きで、理想の眼鏡キャラを書くために創作活動を開始。「小説家になろう」にて『アルケミスト・アカデミー』等を連載中。生産・調合・採取が大好きで書き始めたのでお好きな方はぜひ。

イラストレーター紹介

## みや大輔

フリーで活動中のイラストレーター。動力は赤身の肉と烏龍茶。多肉植物とペンギンが大好き。おまえも丸みを帯びた鳥類にしてやろうか！

◎本書スタッフ
装丁／デザイン：浅子 いずみ
編集協力：深川岳志
ディレクター：栗原 翔

**●著者、イラストレーターへのメッセージについて**
ちゅるぎ先生、みや大輔先生への応援メッセージは、「いずみノベルズ」Webサイトの各作品ページよりお送りください。URLは　https://izuminovels.jp/　です。ファンレターは、株式会社インプレス・NextPublishing推進室「いずみノベルズ」係宛にお送りください。
**●本書のご感想をぜひお寄せください**
https://book.impress.co.jp/books/3524170036
アンケート回答者の中から、抽選で図書カード（1,000円分）などを毎月プレゼント。
当選者の発表は賞品の発送をもって代えさせていただきます。
※プレゼントの賞品は変更になる場合があります。
**●本書の内容についてのお問い合わせ先**
株式会社インプレス
インプレス NextPublishing　メール窓口
np-info@impress.co.jp
お問い合わせの際は、書名、ISBN、お名前、お電話番号、メールアドレス に加えて、「該当するページ」と「具体的なご質問内容」「お使いの動作環境」を必ずご明記ください。なお、本書の範囲を超えるご質問にはお答えできないのでご了承ください。
電話やFAXでのご質問には対応しておりません。また、封書でのお問い合わせは回答までに日数をいただく場合があります。あらかじめご了承ください。
インプレスブックスの本書情報ページ　https://book.impress.co.jp/books/3524170036　では、本書のサポート情報や正誤表・訂正情報などを提供しています。あわせてご確認ください。
本書の奥付に記載されている初版発行日から3年が経過した場合、もしくは本書で紹介している製品やサービスについて提供会社によるサポートが終了した場合はご質問にお答えできない場合があります。

●落丁・乱丁本はお手数ですが、インプレスカスタマーセンターまでお送りください。送料弊社負担にてお取り替えさせていただきます。但し、古書店で購入されたものについてはお取り替えできません。
■読者の窓口
インプレスカスタマーセンター
〒 101-0051
東京都千代田区神田神保町一丁目 105 番地
info@impress.co.jp

いずみノベルズ
# アルケミスト・アカデミー①

2025年2月21日　初版発行

著　者　　ちゅるぎ
編集人　　山城 敬
企画・編集　合同会社技術の泉出版
発行人　　高橋 隆志
発行・販売　株式会社インプレス
〒101-0051
東京都千代田区神田神保町一丁目105番地


印刷・製本　株式会社暁印刷
Printed in Japan

ISBN978-4-295-02103-2　C0093